Mordsgierig
Kriminalgeschichten aus
vier Jahrhunderten

MORDS GIERIG

KRIMINALGESCHICHTEN AUS VIER JAHRHUNDERTEN

SEITE

FSC
www.fsc.org
MIX
Papier aus ver-
antwortungsvollen
Quellen
Paper from
responsible sources
FSC® C105338

Bibliografische Information der Deutschen Nationalbibliothek:
Die Deutsche Nationalbibliothek verzeichnet diese Publikation
in der Deutschen Nationalbiografie; detaillierte bibliografische
Daten sind im Internet über http://dnb.de abrufbar.

2. Auflage | April 2022

© 2022 by Michael Seiler
Herstellung und Verlag:
BoD – Books on Demand, Norderstedt

Covergestaltung: Hannah Sternjakob
www.hannah-sternjakob-design.com
Illustrationen verwendet unter CC0-Lizenz
Zusammenstellung und Satz: Michael Seiler
gesetzt aus der Garamond

ISBN-13: 9783754383865

www.seilerseite.de
facebook.com/seilerseite
instagram.com/seilerseite
youtube.com/walnutTV

Inhaltsverzeichnis

Michael Seiler
Fedder und Schwerdt

Wann hat mich die Liebe zum Krimi gepackt? Ich weiß es nicht mehr genau. Als Kind bekam ich irgendwann eine Anthologie mit klassischen Detektivgeschichten geschenkt, die mich unter anderem mit Sherlock Holmes und Miss Marple bekannt machte, später die Kinderkrimis von Enid Blyton, Erich Kästners »Emil und die Detektive« sowie eine Gesamtausgabe der Holmes-Kurzgeschichten. Seit ich diese Bücher verschlungen habe verfolgen mich Kriminalgeschichten, bis hin zu meinen ersten eigenen Schreibversuchen. Die folgende Geschichte ist eine Liebeserklärung an das Genre, das seinen Schöpfern auch schnell zum Verhängnis werden kann.

Den Mord hatte er sorgfältig geplant und vorbereitet. Die benötigten Werkzeuge lagen vor ihm ausgebreitet auf dem Tisch. Gleich würde er zur Tat schreiten, denn die Sache war schon lange überfällig. Seit einer gefühlten Ewigkeit ließ ihm dieser Kerl keine Ruhe, also musste er eines spektakulären Todes sterben.

Frederick Schwerdt ermittelte als amtierender Hauptkommissar seit gut zehn Jahren zuverlässig in einem Fall nach dem anderen und lehrte selbst die raffiniertesten Verbrecher das Fürchten. Eine lebende Legende bei allen, die ihn kennenlernen durften und ein Genie in Sachen Verstand und Kombinationsgabe. Aber heute würde er gehen, für immer.

Der Grund dafür war weniger der unverhohlene Neid seiner Kollegen oder der Racheakt eines von ihm gestellten Verdächtigen, sondern die Tatsache, dass der wichtigste Mensch in seinem Leben ihn endlich loswerden wollte. Für manchen wäre es eine unbequeme Wahrheit, aber Schwerdts Titel und Erlebnisse existierten nur auf dem Papier. Er war eine Romanfigur. Erfunden vom Schriftsteller Jonathan Marius Fedder, der sich seinem Verlag zuliebe ein Pseudonym für seine Bücher ausgedacht hatte: Jon Marc Feather oder J. M. Feather. Jon ohne h, damit der Name »kantiger« wirkt, unbequemer, auffälliger.

Autoren mit so banalen deutschen Namen wie seinem würde kein Mensch lesen, der auf atemlose Spannung aus ist, hatte sein Lektor angedeutet, aber Fedder wusste, dass die Bücher vor allem neben den großen englischsprachigen Namen des Genres bestehen sollten. Welcher Verleger wollte seine Ware im Buchladen nicht gerne neben Don Winslow, Stephen King oder Robert Harris platziert sehen? Eben.

Wenn dann plötzlich ein Herr Müller, Schuster oder Fedder in derselben Regalreihe auftauchte, würden sich die Leser angeblich abwenden und gleich darauf fragen, ob sie versehentlich beim verpönten Heimatkrimi gelandet wären. *Fischkopp un' Doppelkorn*, hatte er gespottet, worauf beide höflich lachten. Gelegentlich landete zwar auch mal ein Skandinavier wie Stieg Larsson oder Adler Olsen in den Bestsellerlisten, aber nordeuropäische Pseudonyme waren aus irgendwelchen Gründen ein No-Go. Muss man akzeptieren.

Also weg mit Schwerdt, endgültig. Ein letztes großes Abenteuer und ein Abschluss, der sich gewaschen hat. Fedders Vertrag sah nur noch ein Buch vor, aber er wusste, dass die Verlagsleitung sich gleich danach wieder händereibend mit einer Verlängerung an ihn wenden würde. Natürlich musste man sich über die Konditionen einig werden, aber ein neuer Schwerdt würde es garantiert nicht. Nach Jahren der Knechtschaft würde der Autor seine Schöpfung endlich in den Orkus schicken. Und künftig nur noch das schreiben, was er wollte. Unter seinem richtigen Namen.

Er griff sich das Mordinstrument. Der Bleistift war dünn und spitz, so wie er es liebte. Erste Entwürfe schrieb Fedder grundsätzlich mit der Hand, er musste die Verbindung zur Geschichte spüren und am Ende des Tages fühlen, dass seine Hände gearbeitet hatten. Eine Angewohnheit, die Kollegen und Kritikern meist ein gönnerhaftes Schmunzeln entlockte. Aha, altmodische Methoden. Wie sympathisch.

Das Papier lag in der Mitte des Schreibtischs, weiß und unschuldig. Nicht mehr lange.

Das Obligatorische war schnell skizziert: Ein brutaler Mord ohne großartige Anhaltspunkte, aber mit Finesse ausgeführt. Der Täter war natürlich ein geistesgestörter Psychopath, der gerne mit der Polizei Katz und Maus spielte und sich trotz seiner zahlreichen Verstecke am liebsten einem Publikum offenbarte, Bewunderung suchte. Mordwaffe und Motiv: unklar. Schwerdts private Probleme gefährdeten die Ermittlungen, sein Chef drohte mit Kündigung – dieses Mal endgültig, ganz sicher – und die hübsche Kollegin aus seinem Team hatte sich eben mit dem Staatsanwalt eingelassen. Das war immer so.

Aber warum eigentlich?

Frustriert warf Fedder seinen Stift auf den Block und grübelte über den Klischees des Kriminalromans. Was, wenn der Täter aber mal kein aufmerksamkeitsgeiler Irrer war, sondern einfach nur gerne Menschen umbrachte? Wie der Feuerwehrmann, der aufgrund seiner Faszination für Brennbares gerne Feuer legte?

Zu langweilig, liest keiner, hörte er seinen Lektor sagen. *Schon tausendmal gemacht. King kann das vielleicht, aber Horror wollen wir nicht.*

In ihren Gesprächen hatte sich Fedder immer höflich und kooperativ gezeigt, nur um zu Hause wütend in sein Sofakissen zu boxen und die abgelehnten Entwürfe in winzige Fetzen zu zerreißen. Papiergewordene Lebenszeit wanderte einfach in den Müll.

Fedder und Schwerdt

Doch jetzt zupfte ein grimmiges Lächeln an seinen Mundwinkeln. Ein Plan reifte in ihm heran, der die Sache zu einem endgültigen Abschluss bringen würde. Er nahm den Stift wieder in die Hand und schrieb drauflos:

Ich stehe am Schauplatz des absurdesten Verbrechens, das ich je gesehen habe. Und ich habe viel gesehen. So viel, dass mir die widerwärtige Szene vertraut erscheint: Die Blutlache, die bleiche Haut des Toten, das Klicken des Fotoapparats, mit dem Kunze den Tatort dokumentiert. Alles wie in einer Filmszene, wie sie in jedem schlechten Drehbuch steht.

Nur, dass nichts auf den Hergang der Tat hindeutet. Das Opfer ist tot, definitiv, dafür sorgen schon die beiden Löcher in seiner Brust. Deren Ränder sind glatt, nicht ausgefranst oder versengt, wie es die meisten Stich- und Schusswaffen tun. Sie weisen keinerlei Unregelmäßigkeiten auf, vielmehr wurden sie mit einheitlichem Radius von den Rippen bis zum Rückgrat durchstochen oder durchbohrt.

Und dann ist da noch das Wasser.

Das Blut des Opfers hat durch die Vermischung mit einer großen Menge reinem Leitungswasser eine seltsame hellrote Farbe angenommen und sich überall im Raum verteilt. Nur so wurden wir auf den Tatort aufmerksam, denn die Mieter im übernächsten Stockwerk darunter hatten feuchte Wände mit roten Verfärbungen bekommen und schließlich den Hausmeister informiert, der schließlich die »grausige Entdeckung« gemacht hatte.

So würden es später die Zeitungen schreiben, für sie war es immer eine »grausige Entdeckung«. Ein einziger Begriff für Unmengen von Todesfällen, die bei weitem nicht immer nur »grausig« waren. Mancher schlief eben friedlich ein, erstickte im Schlaf oder wurde mit Medikamenten getötet, während andere brutal erstochen, aufgeschlitzt oder in den Kopf geschossen wurden. *Das* ist grausig, denn diese Bilder lassen mich auch nach dem Feierabend nicht los, damit muss ich leben.

Doch dieser Fall ist ein Rätsel. Wäre Mörder ein Beruf, dann müsste man von einem Vollprofi sprechen. Ertrunken ist unser Opfer in jedem Fall nicht. In der leerstehenden Wohnung ist das Wasser abgestellt, die Lungen und die Luftröhre sind Kunzes erster Analyse nach nicht nennenswert mit Wasser gefüllt. Und dann sind da noch diese Löcher.

Kreisrunde Öffnungen im Brustkorb, die mit einer Regelmäßigkeit hineingefräst wurden, dass mir die bittere Galle im Hals hochsteigt. Augenscheinlich war das Opfer bei Bewusstsein, hatte aber aus irgendeinem Grund nicht geschrien. In irgendeinem Horrorfilm hatte mal jemand Leute mit einer Bohrmaschine umgebracht, im Mittelalter tötete man ungewollte oder angeblich vom Teufel besessene Babys zuweilen mit einem Nadelstich ins Gehirn. Ähnliche Fälle und doch nicht das selbe.

Ein Fetisch, bei dem der Täter das Opfer wäscht? Die Brust ist sauber, aber die Schuhe sind dreckig. Wer Spaß an der Totenwäsche und ähnlichen Ritualen hat würde doch zumindest die Schuhe putzen, das lernt jeder Bestatter, der einen Verstorbenen für die Aufbahrung vorbereitet.

Ich sehe mich nochmals im Raum um. Eine unspektakuläre Gründerzeitwohnung, ohne Möbel und mit schäbiger Tapete an den Wänden, dazu Blut und Wasser auf dem Boden. Sonst keinerlei Verwüstungen im Raum, selbst die Tür hat der Täter hinterher wieder anständig geschlossen und zuvor nicht aufgebrochen.

Den Nachbarn ist außer den feuchten Wänden nichts weiter aufgefallen. Kein Wunder, denn in diesem Haus sind ohnehin nur drei von acht Wohnungen vermietet, der Rest steht leer. Perfekt, um sich so richtig auszutoben und doch nicht zu abgelegen, um ein typischer Tatort zu sein.

»Bin dann soweit«, sagt Kunze und packt den Fotoapparat ein.

Ich nicke und winke die Bestatter ins Zimmer. Bin sowieso schon viel zu lange hier und starre auf den Toten, das färbt ab. Da gibt es irgendein Sprichwort mit dem Abgrund, der irgendwann in einen hineinblickt. Neunmalkluger Blödsinn fürs Poesiealbum, wenn man es düster mag.

Auf dem Weg nach draußen bleibe ich mit meinem Trenchcoat an der schweren Eingangstür hängen, ein Knopf reißt ab. Ich hasse diesen Mantel, trotzdem habe ich nie Zeit, mir was Besseres zu besorgen, um weniger wie ein wandelndes Klischee auszusehen.

Als ich mich nach dem Knopf bücke, fallen mir die Schleifspuren auf. Zu dezent, um sie gleich beim ersten Mal zu bemerken. Die Jungs von der Spusi waren das nicht, die sind vorsichtiger mit ihren Gerätschaften. Pingelige Kettenraucher und Besserwisser, aber vorsichtig, das muss man ihnen lassen.

Vom Hereinschleifen des möglicherweise bewusstlosen Opfers können sie auch nicht sein, selbst auf dem billigen Parkettimitat hinterlassen die Hacken nicht solche tiefen Rillen. Sieht eher aus, als hätte sich jemand bemüht, einen schweren kantigen Gegenstand vorsichtig zu transportieren, ihn kurz abgestellt und beim Hochheben wenige Millimeter über den Fußboden geschleift.

Daneben liegen kleine, längliche Körner verstreut. Sie sehen aus wie halbierte Schokostreusel, sind aber nicht ganz so bröselig. Und die Farbe ist zu dunkel, selbst Zartbitterschokolade wäre nicht so tiefschwarz. Für Straßendreck sehen sie zu einheitlich aus, es gibt hier auch keine schwarze Wand, von der solches Material abbröseln könnte.

Ich nehme ein paar der Körner in die Hand und reibe sie zwischen den Fingern hin und her. Die Oberfläche ist glatt, doch die Bruchstellen hinterlassen Verfärbungen auf der Haut. Irgendwo habe ich diese Dinger schon einmal gesehen, ähnlich planlos auf dem Boden liegend. Unabsichtlich fallengelassen oder aus der Gewohnheit heraus.

Für mich sind sie Brotkrumen, die mich der Lösung des Falles ein Stück näherbringen sollten. Wenn ich mich nur erinnern könnte, wo ich sie zuerst gesehen habe …

Zurück im Präsidium ist erst einmal der Bericht zu schreiben. Tatortbegehung, Auffälligkeiten, Beschreibung des Opfers und erste Mutmaßungen zur Tatwaffe. Ich habe keine Ahnung, deshalb sauge ich mir etwas halbwegs Plausibles aus den Fingern, das immer noch schwammig genug ist, um später von »neuen Erkenntnissen« ergänzt zu werden.

»Schwerdt!«, blafft es quer durch den Raum.

Auch das noch. Am anderen Ende des Großraumbüros steht Präsidiumschef Fleischer und winkt mit seiner nikotinfleckigen Hand. Ich überlege kurz, mich hinter einem Aktenordner zu verstecken, doch er hat mich schon gesehen.

Dienstbeflissen gehe ich in sein Büro und ziehe die Tür hinter mir zu. Fleischer quetscht sich ächzend in seinen Bürostuhl, schiebt einige Unterlagen beiseite und greift gleich zur Pfeife, die er mit fahrigen Bewegungen zu stopfen beginnt.

»Wie sieht's mit dem Fall aus?«, fragt er, während er am Tabaksbeutel nestelt.

»Jede Menge Verwirrung, kaum verwertbare Spuren«, antworte ich.

»Identität des Toten?«

»Unbekannt. Noch.«

»Hinweise am Tatort?«

»Viel Wasser, ein bisschen Dreck.«

Die übrigen Details behalte ich für mich, schließlich sind die kurzen Berichte beim Chef eher Rechtfertigungen für unsere Arbeitszeit, alles andere steht dann im Bericht.

Fleischer reißt ein Streichholz an. Wenn er wenigstens ein wenig Aroma in seinem Tabak hätte, könnte man den Rauch noch ertragen, aber dieser Knaster grenzt wirklich an Körperverletzung. Zwei glühende Augen starren mich durch die Rauchwolke an.

»Sie informieren mich sofort, wenn es in diesem Fall Fortschritte gibt.«

Keine Bitte, mehr ein Befehl. Das ist neu.

»Nach dem Chaos vom letzten Mal hängt es jetzt von Ihnen ab, was mit Ihrem Platz im Kommissariat passiert.«

Das Chaos beim letzten Mal. Er meint den verschwundenen Segelflieger, der dann doch wieder aufgetaucht war, dem aber niemand glauben wollte. Außer mir.

»Natürlich«, presse ich hervor. Noch mehr von dieser verseuchten Luft und ich huste mir beide Lungenlappen aus dem Leib. Nur zwei kleine Details halten mich davon ab, die plötzlich in neuem Licht erscheinen.

»Gehen Sie«, brummt die Rauchwolke, dann klappert Fleischers Stopfwerkzeug gegen den Aschenbecher. Ich mache, dass ich rauskomme.

Auf dem Parkplatz angle ich meine E-Zigarette aus der Tasche. Kein stinkender Tabak, sondern ein Fluid namens

Meeresbrise. Schmeckt eigentlich nach nichts, aber wenn man ganz genau hinschmeckt, kann man sich einen Hauch salziger Luft einbilden. Und der Dampf fühlt sich gut im Mund an. Ein Wölkchen Freiheit im Großstadtdschungel.

Fleischer hat mich zugeparkt. Im Kofferraum seines Kombis liegt sein Angelzeug halbherzig abgedeckt, als wäre er vom Wochenendurlaub direkt zur Arbeit gekommen. Mit eingezogenem Bauch gelange ich auf den Beifahrersitz meines eigenen Wagens, klettere hinters Steuer und atme erst mal tief durch. Keine Ahnung, wie es jetzt weitergeht, irgendwelche Indizien muss ich bis Ende der Woche zusammenklauben.

Zum Glück parkt eben jemand neben mir aus, also kann ich die Lücke mit einem gewagten Manöver verlassen und mir zu Hause weiter den Kopf zerbrechen.

Die Nacht wird unruhig. Nicht, weil permanent das Handy klingeln würde, nein, es sind wieder die Träume. Irgendwie vermischen sich bei mir immer seltsame Details und Beobachtungen von der Arbeit mit Privatkram und ergeben eine halluzinogene Mischung, wie sie kein Drogentrip zustande bringt. Den harten Stoff habe ich nie angerührt, aber so bekomme ich einen ziemlich guten Eindruck, wie man auf LSD abgeht. Immerhin bin ich auf diese Art schon der Lösung manches verrückten Falls nähergekommen.

Das ist mein Geheimrezept, deshalb löse ich Fälle, die andere irgendwann hübsch zu den Akten legen. Natürlich darf das keiner wissen, sonst kann ich mich gleich freiwillig beim Polizeipsychologen melden. Seit Jahrzehnten geht das schon so und eigentlich will ich endlich raus. Aber ich kann nichts anderes. Wenn die Arbeit nicht wäre, würde ich vermutlich wahnsinnig, weil mir immer wieder Zusammenhänge auffallen, die ich nirgendwo an den Mann bringen kann.

Die Gummizelle im Kopf, ein irrer Gedanke. Im Fernsehen haben die Ermittler häufig einen Partner, mit dem sie durch dick und dünn gehen, für mich ist mein Unterbewusstsein das perfekte Gegenüber, solange es sich benimmt.

Also schwarzer Kaffee am Morgen und weiter geht's.

Hier bröselte Fedders Bleistift zum ersten Mal ab. Verstimmt legte er ihn weg und massierte sein Handgelenk. Rätselhafte Situationen und spannende Einstiege fielen ihm leicht, nur das Ganze dann schlüssig aufzulösen und gleichzeitig keinen zu langweilen, das erforderte harte Arbeit. Besonders, wenn man schon acht Bände mit der gleichen Figur vorgelegt hat und der feine Herr Lektor die Manuskriptbesprechung mit Sätzen wie »Da haben Sie ja wieder was ausgeheckt ...«, eröffnet.

Seufzend stand Fedder auf und holte sich einen Kakao aus der Küche. Als er das Pulver in die Milch rührte musste er an Whiskey und Tabak denken. Für irgendein dummes Promo-Shooting sollte er sich einmal wie das Klischee eines englischen Krimiautors verkleiden: karierter Tweed, Einstecktuch, Gamaschen, Pfeife. Und Apfelsaft im Glas, als Whisky.

Fedder hasste das Zeug. Den Geruch von Alkohol, den Gestank von Tabak und die ganzen anderen dämlichen Requisiten, die angeblich dazugehören. Warum durfte niemand wissen, dass er am besten mit Kakao und Kartoffelchips arbeiten konnte? Nur einzigartige Autoren können einzigartige Bücher schreiben, wer mitschwimmt geht unter. Deshalb sollte auch der letzte Schwerdt-Roman der buchstäbliche Wahnsinn werden.

Auch das war streng genommen Standard. Wenn eine Figur anfangs noch beliebt ist, muss man sie nach und nach auseinandernehmen und mit dem Schlimmsten konfrontieren, sonst wird sie unglaubwürdig. Sherlock Holmes wurde (zum Schein) von einem Superverbrecher getötet, Hercule Poirot starb als tattriger Rollstuhlfahrer, John Luther ließ sich von einer Mörderin verführen (mehrmals!) und Kurt Wallander bekam zum Abschied Alzheimer.

Fedder riss sich von dem Gedanken los als er bemerkte, dass er unbewusst angefangen hatte den Geschirrspüler auszuräumen. Alles, bloß nicht schreiben – das war das erste Indiz für eine beginnende Schreibblockade. Bloß nicht aufhören, lieber einen schlechten Entwurf verfassen und später überarbeiten, eine andere Methode gab es nicht.

Höchste Zeit den Bleistift zu spitzen und die Sache zu Ende zu bringen. Als er die nächsten Kapitel schrieb wurde das Ende zunehmend unausweichlich und Fedders Bleistift kratzte immer schneller über das Papier ...

Die Last der Indizien ist erdrückend. Doch ich habe niemandem, dem ich es sagen kann. Mir würde ohnehin keiner glauben. Das Problem ist nicht, dass mir die Lösung wieder nach einer heftigen Nacht vor Augen stand, aber diese Enthüllung wäre das Ende. Von allem.

Ich hatte die Mordwaffe und die seltsamen Krümel am Tatort der richtigen Person zugeordnet; Kaufbelege, Fingerabdrücke und der einzige schlotternde Augenzeuge ergaben das richtige Bild.

Ich musste noch einmal mit dem Nachbarn sprechen, vielleicht hatte er das Auto des Täters doch verwechselt? Aber dank des richtigen Kennzeichens besteht eigentlich kein Irrtum mehr.

Er war es.

Er? Natürlich ein er. Frauen sind nicht so dumm, solche Fehler zu machen, sie morden leiser. Aber dieser Spezi musste ein Spektakel daraus machen und zur unlogischsten Waffe überhaupt greifen.

Auf die Lösung kam ich an einem Abend, als ich aus Angst vor den Träumen nicht ins Bett wollte. Ich hatte mir im Internet Videos von hydraulischen Pressen und Schreddern angeschaut. Ein ähnliches Phänomen wie mit der Mikrowelle – die Leute stecken alles mögliche in das Gerät und filmen das Ergebnis. Nur, dass die Gegenstände bei der Presse nicht explodieren oder schmelzen sondern, teilweise nach erstaunlich langem Durchhalten, zerbröselten oder in ein handlicheres Format gepresst wurden. Stahlkugeln, Legoautos, Gürtelschnallen und Plastikschlümpfe gehörten zu den häufigsten Opfern.

Irgendwann schlug mir der Algorithmus in seiner unendlichen Weisheit ein Video über Wasserstrahlschneidemaschinen vor. Mit einem Druck von bis zu 6000 bar durchschneidet ein Hochdruckwasserstrahl relativ mühelos (und ohne unschöne Fräskanten) Metall, Stein, Kunststoff, Haut und Knochen.

Und so ergab alles plötzlich einen Sinn. Die beiseitegeschobene Betriebsanleitung, der halbherzig versteckte Apparat, zu dem auch die Schleifspuren passten. Und natürlich das Wasser in der Wohnung.

Ich könnte das alles ignorieren, die Spuren im Sand verlaufen lassen und im Bericht »Täter nicht ermittelbar« schreiben. Aber das geht nicht.

Zu meiner Begabung – oder meinem Fluch – gehört es nunmal, dass ich meine Fälle zu Ende bringen muss, sonst holen sie mich nachts wieder ein. Und ich will einfach nur, dass das aufhört. Auch wenn es dieses Mal endgültig sein könnte, für mich und ihn.

Wenig später stehe ich vor seiner Wohnungstür. Er lebt alleine, das ist allgemein bekannt, seit diese Furie von Ex-Frau ihn verlassen hat. Mitte Vierzig und Single, herzlichen Glückwunsch. Immerhin habe ich noch zehn Jahre Zeit bis dahin. Wenn ich hier lebend rauskomme.

Er öffnet beim dritten Klingeln und lässt mich nach einem verwunderten (oder resignierten?) Blick in den Flur treten. Ein weiterer Blick ins Treppenhaus, dann schließt sich die Tür mit einem satten Geräusch. Schallgedämpft, nicht schlecht.

Abwartend bleibt er an der Tür stehen. Eine verräterische Ausbeulung seiner Strickjacke zeigt mir, dass er vorbereitet ist.

Ich gehe voraus ins Wohnzimmer.

»Sie wissen, warum ich komme?«, frage ich.

»Bevor Sie irgendwas sagen ...«, beginnt er.

»Stopp«, sage ich. »Stopp.« Ich atme die verrauchte Luft ein, so gut es eben geht und erzwinge Blickkontakt.

»Ich habe mir alle möglichen Szenarien überlegt. Die Spuren ausgewertet, das beste für Sie und mich abgewägt, aber es gibt keine Alternative. Sie müssen die Verantwortung übernehmen. Für alles.«

Mein Gegenüber schüttelt trotzig den Kopf, den Blick auf den Fußboden gesenkt. Die Hand nähert sich seiner Hüfte.

»Ich lasse nicht zu, dass die uns dicht machen«, stößt er hervor. »Diese Abteilung ist das einzige, das ich in meinem Scheißleben aufgebaut habe, das lasse ich mir nicht wegnehmen!«

»Ist es das Wert, Kollege Fleischer?«, frage ich.

Keine Antwort. Seine Blicke suchen die Wand hinter mir ab.

»Warum können Sie nicht einmal versagen?«, brüllt er schließlich. »Wenigstens ein ungelöster Fall, Schwerdt, nur einer! Aber nein, Sie müssen ja jeden Stein umdrehen bis irgendeine Lösung gefunden ist. Warum können Sie nicht einmal einen Fall zu den Akten legen, es gut sein lassen? Für ihre Abteilung. Für mich!«

Der letzte Satz hat einen bittenden Unterton. Angewidert wende ich mich ab und gehe zum Couchtisch. Im Aschenbecher liegen die gleichen Brösel wie am Tatort, daneben ein kaputter Pfeifenfilter. Aktivkohle in handlichen Stückchen. Fleischer fummelt immer so fahrig an seiner Pfeife herum, dass er die Filter zerlegt, in seinem Büro kann man das regelmäßig sehen.

Ich stehe mit dem Rücken zu ihm, er sieht nicht, dass ich sein Stopfwerkzeug aufhebe und den Dorn ausklappe. Oder doch? Hinter mir klickt etwas.

»Es ist Ihre Schuld, dass wir hier sind«, keucht er.

Als ich mich umdrehe starre ich in eine Pistolenmündung. Hinter dem Rücken nehme ich den Pfeifenstopfer wie einen Schlagring in die Hand, so dass der Dorn zwischen Mittel- und Ringfinger herausschaut. Es wird uns beide erwischen.

Als ich nach vorne hechte knallt es auch schon. Mein Schwung reicht trotzdem aus, um den Dorn in seinen Hals zu rammen. Warm läuft das Blut über meine Hand, als ich auf dem Boden lande …

… das Blut tropft auf das Papier und wird gierig aufgesogen.

»Wie Löschpapier«, denkt Fedder und schaut auf seine Hand. Da ist kein Pfeifendorn, nur sein Bleistift, gut gespitzt und blutrot. Der Blutstrom erreicht mit beachtlicher Geschwindigkeit die Tischkante, es tröpfelt auf den Boden.

Er kann sich nicht mehr genau erinnern, was geschehen ist. Er hat nur noch das Wort »abgelehnt« im Kopf. Eine Abrissbirne in Wortform, die seine Gedanken zermalmt. Eigentlich sollte er jetzt irgendein Papier zerreißen oder sein Sofa mit den Fäusten bearbeiten, aber er ist nicht zu Hause. Und der Bleistift hat für Ruhe gesorgt.

Seelenruhig nimmt er den blutbefleckten Papierstapel an sich. Das ist nicht ganz einfach, denn der Kopf des Bleistiftopfers liegt darauf. Als er in die vertrauten, verhassten Gesichtszüge blickt, kehren einige Erinnerungsfetzen wieder zurück. Doch jetzt: Keine Kritik mehr, endlich Frieden.

Auf dem Weg nach draußen wirft er das abgelehnte Manuskript in den Papierkorb und den Bleistift hinterher. Dann verlässt er das Büro.

Edgar Wallace

Doktor Kay

Wenn Autoren heutzutage mehrere Bücher pro Jahr veröffentlichen, wittern Literaturkritiker häufig Ghostwriter im Hintergrund oder wenigstens schnell runtergeschriebenen, billigen Schund. Krimi-Veteran Edgar Wallace war diesbezüglich ganz offen: »Ich schreibe keine guten Bücher, ich schreibe Bestseller«, soll er einmal gesagt haben. Angeblich schaffte er es, einen ganzen Roman in nur drei Tagen zu diktieren. (Ab)Schreiben musste ihn jemand anderes. Seiner Beliebtheit hat das bis heute nicht geschadet. Neben bekannten Kriminalromanen wie »Der Hexer« und »Der unheimliche Mönch« verfasste der arbeitswütige Autor Theaterstücke, Zeitungsartikel, Lyrikbände, Drehbücher, Sachbücher, Afrika-Romane und Kurzgeschichten.

An einem schönen, hellen Nachmittag verließ der Schnellzug nach Eastbourne den Victoria-Bahnhof. Mary Boyd saß in einem Abteil Erster Klasse, aber sie hatte keinen Sinn für die Schönheit der Gegend und für den herrlichen Sonnenschein. Ebenso wenig sah sie ihren Mitreisenden. Fast eine Stunde lang war er in die Lektüre seiner Zeitung vertieft und schien sich nicht im Mindesten um die junge Dame zu kümmern.

Als der Zug geräuschvoll durch Three Bridges fuhr, schaute sie zufällig auf und begegnete seinem Blick. Der Mann war schlank und hager und mochte etwa vierzig Jahre alt sein. An den Schläfen waren seine Haare leicht ergraut, aber sonst tiefbraun. Er trug sie aus der Stirn zurück gebürstet; im übrigen sah er aus wie ein erfolgreicher Kaufmann. Sein Anzug verriet, dass er Geschmack besaß und sich mit Sorgfalt zu kleiden wusste.

Mit einem Blick hatte sie sich ein Bild von ihm gemacht, von der Perlennadel in seiner Krawatte bis zu den Spitzen seiner tadellosen Lackschuhe. Und damit wäre wahrscheinlich auch ihr Interesse erloschen, wenn sie nicht durch den Blick der tiefen, dunklen Augen fasziniert worden wäre.

Nur eine Sekunde schaute sie ihn an, dann errötete sie leicht und sah zum Fenster hinaus.

»Sind Sie nicht Miss Boyd?«

Seine Stimme klang tief und melodisch und hatte einen äußerst sympathischen Klang.

Verwirrt sah sie ihn an und wusste nicht, was sie davon halten sollte. Argwohn, Verdacht, Scheu und Trotz drückten sich in ihrem Blick aus.

»Ja, ich bin Miss Boyd«, sagte sie dann ruhig und überlegte, ob sie ihm schon einmal begegnet wäre. Sie konnte es sich kaum denken, denn sicher hätte sie sein ausdrucksvolles Gesicht nicht vergessen.

»Ich bin Dr. Kay vom Innenministerium«, stellte er sich vor.

»Dr. Kay?«, erwiderte sie überrascht. Sie erinnerte sich jetzt undeutlich an ihn. Frank musste den Namen öfter erwähnt haben.

»Ich habe das Ende der Verhandlung nicht abgewartet«, fuhr er fort, »und eben den Spruch der Geschworenen in den Zeitungen gesucht. Es war doch ...?«

Sie nickte und presste die Lippen aufeinander. Eine Träne blitzte in ihrem Auge. Bertram Boyd war gerade kein idealer Vater gewesen; durch seine Schwäche hatte er sich seiner Familie immer mehr entfremdet. Seine Frau hatte aus Gram darüber einen frühen Tod gefunden, und doch hatte Mary Erinnerungen an ihre Jugend, die sie nicht missen mochte. Sie stammten aus der Zeit, in der er noch nicht getrunken hatte. Damals war er ein gutmütiger, freundlicher Mann gewesen, hatte sie als kleines Mädchen auf seinen Schultern durch den Garten getragen und mit ihr gespielt.

Nun wusste sie auch, wo der Fremde sie gesehen hatte, und woher er ihren Namen kannte. Bei dieser traurigen Verhandlung, bei der zwölf Geschäftsleute als Geschworene auftraten und sich dabei zu Tode langweilten, sollte festgestellt werden, auf welche Weise Colonel Bertram Boyd seinem Leben ein Ende gemacht hatte. Man konnte es ja schließlich verstehen, dass diese Leute es als reine Zeitvergeudung auffassten, denn ein entsetztes Mädchen hatte den alten Colonel eines Morgens mit einer Gasvergiftung in der Küche gefunden, und zwar in dem Haus von Sir John Thorley, dem Schwager des Verstorbenen.

»Ich habe der Verhandlung beigewohnt«, sagte der hagere distinguierte Herr. »Ich wundere mich nur ... ich weiß wohl, dass es Ihnen schmerzlich ist, wenn ich über diese Dinge spreche, aber vielleicht sagen Sie mir doch, ob ihr Vater früher jemals die Absicht geäußert hat, seinem Leben ein Ende zu machen. Mir können Sie das ja ruhig sagen.«

Sie zögerte, und er wusste sehr wohl, dass sie nicht mehr über die Tragödie sprechen wollte, die ihr Leben beschattete. Und doch waren seine Augen ebenso zwingend wie freundlich. Er schien tiefes Mitgefühl zu haben, aber dann sagte sie sich, dass er als Amtsarzt schon soviel erlebt und gesehen haben musste, dass ihm die einzelnen Fälle kaum noch nahegehen konnten.

»Ja, manchmal ... er hat immer stark getrunken, und seit dem Tod meiner Tante – Sie wissen, der Lady Thorley – litt er sehr unter Depressionen. Deshalb hat ihn mein Onkel John zu sich in die Stadt genommen. Er hoffte, dass ein Wechsel der Umgebung und neue Lebensinteressen ihn vielleicht etwas ablenken könnten. Aber soviel ich weiß, hatte die neue Umgebung nicht den geringsten Einfluss auf ihn. Erst einen Tag vor der Katastrophe erhielt ich einen Brief von Sir John, in dem er mir mitteilte, dass sich mein armer Vater in seinem Wesen vollkommen geändert hätte.«

»Aber hat Ihr Vater Ihnen gegenüber jemals eine derartige Absicht geäußert? Hat er Ihnen einmal gesagt: ›Ich bin lebensmüde‹, oder so etwas Ähnliches?«

Sie schüttelte den Kopf.

»Nein, aber er hat es zu Onkel John gesagt. Das kam doch bei der Verhandlung deutlich zutage.«

Dr. Kay schwieg. Er hatte sich in seine Ecke zurückgelehnt. Jetzt runzelte er die Stirn und sah zu Boden.

»Ich wünschte, ich hätte die Verhandlung bis zum Ende gehört, aber unglücklicherweise hatte ich eine Verabredung und konnte deshalb nicht bleiben. Ist sonst noch etwas im Zimmer Ihres Vaters gefunden worden?«

Wieder schien sie nur ungern zu antworten. »Zwei Flaschen Whisky – eine war leer, die andere ging stark zur Neige.«

»War er vollkommen angekleidet, als man ihn fand?«

»Ja, er hatte nur keine Straßenschuhe an. Schon früher am Abend hatte er Hausschuhe angezogen. Der Kammerdiener Sir Johns hat ja als Zeuge ausgesagt, dass mein Vater in Pantoffeln am Tisch saß, als er ihn zuletzt in seinem Zimmer sah.«

»Können Sie mir vielleicht sagen, welche Art von Hausschuhen er trug?«

Sie machte eine müde Bewegung, und er merkte wieder, dass ihr alle diese Fragen sehr unangenehm waren.

»Einfache Pantoffeln, in die man einfach hineinschlüpft und die hinten ganz offen sind. Es tut mir sehr leid, Dr. Kay, dass ich unhöflich sein muss, aber ich möchte diese Unterhaltung nicht fortsetzen.«

Er nickte ernst.

»Ich verstehe Sie vollkommen, Miss Boyd. Glauben Sie mir bitte, dass ich nicht aus reiner Neugierde frage. Ich bin ja schließlich auch unverzeihlich aufdringlich, denn ich hätte alle diese Dinge selbst herausbringen können, ohne Sie zu fragen. Übrigens kannte ich Ihre Tante. Sie war immer kränklich. Wenn ich mich recht entsinne, starb sie an Scharlachfieber. Es ging auch ein Gerede, dass sie ein Einbrecher so sehr erschreckt haben sollte … Wohnen Sie eigentlich in Eastbourne?«

Sie erzählte ihm, dass ihr Vater dort ein großes Haus besaß, und nun sprach er begeistert über die landschaftlichen Schönheiten von Sussex. Er selbst stammte auch aus dieser Gegend, und für ihn gab es kein schöneres Land auf der weiten Welt. Früher einmal hatte ihm dort eine Villa gehört, aber sie war durch Feuer zerstört worden.

»Haben Sie Ihr Haus denn nicht wieder aufgebaut?«

Er schüttelte den Kopf.

»Nein. Diesmal gehe ich nach Eastbourne, weil ich dort zu tun habe.« Er sagte jedoch nichts weiter über den Zweck seines Besuches.

Frank Hallwell, ein großer, hübscher Mann, erwartete Mary Boyd auf der Station, und in der Wiedersehensfreude vergaß sie ganz, sich von ihrem Reisebegleiter zu verabschieden.

»Es war nicht recht von mir, Liebling, dass ich dich allein nach London fahren ließ«, sagte der junge Mann, als sie ihren Arm in den seinen legte. »Ich hätte mich um dein Verbot nicht kümmern sollen. Gott sei Dank ist die unangenehme Verhandlung nun vorüber.«

Sie seufzte.

»Wir wollen nicht mehr darüber sprechen«, erwiderte sie. Dann sah sie Dr. Kay noch einmal, als sich die Reisenden dem Ausgang zudrängten.

»Kennst du ihn?«, fragte sie interessiert. »Ich meine den Mann dort – er ist mit mir im selben Abteil gefahren.«

Frank Hallwell folgte der Richtung ihres Blickes.

»Ach, das ist ja Killer Kay!«

»Killer Kay?«, wiederholte sie erstaunt. »Ich wusste wohl, dass er Kay heißt…, aber warum nennt man ihn denn Killer?«

Frank war ein junger Rechtsanwalt, der augenblicklich bei der Staatsanwaltschaft arbeitete. Selbstverständlich kannte er den Arzt sehr gut.

»Sie nennen ihn im Innenministerium Killer, weil durch ihn mehr Leute an den Galgen gekommen sind als durch drei andere tüchtige Detektive. Es gibt keinen Verbrecher in ganz England, dem er nicht unter diesem Namen bekannt ist; er ist einer der größten Spezialisten, was Verbrechen und Verbrecher anbetrifft.«

Sie schauderte.

»Ich vermute, dass er hierhergekommen ist, um den Mord an der Küste aufzuklären, über den alle Leute sprechen. Ich wünschte nur, ich hätte ihn getroffen«, fuhr er begeistert fort, »dann hätte ich dich vorgestellt.«

»Aber Frank, bitte ...«

Es tat ihm sofort leid, er hatte im Augenblick nicht an ihre trübe Stimmung gedacht.

Frank Hallwell lebte mit seinem Vater in einem Haus, dessen Garten direkt an den des verstorbenen Colonels Boyd grenzte.

Er hatte den zweiten Abend nach ihrer Rückkehr mit ihr zusammen verbracht und trank gerade noch einen Whisky-Soda, als ihm der Mann gemeldet wurde, nach dem er die beiden letzten Tage vergeblich Ausschau gehalten hatte.

»Das ist aber eine angenehme Überraschung«, sagte er und half dem Besucher, den Regenmantel abzulegen.

Draußen im Kanal herrschte ein furchtbarer Sturm, und der Regen wurde prasselnd gegen die dicht verhängten Fenster getrieben.

»Ich wusste ja, dass Sie hier in der Gegend sind, und ich habe mich schon nach Ihnen umgesehen. Sie kamen mit Miss Boyd hierher – ich bin mit ihr verlobt.«

Killer Kay sah ihn freundlich an.

»Wenn ich gewusst hätte, dass Sie der Verlobte Miss Boyds sind, hätte ich Sie schon vorgestern aufgesucht. Ich habe erst heute Abend davon erfahren.«

Er begleitete Hallwell in dessen Arbeitszimmer, nahm eine der Zigarren, die ihm der junge Rechtsanwalt anbot, und setzte sich dann bequem in den großen Lehnsessel.

»Ihr Tod war nur ein Unfall«, sagte er. »Ich habe Versuche angestellt …«

»Wen meinen Sie denn?«, fragte Frank erschreckt.

»Ich meine das Mädchen an der Küste …, es tut mir leid, dass ich Sie erschreckt habe.« Kay lächelte über Franks Aufregung. »Die Polizei hier war fest davon überzeugt, dass das Mädchen ermordet wurde. Der junge Mann, den sie verhaftet haben, schwört, dass der Stein oben vom Rand der Klippe fiel. Niemand hat gesehen, dass Steine von der Klippe herunterfallen, aber es kommt tatsächlich vor. Vor einer Stunde wäre ich beinahe selbst von einem solchen Stein erschlagen worden. Es war ein Liebespaar, und die beiden hatten, wie sie glaubten, einen geschützten Platz am Fuß der Klippe gefunden. Das wurde für das junge Mädchen zur Todesursache.«

»Also ist der junge Mann unschuldig?«

»Zweifellos. Ich habe die Tote genau untersucht …, aber darüber wollte ich eigentlich nicht sprechen. Wie geht es denn Sir John?«

»Ach, meinen Sie Thorley? Hat man Ihnen erzählt, dass er krank war? Er kam heute Nachmittag. Der arme Mann ist furchtbar erschüttert durch diese ganzen traurigen Vorgänge.«

Dr. Kay rauchte behaglich und hatte die Augen halb geschlossen. Er schien mit sich und der Umwelt vollkommen zufrieden zu sein.

»Ich möchte Sir John gern einmal sprechen«, sagte er schließlich. »Ich glaube, er könnte verschiedene Einzelheiten im Zusammenhang mit dem Tod Colonel Boyds aufklären. Sein Kammerdiener könnte es natürlich ebenso gut tun, aber ich ziehe es immer vor, direkt aus der Quelle zu schöpfen.«

»Das wäre nicht schwer. Er ist auf ein oder zwei Tage nach Eastbourne gekommen, um die Vermögensangelegenheiten seines Schwagers zu regeln. Sir John ist sehr großzügig gewesen und hat Mary tausend Pfund vorgestreckt, so dass sie gut auskommen kann, bis die Vermögensaufnahme stattgefunden hat … Ach, Sie fragen, ob er reich ist? Ja, ich halte ihn für sehr vermögend. Er hat ein großes Haus in der Stadt und ein Landgut in Worcestershire, außerdem noch eine Villa in Mentone. Er trägt immer viel Geld bei sich, was ich für sehr unklug halte. So hat er zum Beispiel Mary bares Geld gegeben.«

Killer Kay richtete sich plötzlich in seinem Stuhl auf. Seine Augen leuchteten.

»Was? Banknoten? Das ist ja großartig … Nun, wir werden weitersehen.«

Am nächsten Abend ging er die lange Zufahrtstraße zu dem Haus des verstorbenen Colonels Boyd entlang. Noch bevor der Hausmeister ihn anmelden konnte, kam Mary in die Halle, um ihn zu begrüßen.

»Ich hatte keine Ahnung, dass ich mit einem so großen Mann zusammen reiste«, sagte sie und lächelte ihn an. »Ich habe meinem Onkel noch nichts über Ihren – Beruf gesagt. Er ist im Augenblick sehr angegriffen, und ich dachte, das könnte ihn vielleicht …«

»Ja, der Meinung bin ich auch, Miss Boyd. Sie sind sehr vorsorglich. Sie haben jetzt natürlich sehr viel zu tun?«

Sie nickte.

»Sie mussten wohl viele Unterschriften leisten, auch mussten andere Leute Ihre Unterschrift als Zeugen bestätigen?«

Sie nickte wieder.

»Onkel John kann Rechtsanwälte nicht leiden. Morgen kommt mein Notar. Aber es gab verschiedene Dinge zu regeln, die meinen verstorbenen Vater betrafen und die wir um seines Andenkens willen lieber unter uns abgemacht haben. Ich weiß allerdings nicht, wie ich dazu komme, Ihnen das zu erzählen.«

Sie lachte ein wenig verlegen.

»Bevor wir hineingehen, möchte ich Sie noch um einen Gefallen bitten.«

Sie zog die Augenbrauen hoch.

»Ich werde Ihnen gern einen Wunsch erfüllen, wenn ich kann.«

»Versprechen Sie mir, mich telegrafisch zu benachrichtigen, welchen Zug Sie benutzen, wenn Sie das nächste Mal nach London kommen.«

Sie starrte ihn verwundert an.

»Aber warum denn?«

»Wollen Sie es mir versprechen? Sie sagten doch eben, dass Sie mir gern einen Wunsch erfüllen würden, wenn Sie könnten.«

»Ja, ich werde Ihnen telegrafieren, wenn es Ihnen Freude macht, aber ...«

»Ich lasse kein Aber gelten«, erwiderte er gutgelaunt und folgte ihr dann ins Wohnzimmer.

Sir John Thorley war ein untersetzter Herr mit rotem Gesicht, weißem Schnurrbart und weißen Augenbrauen. Er sah aus wie ein strenger Oberst, der viele Jahre in Indien gedient hat, und sein Wesen war auch ziemlich hart und rau.

»Ich freue mich, Sie zu sehen, Doktor«, sagte er. »Sie sind ein Freund des jungen Hallwell – hm.«

Es war eine dumme Angewohnheit von ihm, dass er am Ende eines Satzes dieses »Hm« hinzufügte, denn dadurch verwandelte er unwillkürlich jedes Kompliment ins Gegenteil. Es hatte immer den Anschein, als ob er mit seinen Worten weitergegangen wäre, als er vorher beabsichtigt hatte, und als ob er seiner Meinung nach liebenswürdiger und freundlicher gewesen wäre, als es die Situation verlangte. Nachher schien er den Doktor völlig zu ignorieren und sprach nur mit seiner Nichte.

»Es ist ein ziemlich großes Haus für ein junges Mädchen«, sagte er kopfschüttelnd. »Du würdest besser tun, eine Wohnung in der Stadt zu mieten oder ein paar Hotelzimmer zu nehmen. Leider kann ich dich nicht in mein Haus einladen – das ist mir einfach unmöglich –, du verstehst schon, was ich meine. Aber hier darfst du auf keinen Fall allein bleiben.«

»Warum denn nicht, Onkel John?«, fragte sie beinahe belustigt.

»Warum nicht? Mein liebes Kind, du würdest dich hier zu Tode fürchten. Erst ist deine Tante gestorben, nun noch dein lieber Vater – nein, nein, das fällt auch dir auf die Nerven. Außerdem möchte ich dich gern in der Stadt wissen, so dass ich dich in meiner Nähe habe – hm. Bei mir wurde doch früher einmal eingebrochen … Nein, ich weiß, wie das ist. Es ist besser; wenn du nicht allein sein musst. Durch den Schreck ist damals deine arme Tante umgekommen. Der Mann hat sie furchtbar erschreckt … Nachher ging es mit ihr zu Ende.«

Gleich darauf verließ Mary das Zimmer, und nun fand Dr. Kay die gewünschte Gelegenheit, eine Frage zu stellen.

»Sir John, wo wurden eigentlich die Hausschuhe von Colonel Boyd gefunden?«

Thorley blinzelte ihn an.

»Wo die Hausschuhe … Ich weiß nicht, was Sie damit sagen wollen. Die waren doch in seinem Zimmer. Wo hätten sie denn sonst sein sollen?«

»Er hätte sie doch an den Füßen haben können«, erwiderte Killer Kay freundlich. »Soviel ich hörte, waren es weiche Pantoffeln, und ich wundere mich, dass er sie ausgezogen hat.«

»Mir ist das nicht aufgefallen. Aber auf jeden Fall war der alte Boyd mehr oder weniger verrückt. Der Tochter habe ich das natürlich nicht gesagt, aber es besteht kein Zweifel, dass der Alte den Verstand verloren hatte. Es ist schließlich auch kein Wunder, wenn man so trinkt, wie er es tat. Es war geradezu schrecklich. Ich konnte ihn nicht davon abbringen, es hat mir wirklich leid getan.«

Er schüttelte den Kopf. Da kam Mary zurück, und die Unterhaltung wandte sich einem anderen Thema zu.

Am nächsten Morgen fuhr Killer Kay nach London und stellte verschiedene Nachforschungen an. Nachmittags verließ er die Hauptstadt mit dem Schnellzug nach Westen; er hatte ein Ermächtigungsschreiben des Innenministeriums in der Tasche.

Die Nacht brachte er in Plymouth zu, und am nächsten Morgen fuhr er in einem Mietauto nach Princetown.

Doktor Kay

Auf dem Gefängnishof ging eine Kolonne von Sträflingen im Kreis über den mit großen Steinplatten belegten Boden. Die Abstände zwischen den einzelnen Leuten betrugen gleichmäßig eineinviertel Meter. Meistens sahen sie stumpf vor sich hin, denn sie hatten sonst nichts zu beobachten. Die eine Seite des Hofes wurde von einer großen, eintönigen, grauen Mauer eingenommen, die andere durch die hässliche Gefängniskirche begrenzt, die mit schwarzem Teeranstrich versehen war, um die Mauern gegen die Witterung zu schützen. Die dritte Seite bildete eine etwas niedrigere Mauer, und auf der vierten erhob sich der Flügel B der Strafanstalt mit dem gelb angestrichenen, mit Eisengittern versehenen Tor.

An drei Stellen außerhalb des Kreises standen uniformierte Wärter. Sie schwiegen und beobachteten argwöhnisch die Gefangenen. Waffen trugen sie nicht, aber Gummiknüppel. Mit gleichmäßigen Schritten gingen die Leute im Kreise umher – sie waren alle von der Sonne tief gebräunt und seit einigen Tagen nicht rasiert. Die Kleidung bestand aus schmutzig gelbgrauem Tuch, um die Waden trugen sie Schnürgamaschen. Die blau- und weiß gestreiften Hemden standen am Hals offen; als Kopfbedeckung dienten schwarze Kappen, auf denen in ziemlich roher Stickerei Buchstaben angebracht waren. Die Tritte der schweren Stiefel verursachten ein melancholisches Geräusch, wenn sie im Gleichtakt über den Steinboden schleiften.

»Hören Sie sofort auf zu reden – da drüben!«

Einer der Aufsichtsbeamten rief diese Worte scharf zu einem Gefangenen hinüber. Die Sträflinge in den gelbgrauen Anzügen machten erstaunt unschuldige Gesichter.

»Halt!«

Die Leute auf der rechten Seite sahen gleich, warum dieser Befehl gegeben wurde – der Vizedirektor der Anstalt war in den Hof getreten, und es war Vorschrift, dass die Sträflinge nicht weitergehen durften, wenn der Gefängnisdirektor oder dessen Stellvertreter in der Nähe war.

»Dreißig Mann – alles in Ordnung«, meldete der Aufseher. Der älteste Wärter salutierte steif und militärisch.

Aber es war nicht der Anblick des verhältnismäßig jungen Direktors in seinem leichten Mantel, der diese Aufregung unter den Gefangenen hervorrief, wenn sie sich auch nach außen hin nichts anmerken ließen. Seinen Begleitern starrten sie entsetzt an.

Killer Kay!

Von Mann zu Mann wurde der Name im Flüsterton durchgegeben, damit es alle erfuhren, selbst die, die dem Arzt den Rücken zuwandten.

Sie kannten alle seinen Ruf; verschiedene hatten ihn schon früher gesehen oder kennengelernt. Auch wussten sie, dass er viele ihrer Kameraden bereits an den Galgen gebracht hatte. Er stand ruhig da und beobachtete den Kreis, während er sich mit der schmalen Hand das Kinn strich. Sein Gesichtsausdruck war düster.

»Dort drüben ist Ridgeman. Er steht in der Nähe des Wärters«, erklärte der Direktor, der durch das plötzliche Auftauchen Kays ebenso überrascht war wie die Sträflinge.

»Ja. Den muss ich sprechen.« Der Direktor winkte dem betreffenden Wärter. »Bringen Sie den Gefangenen Nr. 367 zu Dr. Kay.« Der Arzt trat etwas beiseite.

Gleich darauf kam der Gefangene Nr. 367 zu ihm. Der Sträfling war ein wenig bleich geworden und wusste nicht recht, worum es sich handelte. Er war verhältnismäßig klein und hatte schon graue Haare.

Dr. Kay nickte dem Wärter zu, und dieser entfernte sich.

»Ridgeman, Sie erinnern sich, dass Sie in das Haus Nr. 408 am Lowndes Square einbrachen?«

»Jawohl. Dafür habe ich die Strafe bekommen, die ich jetzt absitze.«

»Ja, ich weiß. Können Sie sich noch an die Einzelheiten des Einbruchs erinnern? Sie stiegen durch ein Fenster ein und kamen in das Zimmer der Haushälterin?«

»Jawohl. Der Raum stand leer, weil sie zu Besuch auf dem Land war. Die Tür nach dem Gang war geschlossen, ich musste sie mit einem Dietrich öffnen.«

Dr. Kay atmete erleichtert auf. Seine Augen glänzten.

»Das wollte ich gerade wissen. Die Tür war verschlossen. Es war nichts Wertvolles in dem Raum? Es war ein gewöhnliches Zimmer, in dem sonst eine Haushälterin zu logieren pflegte. Ein paar Nippsachen standen herum und ein paar Fotografien von Verwandten der Frau?«

Ridgeman wunderte sich, nickte aber.

»War sonst nichts in dem Zimmer?«, fragte der Doktor weiter und sah den Mann scharf an.

»Doch, ein Paket in rotem Papier –«

»Lag es etwa auf dem Bett?« Dr. Kay hatte die Frage so schnell und so scharf gestellt, dass Ridgeman einen Schritt zurücktaumelte, als ob er von einem Schlag getroffen worden wäre.

»Es lag auch noch eine Art weißes Überkleid dort – nein, es sah mehr wie der Arbeitskittel eines Malers aus.«

»Haben Sie auch Handschuhe gesehen?« Kay sah den Mann erwartungsvoll an, während er dies fragte.

»Ja, ich habe auch ein paar alte Handschuhe gesehen. Sie steckten in der Tasche des weißen Kittels.«

Dr. Kay rieb sich die Hände und lächelte sonderbar.

»Es war das einzige Zimmer, in dem die Sachen sein konnten, Ridgeman. Nun sagen Sie mir noch eins. War eine Aufschrift auf dem Paket oder eine aufgeklebte Adresse? Sah es aus, als ob die Sachen sorgfältig eingepackt wären, oder war es nur nachlässig zusammengepackt?«

»Nein, es war sehr sorgfältig eingepackt und zusammengebunden, aber die Adresse war abgekratzt worden. Ich habe das Paket nicht aufgemacht, weil ich auf Schmucksachen aus war. Ich wusste, dass Lady Thorley eine Menge Juwelen besaß. Es ist nicht wahr, was damals bei der Totenschau gesagt wurde. Ich habe sie nicht zu Tode geängstigt. Absichtlich bin ich nicht in ihr Zimmer gegangen, weil ich wusste, dass sie krank war und eine Pflegerin bei sich hatte. Außerdem war mir bekannt, dass die Schmucksachen in einem Safe in der Bibliothek aufbewahrt wurden. Als ich daran arbeitete, wurde ich von Sir John überrascht. Es war eine Dummheit von mir, ihn mit einem Sandsack niederzuschlagen. Ich wäre mit zwölf Monaten davongekommen, und nun habe ich sieben Jahre, weil ich das getan habe. Aber es ist eine schwere Lüge, wenn die Leute behaupten, ich hätte etwas mit dem Tod von Lady Thorley zu tun. Ich habe überhaupt nicht gewusst, dass sie starb. Erst bei meinem Prozess habe ich davon erfahren.«

»Ich danke Ihnen, Ridgeman«, sagte Dr. Kay. »Vielleicht brauchen Sie nicht Ihre ganze Zeit abzusitzen. Ich will einmal sehen, ob ich etwas für Sie tun kann.«

Ridgeman trat in den Kreis zurück, und der Direktor ging mit seinem Besuch wieder in das Verwaltungsgebäude.

»Haben Sie Ihren Zweck erreicht? Hat er Ihnen die gewünschte Auskunft gegeben?«

»Ja. Wie viele Morde werden wohl im Lauf eines Jahres begangen?«

Der Direktor sah ihn erstaunt an.

»Ungefähr fünfzig«, meinte er.

Dr. Kay lächelte.

»Ja, fünfzig werden vor den Geschworenen verhandelt, aber soweit ich es beurteilen kann, liegt die Zahl der Morde zwischen vier- und fünfhundert. Es ist sehr schwer, sie wirklich zu schätzen. Sie hören immer nur von den Leuten, die einen Fehler gemacht haben, von Männern und Frauen, die ihre Opfer durch Anwendung von Gewalt ermordeten. Gewöhnlich sind das Verbrechen, die in der Aufregung begangen werden und infolgedessen auch leichter aufgeklärt werden können. Wenn zum Beispiel jemand einen anderen vergiftet und man findet nachher das Gift in seinem Besitz, dann ist sicher irgendwo ein Apotheker, Chemiker oder Drogist in der Nähe, der genauer sagen kann, auf welche Weise sich der Mann dieses Gift verschafft hat. Der betreffende Mörder wird natürlich unweigerlich vor Gericht behaupten, dass er das Gift gekauft hat, um Ratten zu töten oder einen Hund beiseite zu schaffen. Jemand ermordet zum Beispiel seine Frau, weil er eine andere liebt, und wirft sie in einen Brunnen – und so weiter. Wenn man nun die Mentalität dieser Leute prüft, dann sind neunzig Prozent von ihnen ungebildete Menschen, die nicht viel wissen. Die großen Berichte über frühere Verbrechen, aus denen sie hätten lernen können, kennen sie nicht, und sie wissen auch nicht, wie sie dazu kommen sollen. Wenn sie jemand umbringen wollen, müssen sie das in ihrer eigenen primitiven Weise tun. Der Trieb, andere Leute zu ermorden, ist aber nicht allein auf die weniger gebildete Klasse beschränkt. Es werden auch andere Methoden angewandt

– manche von ihnen sind so schlau erdacht, dass sie bisher jedem Versuch der Aufklärung Hohn sprachen. Wenn ich einen großen Leichenzug in den Straßen der Stadt beobachte, kommt mir häufig der Gedanke, in welchem der Wagen wohl der Mörder sitzen mag.«

Dr. Kay sagte das alles sehr ernst, sodass der Direktor sein Lächeln unterdrückte.

»Sie wollen also damit sagen, dass auch das Morden schließlich zu einer hohen Kunst entwickelt wurde?«

»Ja, der Mord in diesem Sinn ist eine Kunst«, entgegnete Killer Kay nachdenklich. »Und dabei ist die Sache doch so furchtbar einfach. Die Erziehung in den Schulen hat Kenntnisse von wissenschaftlichen Tatsachen unter vielen Millionen Menschen verbreitet, so dass Leute, die einen ihrer Mitmenschen ermorden wollen, nicht mehr zu Gift oder zum Beil zu greifen brauchen. Die Leute besitzen heutzutage Waffen, von denen sich ihre Großväter selbst im Traum nichts vorstellen konnten. Wir wissen heute von Bakterien, die ein Menschenleben ebenso sicher zerstören wie ein Geschoss. Wir kennen Naturkräfte, die einen menschlichen Körper schneller vernichten können als Dolch oder Guillotine. Und meinen Sie, dass die Leute ihre Kenntnisse auch gebrauchen werden? Selbstverständlich tun sie das! Ein Mann, der weiß, dass die Polizei nach Fingerabdrücken sucht und dadurch den Nachweis der Täterschaft führen kann, hütet sich natürlich, derartige Spuren zu hinterlassen. Ein Giftmörder, dem die Tatsache bekannt ist, dass Arsen oder irgendein anderes metallisches Gift lange in dem Körper seines Opfers zurückbleibt, so dass man es selbst noch nach Jahren bei einer Exhumierung feststellen kann, wird Pflanzengifte wählen, um andere Menschen zu ermorden. Jemand, der sich von einem unliebsamen Partner befreien will, kann das alles so schlau und vorsorglich einrichten, dass ihm die Leute noch ihr Beileid ausdrücken.«

Der stellvertretende Direktor lächelte leicht.

»Man nennt mich den ›Killer‹«, fuhr Dr. Kay fort, »und ich bin stolz auf diesen Namen. Ich bin viel mehr geneigt, schlechte Menschen aus diesem Leben zu entfernen, als ein Waisenhaus zu gründen. Die Jagd nach dem Verbrecher macht mir ein unheimliches Vergnügen. Wenn der Mann am Galgen und damit die Sache zu Ende ist, komme ich mir immer wie jemand vor, der sein Lebensziel verfehlt hat.«

Der Direktor brachte ihn durch das große Eisengittertor, dann blieb er noch stehen, bis er das Auto des Doktors nicht mehr sehen konnte.

»Nur schade, dass die interessantesten Fälle, die Dr. Kay aufgeklärt hat, nicht nach Dartmoor eingeliefert werden«, sagte er später.

Dr. Kay musste nach seiner Rückkehr nach London zwei Besuche machen. In Somerset House suchte er nach bestimmten Akten; dann sprach er in einer Waschanstalt vor. Was er an diesen beiden Stellen erfuhr, befriedigte ihn außerordentlich. Den Rest des Tages brachte er in seinem Laboratorium zu und experimentierte mit gelöstem Arsen.

Es war nahezu eine Woche nach der Abreise Sir Johns vergangen, als Mary Boyd plötzlich einen Brief von ihrem Onkel erhielt. Er bat sie darin, mit ihm in seinem Klub zu Mittag zu speisen.

Als sie im Zug saß, fiel ihr plötzlich ein, dass sie ihr Versprechen Dr. Kay gegenüber nicht gehalten hatte. Im Victoria-Bahnhof verfehlte sie ihren Onkel und ging ruhelos in der Station auf und ab. Dabei kam sie auch in die Nähe des Telegrafenamts. Als sie die große Aufschrift las, fragte sie sich, ob sie Dr. Kay telegrafieren sollte oder nicht. Zuerst zögerte sie, denn es erschien ihr sonderbar. Sie war doch jetzt schon in der Stadt angekommen, und sie hatte ihm versprochen, ein Telegramm zu senden, bevor sie Eastbourne verließ. Jetzt hatte es doch sicher wenig Zweck, ihm noch mitzuteilen, wann der Zug hier angekommen war.

Sie wollte gerade gehen, als sie aus einem unerklärlichen Grund doch noch den Entschluss fasste, den Arzt zu benachrichtigen. Sie trat in das Postamt und schrieb auf ein Telegrammformular:

Bin in der Stadt und speise im Regal-Club zu Mittag.
Mary Boyd.

Sobald sie das Telegramm abgesandt hatte, bedauerte sie ihre Handlungsweise, und als sie kurz darauf Sir John traf, hielt sie sich für töricht und albern.

»Hallo, mein liebes Kind! Beinahe hätte ich dich verfehlt. An wen hast du denn telegrafiert?«

»An die Haushälterin. Ich wollte ihr nur mitteilen, um welche Zeit ich nach Eastbourne zurückkomme.«

Es war ihr furchtbar, dass sie lügen musste, aber die Wahrheit konnte sie ihm doch unmöglich erklären. Wenn sie ihm das gesagt hätte, würde er sie geradezu für unzurechnungsfähig gehalten haben.

»Wie ist es? Hast du deinen Rechtsanwalt aufgesucht? Hoffentlich hast du ihm nichts von dem Jugendstreich deines Vaters erzählt?«

Sie schüttelte den Kopf.

Als sie Whitehall entlangfuhren, überlegte sie, in welchem dieser großen, düsteren Gebäude wohl das Büro Dr. Kays liegen mochte.

»Ja, Jugend kennt keine Tugend, das wird immer so bleiben«, erklärte Sir John. »Wenn dein Vater schließlich auch eine Liebesaffäre in seiner Jugend hatte, so ist es doch besser, wir teilen den Rechtsanwälten darüber nichts mit. Die kümmern sich zu viel um Angelegenheiten, die sie nichts angehen.«

Sie war nicht in der Stimmung, die Jugendsünden ihres Vaters mit ihm zu besprechen; sie war damit zufrieden, dass sie die Urkunde unterzeichnet hatte, die der betreffenden Frau eine kleine Rente sicherte. Damals hatte sie ein paar unangenehme Minuten durchlebt, als sie erfuhr, dass das Dokument von zwei ihrer Dienstboten als Zeugen gegengezeichnet sein musste. Aber Sir John hatte ihr die Versicherung gegeben, dass das absolut notwendig sei und dass die Dienstboten doch den Inhalt des Schreibens nicht zu lesen brauchten. Selbst sie hatte das Schriftstück nicht noch einmal durchgesehen, nachdem sie doch den Inhalt des aufgesetzten Textes genau kannte.

»Also, hier sind wir am Ziel«, sagte er und half ihr beim Aussteigen vor dem Eingang des Regal-Clubs.

Das Menü war glänzend zusammengestellt, denn Sir John Thorley war ein Feinschmecker.

Beim Nachtisch unterhielten sie sich angeregt, und schließlich wurde der Kaffee serviert.

»Nimm keinen Zucker«, sagte Sir John plötzlich. »Das macht nur unnötig korpulent.«

Sie lächelte nachsichtig, als er ihr eine Sacharintablette über den Tisch zuschob.

»Danke, Onkel John. Ich glaube allerdings kaum, dass ich die Veranlagung habe, viel Fett anzusetzen, aber …«

Sie hielt die weiße Tablette zwischen Daumen und Zeigefinger über ihrer Kaffeetasse. Im nächsten Augenblick hätte sie die Tablette in den Kaffee geworfen, wenn nicht …

»Entschuldigen Sie vielmals.«

Eine Hand tauchte plötzlich unter der ihren auf, und Mary ließ die Tablette hineinfallen. Erschreckt wandte sie sich um und sah das lächelnde Gesicht Dr. Kays.

»Seien Sie doch so gut und gehen Sie einen Augenblick zu Frank Hallwell. Er sitzt dort drüben an dem Fenstertisch«, sagte er freundlich.

»Zum Teufel, was soll das bedeuten?«, fuhr ihn Sir John wütend an und wurde dunkelrot im Gesicht.

Aber Killer Kay antwortete nicht, bis Mary nach einem ängstlichen Blick auf die beiden Herren den Tisch verlassen hatte.

»Ich erspare mir eine ganze Reihe von Unannehmlichkeiten dadurch, dass ich mir die Tablette beschafft habe«, erwiderte Dr. Kay in der liebenswürdigsten Art und Weise. »Sonst hätte ich den Inhalt der Tasse in eine Flasche füllen müssen und hätte dadurch die Aufmerksamkeit aller anderen Gäste auf mich gelenkt.«

»Wollen Sie mir bitte sagen ...«

Sir Johns Stimme war heiser und unsicher.

»Kommen Sie mit.«

Kays Worte klangen wie ein Befehl, und Sir John folgte dem Arzt ohne weiteren Protest.

In der Eingangshalle des Klubs saßen zwei Herren, als ob sie auf jemand warteten. Sie erhoben sich, als sie den Doktor sahen, und gingen auf ihn zu.

»Hier ist Ihr Gefangener«, sagte Kay zu dem Polizeiinspektor. »Ich beschuldige ihn des vorsätzlichen Mordes, begangen an Isabell Alice Thorley, ebenso des Mordes an Bertram James Boyd.«

Sir John Thorley war weit davon entfernt, ein Millionär zu sein«, sagte Dr. Kay zu Frank Hallwell, als sie zusammensaßen und rauchten.»Im Gegenteil, er ist äußerst arm. Seine Ehe war unglücklich; die Frau besaß allerdings ein großes Vermögen. Sie hatte, ohne dass er es wusste, ein Testament aufgesetzt, in dem sie ihr ganzes Vermögen ihrem Bruder vermachte. Thorley war früher Direktor des Hospitals in Wormwood. Dort hat sich die Gewohnheit herausgebildet, die Bettwäsche aller Patienten, die an einer ansteckenden Krankheit litten, an eine bestimmte Waschanstalt zu schicken. Es besteht die Vorschrift, dass diese Wäschestücke in rotem Papier verpackt werden, und sie kommen dann, wie sie sind, mit dem Papier in einen Desinfektionsapparat, bevor sie gewaschen und gereinigt werden können. Drei Tage, bevor Lady Thorley an Scharlachfieber erkrankte, machte er einen Besuch in dem Hospital und hielt seinen Wagen, den er selbst steuerte, unter dem offenen Fenster des Raumes an, in dem die infizierte Wäsche aufbewahrt wurde. Ohne Begleitung machte er einen Rundgang durch die Anstalt, und ich habe feststellen können, dass er auch in den Aufbewahrungsraum für schmutzige Wäsche ging. Später wurde ein Paket Kissenbezüge vermisst, aber damals legte man der Entdeckung keinen weiteren Wert bei. Er hat das Paket natürlich durch das offene Fenster in seinen Wagen geworfen.

Lady Thorley starb an heftigem Scharlachfieber, und es besteht kein Zweifel, dass Sir John in Abwesenheit der Krankenschwester das Kissen seiner Frau mit einem der infizierten Wäschestücke bezogen hat. Als er dann später herausfand, dass der Bruder der Verstorbenen das Geld erbte, tötete er auch Boyd. Er sorgte dafür, dass der Colonel sich heftig betrank, schleppte ihn mitten in der Nacht die Treppe hinunter, arrangierte alles und täuschte einen Selbstmord vor. Unglücklicherweise trug aber Colonel Boyd lose Pantoffeln, die im Schlafzimmer auf den Boden fielen, als er ihn aufhob. Später fand man sie ordentlich zusammengestellt am Fußende des Bettes. Nun sind aber Selbstmörder nicht so ordentlich veranlagt!«

»Haben Sie die Sacharintablette untersucht?«, fragte Frank leise.

Killer Kay nickte.

»Wenn Mary Boyd den Kaffee getrunken hätte, wäre sie heute morgen gestorben, und die Ärzte hätten wahrscheinlich irgendeine andere Diagnose gegeben, denn das Gift war so schlau ausgesucht, dass man es kaum nachweisen kann.«

»Aber warum wollte er sie denn umbringen? Das Geld wäre doch nicht an ihn gegangen, sondern an ihren Vetter in Kanada.«

Dr. Kay lachte grimmig.

»Sie hat ein Testament zugunsten Thorleys unterschrieben. Sie wusste selbst nicht, dass es sich um ein Testament handelte. Sir John gab ihr ein Schriftstück – irgendeiner Frau wurde darin eine Rente aus der Erbschaft ihres Vater zugesichert. Das Schriftstück, das sie aber später unterschrieb und das in ihrer Gegenwart von zwei weiteren Zeugen unterzeichnet wurde, war ein Testament, in dem sie ihr Vermögen Sir John Thorley vermachte. Die Schuld ihres Onkels ist vollkommen einwandfrei bewiesen, und er kommt an den Galgen, wenn er nicht vorher vor Furcht stirbt.«

Aber es geschah weder das eine noch das andere. Als die Gefängniswärter Sir John Thorley durchsuchten, übersahen sie eine kleine graue Tablette, die er in einer Westentasche bei sich trug – in der nächsten Nacht wurde er in seiner Zelle tot aufgefunden.

Aus dem Englischen von Ravi Ravendro

Karel Čapek

Vom Kassenknacker
und vom Brandstifter

Karel Čapeks Name fällt heute meist in Verbindung mit einem anderen Genre: Science Fiction. Er war es, der das aus dem Tschechischen stammende Wort *Roboter* in Umlauf brachte, denn die künstlichen Menschen spielten in seinem 1920 erschienenen Drama »R.U.R. - Rossum's Universal Robots« eine wichtige Rolle. Doch sein literarischer Nachlass ist deutlich größer: Dramen, Märchen, Sachbücher und auch Krimis gehen auf sein Konto. Als die Nationalsozialisten an Macht gewannen, warnte er eindringlich vor der kommenden Diktatur, ließ sich jedoch auch vom Sozialismus nicht vereinnahmen. Dieser Tatsache und dem politischen Umbruch nach dem Zweiten Weltkrieg ist es geschuldet, dass viele seiner Werke jenseits utopischer Themen in Vergessenheit gerieten.

Ja, mein Lieber«, sagte Herr Jilek, »stehlen muss man eben können. Das sagte auch Herr Balaban, der Schränker, dessen letzte Kasse die von Scholle und Co. gewesen ist. Balaban war einer von den gebildeten und rechtschaffenen Einbrechern. Er war schon ein älterer Mensch, und da hat man selbstverständlich bereits größere Erfahrungen. Ein Junger setzt viel eher alles auf eine Karte, und es ist ja was daran, auch mit der Courage lässt sich allerhand ausrichten. Wenn der Mensch aber in die Jahre kommt, in denen man zu überlegen beginnt, hat er den Elan nicht mehr und geht an seine Arbeit mit größerer Vorsicht heran. Das ist so in der Politik und überhaupt im Leben.

Dieser Herr Balaban nun vertrat die Meinung, dass jede Arbeit ihre Gesetze habe, und was die einbruchssicheren Kassen betreffe, so sollte ein Kassenknacker eigentlich immer allein arbeiten, weil man sich ja auf niemanden verlassen könne. Zweitens solle er niemals lange an einem und demselben Platz arbeiten, weil man sonst seine Arbeitsmethode bald erkennt. Drittens sei es erforderlich, dass er mit dem Fortschritt gehe und alles beherrsche, was es in seinem Fach an Neuerungen gebe, trotzdem aber müsse er an der alten Tradition und dem guten alten Handwerk festhalten; denn je größer die Zahl der Leute sei, die auf ungefähr gleiche Weise arbeiten, desto schwerer sei die Aufgabe der Polizei. Aus diesem Grunde blieb Balaban ein Anhänger des Sperrhakens, obwohl er über einen elektrischen Bohrer verfügte und auch mit Thermit umzugehen verstand. Er sagte, es wäre nichts als dumme Eitelkeit und unangebrachter Ehrgeiz, sich mit den modernen Panzersafes einzulassen; er für seinen Teil bleibe bei jenen alten soliden Firmen, die Stahlkassen aus der früheren Zeit haben und darin ehrliches bares Geld und nicht diese modernen Schecks. All diese Dinge hatte er wohl durchdacht und reiflich erwogen, der Balaban. Im Nebenberuf betrieb er einen Handel mit altem Messing, agentierte mit Realitäten, verkaufte Pferde und war überhaupt recht gut gestellt. Dieser Balaban also nahm sich vor, nur noch an eine einzige Kasse heranzugehen, aber das sollte eine so saubere Arbeit werden, dass die jüngere Generation Mund und Augen aufreißen werde. Es sei nämlich, erklärte er, unvergleichlich wichtiger, sich nicht erwischen zu lassen, als weiß Gott wie große Beute zu machen.

Diese letzte Kasse, die sich Balaban sorgfältig ausgesucht hatte, war die der Firma Scholle und Co., das ist diese Fabrik draußen in Bubna. Es war ja wirklich saubere Arbeit, die er dort geleistet hat. Ich weiß es von einem Polizeiagenten, einem gewissen Pistora. Er stieg vom Hof aus durch das Fenster ein, ganz so wie es uns Herr Doktor Vitasek vorhin von sich erzählt hat, aber er musste ein Gitter ausbrechen. Es war ein Genuss zu sehen, meinte Herr Pistora, wie sauber er dieses Gitter herausgenommen hat. Nicht die geringste Schweinerei hat er dabei gemacht – einfach wunderbar war die Arbeit. Und genau an der Stelle, an der er die Kasse anging, erledigte er sie auch. Nicht ein einziges unnötiges Loch war da, kein überflüssiger Kratzer, keine Abschürfung, nicht einmal der Lack war zerschunden. Es war direkt zu bemerken, sagte Pistora, mit welcher Liebe der Mann seine Arbeit getan hatte; die Kasse steht jetzt, eben wegen dieser meisterhaften Arbeit, im Polizeimuseum. Er nahm also dann das Geld heraus, es waren sechzigtausend, verzehrte ein mitgebrachtes Stück Brot mit Fett und verschwand, wiederum durchs Fenster. Ein Feldherr und ein Geldschrankknacker müssen vor allem den Rückzug gut vorbereiten, war eine von Balabans Maximen. Dann trug er das Geld zu seiner Base, das Werkzeug verstaute er bei einem gewissen Litzner, begab sich nach Hause, reinigte Kleider und Schuhe, wusch sich und legte sich, wie es sich für einen ordentlichen Menschen gehört, ins Bett.

Es war noch nicht einmal acht Uhr früh geworden, als jemand an die Tür klopfte und rief: ›Aufmachen, Herr Balaban!‹ Balaban begriff nicht, wer das wohl sein könne, er ging aber mit ruhigem Gewissen öffnen. Da drängten sich zwei Polizisten in die Tür und hinter ihnen dieser Polizeiagent Pistora. Ich weiß nicht, ob Sie ihn kennen; er ist ein kleiner Kerl, hat Zähne wie ein Eichhörnchen und lacht ununterbrochen. Bevor er zur Polizei ging, war er bei einer Leichenbestattungsanstalt beschäftigt gewesen, er kam aber um seine Stellung, weil immer alle Leute lachen mussten, wenn er so vor dem Sarg dahergestiegen kam und so spaßig die Zähne zeigte. Es ist Ihnen wohl auch schon aufgefallen, dass viele Leute nur aus Verlegenheit grinsen, weil sie mit ihrem Maul nichts anzufangen wissen, so wie andere nicht wissen, was sie mit ihren Händen tun sollen. Das ist

Vom Kassenknacker und vom Brandstifter

wahrscheinlich auch der Grund, warum die meisten Leute nicht aufhören zu lachen, wenn sie einmal mit irgendeiner großen Persönlichkeit, mit einem regierenden Fürsten oder mit dem Präsidenten reden. Es ist nicht so sehr Freude, eher Verlegenheit. – Aber ich rede ja von Herrn Balaban.

Der Balaban sah also die beiden Schutzleute und den Pistora und fuhr sie in gerechtem Zorn an: ›Was haben Sie hier zu suchen? Ich habe mit Ihnen nichts zu schaffen!‹ – Er staunte selbst über die Art, in der er sie anzischte.

›Aber, Herr Balaban‹, lachte Pistora, ›was wollen Sie? Wir kommen ja nur, um uns Ihre Zähne anzusehen!‹ Geradewegs schritt er auf ein buntbemaltes Töpfchen zu, in das Balaban über Nacht sein Gebiss tat – er hatte nämlich den größten Teil seiner Zähne verloren, als er einmal genötigt war, aus einem Fenster zu springen.

›Nicht wahr, Herr Balaban‹, sagte Pistora und seine Freude war ihm anzumerken, ›das Zeug sitzt nicht fest, so ein falsches Gebiss! Beim Bohren wackeln sie, diese Zähne, und da haben Sie sie eben herausgenommen und auf den Schreibtisch gelegt. Dort war aber Staub, Herr Balaban – das sollten Sie wirklich schon wissen, dass in Büroräumen der Staub gewöhnlich fingerdick liegt. Na, und wenn wir so eine Spur von einem falschen Gebiss finden, da bleibt uns schon nichts übrig, Herr Balaban, als Sie zu besuchen, darüber dürfen Sie sich nicht aufregen. Wenn Sie wenigstens den Staub vorher abgewischt hätten!‹

›Verflucht noch einmal!‹, rief Balaban. ›Sehen Sie, Pistora, man sagt immer, dass auch der gescheiteste Gauner einen Fehler macht, nicht wahr?‹

›Sie haben sogar zwei gemacht‹, grinste Herr Pistora, ›wir haben nur einen Blick in den Raum geworfen, und sofort haben wir auf Sie getippt. Sie wissen doch – jeder ordentliche Einbrecher macht an Ort und Stelle was auf den Boden – damit er nicht erwischt wird; das ist schon so der Aberglaube. Sie aber, Sie sind ein Ungläubiger und ein Vernunftmensch, Sie halten nichts von solchem Aberglauben. Sie bilden sich ein, dass man alles mit dem Verstand machen kann. Jetzt haben Sie's. Ja, Herr Balaban, stehlen muss man können!‹«

*

»Manche von diesen Leuten sind aber doch sehr geschickt«, sagte hierauf bedächtig Herr Maly, »das muss man ihnen schon lassen. Ich hatte da einmal von einem Fall gelesen, vielleicht kennt jemand von Ihnen die Geschichte noch nicht. Es war irgendwo in der Steiermark. Dort lebte ein Mann, ein Sattler- und Riemermeister. Mit dem Taufnamen hieß er Anton und mit dem Familiennamen Huber oder Vogt oder Meyer – wie eben diese Leute schon heißen. Der Sattler hatte Namenstag und saß gerade beim Festessen – in der Steiermark ist das Essen übrigens nicht einmal an Festtagen genießbar, dort ist es nicht wie

Vom Kassenknacker und vom Brandstifter

bei uns. Man hat mir erzählt, dass man dort sogar Kastanien isst. Der Sattler sitzt also im Kreise seiner Familie beim Mittagessen, und auf einmal klopft es ans Fenster und jemand schreit: ›Jesus Maria, Nachbar, das Dach brennt über eurem Kopf!‹ Der Sattler springt auf und, meiner Seel, der Dachgiebel steht in Flammen! Natürlich schreien die Kinder, die Frau heult und trägt die Uhr ins Freie – ich habe schon eine Menge Brände gesehen und dabei immer beobachtet, dass die Menschen da gewöhnlich den Kopf verlieren und damit beginnen, dass sie irgend etwas Wertloses retten; die Uhr oder die Kaffeemühle oder den Kanarienvogel. Erst wenn es zu spät ist, fällt ihnen ein, dass sie die Großmutter, die Kleider und noch andere wichtige Dinge drin vergessen haben. Inzwischen waren Leute zusammengelaufen und man fing an, einander bei der Löscharbeit im Wege zu stehen. Nach einiger Zeit kam auch die Feuerwehr – Sie wissen doch: jeder Feuerwehrmann muss sich umkleiden, bevor er zu löschen beginnt. Infolgedessen hatte schon ein zweites Gebäude Feuer gefangen, und am Abend lagen bereits siebzehn in Schutt und Asche. Wer einmal ein richtiges Feuer sehen will, muss in ein Dorf gehen oder in eine kleine Stadt. In der Großstadt ist es nicht mehr das Richtige, dort muss man die Geschicklichkeit der Feuerwehr mehr als den Brand bewundern. Am hübschesten ist es, wenn man selber beim Löschen helfen oder den anderen Ratschläge geben kann, wie sie löschen sollen. Das Löschen, wissen Sie, das ist eine wunderschöne Arbeit –

wenn es so zischt und prasselt. Aber das Wasser vom Bach herüberschleppen, das ist schon weniger schön. Mit den Menschen ist es ja sehr sonderbar: wenn einer eine Katastrophe mit ansieht, dann will er auch, dass sie was ausgibt. Eine große Feuersbrunst oder eine große Überschwemmung, das ist etwas, was einen in Stimmung bringt. Man bekommt so das Gefühl, dass man im Leben auf seine Rechnung gekommen ist. Möglich auch, dass es noch eine heidnische Regung ist, in die man da verfällt. Weiß Gott!

Tags darauf war es – na, es war eben, wie es nach einem Brand ist. So schön ein Brand ist, so scheußlich ist nachher die Brandstätte. Es ist ganz so wie bei der Liebe. Gebrochen blickt der Mensch um sich und meint, er könne sich nie wieder aufrappeln. Dort also war ein junger Gendarm, der die Aufgabe hatte, die Ursache des Feuers zu untersuchen.

›Herr Wachtmeister‹, sagte der Sattler Anton, ›ich möchte wetten, dass der Brand gelegt ist. Schon weil es gerade an meinem Namenstag, als ich beim Essen saß, losging. Aber warum sich jemand an mir hätte rächen wollen, will mir nicht einleuchten; ich habe keinem Menschen was zuleide getan, und was Politisches kann es schon gar nicht sein. Ich weiß also wahrhaftig nicht, wer mir das hätte antun wollen.‹

Es war Mittag und die Sonne brannte. Der Gendarm spazierte über die Brandstätte: Soll's der Teufel selber herauskriegen, wie das angefangen hat. ›Herr Anton‹, sagte er

Vom Kassenknacker und vom Brandstifter

plötzlich, ›was glitzert denn dort oben auf dem Balken?‹
– ›Dort war der Dachboden‹, sprach der Sattler, ›vielleicht
ist es ein Nagel.‹ – ›Wie ein Nagel sieht das nicht aus‹,
meinte der Gendarm, ›eher wie ein Spiegel.‹ – ›Wie sollte
ein Spiegel dort hinkommen‹, sagte der Sattler, ›auf dem
Dachboden war nie etwas anderes als Stroh.‹ – ›Und es ist
doch ein Spiegel‹, erklärte der Gendarm, ›ich werde es Ihnen beweisen.‹

Er stellte die Feuerwehrleiter an den verkohlten Balken,
stieg hinauf und sagte: ›Passen Sie auf, Herr Anton, es ist
kein Nagel und auch kein Spiegel, sondern es ist ein rundes
Stück Glas, und es ist an dem Balken festgemacht. Was soll
das nur sein, ich bitte Sie?‹ – ›Keine Ahnung‹, sagte der
Sattler, ›vielleicht haben die Kinder damit gespielt.‹ Plötz-
lich, wie der Gendarm das Glas untersuchte, schrie er auf:
›Au! Das brennt ja! Was ist das?‹, und befühlte seine Nase.
›Herrgott!‹, brüllte er von neuem, ›jetzt hab ich mir die
Hand verbrannt! Schnell, Herr Anton, geben Sie mir ein
Papier!‹ Der Sattler reichte ihm ein Blatt aus einem Notiz-
buch und der Gendarm hielt das Papier unter das Glas.
– ›So‹, sagte er nach einiger Zeit, ›mir scheint, Herr An-
ton, wir haben die Sache schon.‹ – Sodann stieg er auf der
Leiter herab und hielt dem Sattler das Blatt Papier unter
die Nase; ein Loch war hineingebrannt, das Papier rauchte
noch. ›Herr Anton‹, sagte der Gendarm, ›hören Sie: dieses
Glas ist eine Sammellinse, eine Lupe, und jetzt möchte ich
nur gern wissen, wer es an dem Balken ausgerechnet über

dem Strohhaufen befestigt hat. Aber das sage ich Ihnen, Herr Anton, wenn wir den Betreffenden haben, so geht er von hier nicht ohne Handschellen weg.‹

›Um Himmels willen‹, sagte der Sattler, ›wir haben doch nie eine Lupe im Haus gehabt. Halt!‹, rief er plötzlich, ›warten Sie mal. Einmal hatte ich einen Jungen hier in der Lehre, Seppel hieß er, und der hat immerfort mit solchem Zeug gespielt! Deshalb hat er auch zu keiner vernünftigen Arbeit getaugt, und ich habe ihn hinausgeschmissen, weil er nichts als solche Dummheiten und Experimente im Schädel hatte. Ob's vielleicht dieser verfluchte Junge gewesen ist? – Aber das ist ja gar nicht möglich, Herr Wachtmeister. Anfang Februar habe ich ihn schon hinausgeworfen. Der steckt jetzt weiß Gott wo. Seit damals ist er hier nicht mehr gesehen worden.‹

›Wir werden schon herausbekommen, ob die Linse ihm gehört‹, meinte der Gendarm, ›Telegrafieren Sie in die Stadt, Herr Anton, man soll sofort noch zwei Gendarmen herausschicken; die Linse darf inzwischen kein Mensch anrühren. Erst müssen wir den Jungen finden.‹

Man fand ihn. Er war in einem ganz andern Ort bei einem Taschner in der Lehre. Und als der Gendarm kaum in die Werkstätte eingetreten war, begann der Junge zu zittern wie Espenlaub. ›Sepp‹, schrie ihn der Gendarm an, ›wo warst du am 13. Juni?‹

›Bitte, hier‹, stotterte der Bursche, ›seit dem 15. Februar bin ich hier und war auch nicht einen halben Tag fort, dafür habe ich Zeugen.‹ – ›Ich selbst kann das bezeugen‹, sagte der Taschner, ›er wohnt bei mir und hat auch auf mein Jüngstes aufzupassen.‹

›Verflucht noch einmal‹, meinte der Gendarm, ›dann wird er's also doch nicht gewesen sein.‹

›Was soll denn mit ihm los sein?‹, fragte der Taschnermeister.

›Ach was‹, sagte der Gendarm, ›er stand im Verdacht, am 13. Juni in dem verdammten Nest dort drüben dem Sattler Anton das Haus angezündet zu haben, und mit dem Haus die halbe Gemeinde.‹

›Am 13. Juni?‹, fragte der Taschner bestürzt. ›Sie, das ist aber doch sonderbar. An diesem Tag hat der Junge gefragt: »Den wievielten haben wir heute? Den 13. Juni? Das ist der Heilige Anton, nicht wahr? Ich sage Ihnen, heute geschieht irgendwo etwas.«‹

In diesem Augenblick sprang der Sepp auf und versuchte davonzurennen. Aber der Gendarm hatte ihn sofort beim Kragen. Unterwegs gestand der Junge dem Gendarmen alles: Er war wütend auf Meister Anton, weil ihn der Sattler wegen seiner Basteleien wie einen Hund geprügelt hatte. Er wollte sich an ihm rächen und so erforschte er, wo am 13. Juni, dem Tag des heiligen Anton, genau zu Mittag die Sonne stehen würde, danach stellte er die Linse ein, um das Stroh in Brand zu stecken; er selbst würde dann weiß Gott wo sein. All das hatte er also schon im Februar vorbereitet, knapp bevor er seinen Dienst verlassen hatte.

Karel Čapek

Sie werden es mir nicht glauben, aber man berief einen Wiener Astronomen, der die Linse untersuchte und gar nicht fassen konnte, wie haargenau der Junge sie auf die Sonnenkulmination des 13. Juni eingestellt hatte. Er meinte, dies zeuge von einer geradezu unerhörten Geschicklichkeit, um so mehr als der fünfzehnjährige Junge keinerlei astronomische Geräte zur Winkelmessung zur Verfügung hatte. Was mit dem Sepp weiter geschehen ist, weiß ich nicht. Aber ich werde den Gedanken nicht los, was für ein Astronom oder Physiker aus dem Lausbuben hätte werden können. Ein zweiter Newton oder so was Ähnliches mag in dem verdammten Bengel gesteckt haben! So viel Erfindungsgeist und so viel Talent gehen in der Welt verloren ... die Geduld, um Diamanten im Sande, Perlen im Meer zu suchen, bringen die Menschen auf; aber die seltensten und absonderlichsten Gaben Gottes in seinen Geschöpfen aufzuspüren, damit sie nicht zuschanden würden, dafür haben sie kein Interesse. Ob da nicht ein großer Fehler steckt?«

Aus dem Tschechischen von Vincy Schwarz

Arthur Conan Doyle

Mein Freund der Mörder

Nein, diese Geschichte handelt nicht von Sherlock Holmes. Conan Doyles berühmteste Schöpfung wurde dem Autor nach unzähligen Fortsetzungen zu anspruchslos, er wollte sich stattdessen lieber »ernsthafter Literatur« widmen. In der Folge schrieb er historische Romane, Sachbücher, Erzählungen, Autobiografien und zahlreiche Reportagen, die mit wenigen Ausnahmen heute in Vergessenheit geraten sind. Eine Handvoll Kriminalgeschichten ist ebenfalls darunter, in denen er mit dokumentarischen Einschüben eine ähnliche Nähe zur Realität suggeriert wie in seinen Holmes-Abenteuern.

Nummer dreiundvierzig geht es nicht besser, Herr Doktor«, sagte der Oberwärter mit etwas vorwurfsvoller Stimme, indem er seinen Kopf zu meiner Türe hereinsteckte.

»Der Henker soll ihn holen!«, antwortete ich hinter meinem Zeitungsblatt hervor.

»Einundsechzig behauptet, er habe Schmerzen in der Nierengegend. Könnten Sie ihm nicht helfen?«

»Er ist die reinste wandernde Apotheke«, erwiderte ich. »Er hat bereits die gesamte britische Pharmakopöe[1] geschluckt. Ich glaube, seine Nieren sind so gesund wie die Ihrigen.«

»Dann Nummer sieben und hundertacht, die sind schon lange krank«, fuhr der Wärter fort, indem er einen Blick auf einen kleinen Zettel warf, den er in der Hand hielt. »Und achtundzwanzig wollte gestern nicht arbeiten: Er behauptet, wenn er etwas hebe, so fühle er Seitenstiche. Wenn es Ihnen nichts ausmacht, Herr Doktor, so kommen Sie, bitte, und schauen Sie nach ihm. Ferner einunddreißig, – der, welcher John Adamson in der Handelsbrigg ›Korinth‹ erschlug, – der hat eine grässliche Nacht hinter sich; die ganze Zeit brüllte und stöhnte er; es hat alles nichts genützt, ist nicht zu beruhigen gewesen!«

»Gut, ich will nachher nach ihm sehen«, sagte ich, indem ich meine Zeitung beiseite schob und mir eine Tasse Kaffee einschenkte. »Sonst haben Sie nichts zu melden, Wärter?«

Er schob seinen Kopf noch ein wenig weiter zur Tür herein. »Verzeihen Sie, Herr Doktor«, sagte er in vertraulichem Ton, »aber, wie ich bemerkte, hat sich zweiundachtzig ein wenig erkältet, und es wäre eine gute Entschuldigung für Sie, ihn zu besuchen und vielleicht ein wenig mit ihm zu plaudern.«

Ich starrte dem Mann erstaunt ins Gesicht.

---

[1] Arzneibuch

»Eine Entschuldigung«, sagte ich, »was, eine Entschuldigung? Was zum Teufel schwatzen Sie denn für Zeug, Pherson? Den ganzen Tag plage ich mich mit meinen anderen Kranken ab, wenn ich nicht nach den Gefangenen sehe, und komme jeden Abend nach Hause müde wie ein Hund, und Sie schwatzen jetzt von einer Entschuldigung, die ich brauche, um noch mehr zu arbeiten? Was glauben Sie denn eigentlich?«

»Es würde Ihnen Vergnügen bereiten«, antwortete der Wärter, indem er eine seiner Schultern ins Zimmer schob. »Die Geschichte dieses Menschen ist wert, angehört zu werden, wenn Sie ihn zum Erzählen bringen könnten; er ist allerdings nicht sehr gesprächig, der Mann. Vielleicht wissen Sie nicht, wer zweiundachtzig ist?«

»Nein, und ich will's gar nicht wissen«, sagte ich, da ich überzeugt war, dass er mir von irgendeinem einheimischen Spitzbuben vormachen wollte, er sei weiß Gott was für eine berühmte Persönlichkeit.

»Es ist Maloney«, bemerkte mit Pathos der Wärter, »der, welcher nach den Mordtaten von Bluemansdyke gegen seine Gefährten zeugte und so dem Galgen entging.«

»Wie, wirklich?«, rief ich und stellte erstaunt meine Tasse hin. – Ich hatte von dieser geheimnisvollen Reihe von Mordtaten gehört und in einer Londoner Zeitschrift einen Aufsatz darüber gelesen, lange bevor ich mich in Australien niederließ. Ich erinnerte mich, dass diese Scheußlichkeiten die Verbrechen eines Burke und Hare völlig in den Schatten gestellt hatten, und dass einer der allerniederträchtigsten der Bande seinen Hals aus der Schlinge gezogen hatte, indem er seine Genossen verriet. – »Sind Sie dessen sicher?«, fragte ich.

»O gewiss, er ist es ganz bestimmt. Fragen Sie ihn nur ein wenig aus und Sie werden sich wundern! Der Maloney ist's wert, dass man ihn kennt; das heißt, mit Maß und Ziel!« Der Kopf grinste bei diesen Worten, nickte und verschwand. Ich hatte Zeit, mein Frühstück zu beenden und über das Gehörte nachzudenken.

Der Posten eines Arztes in einem australischen Gefängnis ist kein beneidenswerter. Vielleicht ist es in Melbourne oder Sydney noch auszuhalten, aber das Städtchen Perth bot wenig Annehmlichkeiten, und diese wenigen waren längst erschöpft. Das Klima war niederträchtig und die Gesellschaft nichts weniger als ebenbürtig. Schafe und Vieh bildeten das Haupterzeugnis der Gegend, ihre Preise, Zucht und Krankheiten den wichtigsten Gesprächsstoff. Da ich nun, als Fremder, nichts davon verstand und mich nicht sehr dafür interessierte, schon weil ich kein Vieh besaß, befand ich mich in einem Zustande geistiger Isolierung, und so war ich über jede Kleinigkeit, welche die Eintönigkeit meines Lebens unterbrechen konnte, erfreut. Der Mörder Maloney besaß zum wenigsten eine stark ausgebildete Individualität, die ein gutes Gegenmittel für ein Gemüt bilden würde, das krank war von den Gemeinplätzen des Alltagslebens. Ich beschloss, dem Rat des Wärters zu folgen und den genannten Grund vorzuschützen, um die Bekanntschaft Maloneys zu machen. Als ich daher meine übliche Morgenrunde machte, drehte ich den Schlüssel an der Türe um, die seine Nummer trug, und trat in die Zelle ein.

Der Mann lag bei meinem Eintritt auf seinem ärmlichen Bett; er stützte sich auf seine langen Arme, richtete sich auf und sah mich mit einem frechen, misstrauischen Blick an, der keine gute Einleitung für unsere Unterhaltung zu sein schien. Er hatte ein bleiches Gesicht, helle Haare, einen roten Bart und ein einziges stahlblaues Auge mit katzenartigem Ausdruck. Er war groß und muskulös gebaut; nur seine Schultern hatten eine etwas abnorme Form. Ein oberflächlicher Beobachter indes hätte ihn, was das Allgemeine anbelangt, für einen ganz hübschen, wohlproportionierten Kerl mit guten Umgangsformen gehalten: Selbst in der hässlichen Uniform dieser verlotterten Strafanstalt wusste er sich ein gewisses feineres Aussehen zu geben, als die anderen Gauner in den Zellen nebenan.

»Ich stehe nicht auf der Krankenliste«, bemerkte er etwas gereizt. Es lag etwas in dieser harten Stimme, das alle sanfteren Eingebungen zum Verstummen brachte und mich daran erinnerte, dass ich, Auge in Auge, dem Helden des Lenatales und von Bluemansdyke, dem blutigsten Buschklepper gegenüberstand, der je eine Farm angezündet oder deren Bewohnern den Hals abgeschnitten hatte.

»Ich weiß das wohl«, antwortete ich. »Der Wärter Pherson sagte mir jedoch, dass Ihr Euch erkältet hättet, und so dachte ich, ich wollte nach Euch sehen.«

»Der Teufel hol' den Wärter Pherson, und Euch dazu!«, brüllte der Sträfling in einem Wutanfall. »Na, so ist's recht«, fügte er mit ruhigerer Stimme hinzu, »gehen Sie nur zum Gouverneur und denunzieren Sie mich! Machen Sie, dass ich weitere sechs Monate oder so kriege – zu dem sind Sie recht!«

»Ich werde Sie nicht denunzieren«, erwiderte ich.

»Acht Quadratfuß Erde«, fuhr er fort, indem er meine Antwort ganz überhörte, »acht Quadratfuß, und nicht einmal das kann ich haben, ohne dass man mich anschwatzt und anglotzt, und – o, wenn euch nur alle zusammen der Teufel holen wollte!« Er hatte sich wieder ganz in Wut geredet und erhob seine geballten Fäuste über den Kopf, um sie leidenschaftlich drohend zu schütteln.

»Ihr habt offenbar etwas sonderbare Begriffe von Gastfreundschaft«, bemerkte ich, entschlossen, meine Ruhe zu bewahren; ich sagte diese Worte ohne Hintergedanken, nur um überhaupt etwas zu sagen.

Zu meinem Erstaunen machten sie einen außerordentlichen Eindruck auf ihn. Er schien vollständig starr darüber, dass ich seinen Vorschlag anzunehmen schien, für den er so leidenschaftlich gesprochen hatte, nämlich, dass die Zelle, in der er stand, sein eigen war.

»Verzeihen Sie«, sagte er, »ich wollte nicht grob sein! Wollen Sie nicht Platz nehmen?« Er wies auf einen rohen Sessel, der außer dem Bett das einzige Möbel seines Schlafraumes war.

Ich setzte mich, ziemlich erstaunt über den plötzlichen Wechsel in seinem Benehmen. Ich weiß nicht, ob mir Maloney jetzt weniger unangenehm war: der Mörder war für den Augenblick nicht mehr vorhanden, das ist richtig; aber in seiner sanften Stimme und seinen unterwürfigen Bewegungen lag etwas, das mächtig an den Mann erinnerte, der gegen seine Mordgenossen aufgestanden war und durch sein Zeugnis ihr Leben vernichtet hatte.

»Wie geht's mit Eurer Brust?«, fragte ich in berufsmäßigem Ton.

»Kommen Sie, Herr Doktor, klopfen Sie sie aus, kommen Sie!«, antwortete er und zeigte eine Reihe blitzender Zähne, als er sich wieder auf die Bettkante setzte. »Es war übrigens nicht die Sorge um meine wertvolle Gesundheit, die Sie hierher geführt hat; die Geschichte machen Sie mir nicht weis! Sie sind hierhergekommen, um sich Wolf Tone Maloney anzusehen, den Falschmünzer, Mörder, Sträfling, Buschklepper und Staatsankläger. So seh' ich etwa aus, hä? Das ist alles, klar und deutlich; 's ist nichts Mittelmäßiges an mir, wie?«

Er machte eine Pause, als ob er eine Antwort von mir erwarte; als ich indes nichts erwiderte, wiederholte er ein oder zweimal: »'s ist nichts Mittelmäßiges an mir!«

»Und warum hätt' ich's nicht tun sollen?«, schrie er plötzlich, indem seine Augen Blitze schossen und seine ganze teuflische Natur wieder zum Vorschein kam. »Es war bestimmt, dass wir baumeln sollten, alle zusammen, und die anderen hätten doch gebaumelt, hätte ich mich auch nicht dadurch gerettet, dass ich gegen sie zeugte. Jeder ist sich selbst der Nächste, sage ich, und wen der Teufel holt, der hat noch am meisten Glück. Haben Sie nicht ein Stück Tabak, Doktor, he?«

Er biss in das Stück Kautabak, das ich ihm aushändigte, wie ein wildes Tier in ein Stück Fleisch. Es schien indes seine Nerven zu beruhigen, denn er setzte sich wieder auf den Bettrand und nahm seine alte unterwürfige Miene wieder an.

»Das möchten Sie selbst nicht haben, Herr Doktor«, fuhr er fort, »das genügt, um dem sanftesten Menschen ein wenig die Nerven anzugreifen. Diesmal sitze ich für sechs Monate wegen Raubs und bin unglücklich, dass ich bald wieder heraus muss, das kann ich Ihnen sagen. Hier habe ich meinen Frieden; aber wenn ich draußen bin, habe ich keine Aussicht auf ein ruhiges Leben, wegen der Regierung, wie wegen des ›tätowierten Tom von Hakesbury‹.«

»Wer ist denn das?«, fragte ich.

»Ein Bruder von John Grimthorpe ist es, desselben, der auf mein Zeugnis hin gehängt wurde, und ein Höllenbuschklepper war er! Teufelsbrut, beide übrigens! Dieser Tätowierte ist ein gemeiner Mordbube: Er hat nach dem

Urteil geschworen, mich umzubringen! Es ist jetzt sieben Jahre her, und immer noch verfolgt er mich; ich weiß, dass er es tut, wenn er sich auch versteckt hält und nicht sehen lässt. Er traf mich im Jahre fünfundsiebzig in Ballarat: Hier sehen Sie die Narbe an meiner Hand, wo mich seine Kugel streifte. Anno sechsundsiebzig versuchte er's wieder in Port Philip, aber ich kam ihm zuvor und verwundete ihn schwer; doch drei Jahre darauf erhielt ich einen Messerstich von ihm in einer Bar in Adelaide; so waren wir etwa quitt. Er schleicht wieder in meiner Nähe herum: er möchte gern ein Loch in meine Haut machen, dass das Tageslicht hineinscheinen kann, wenn nicht – wenn nicht – durch irgendeinen außerordentlichen Zufall ein anderer dasselbe an ihm besorgt.« Maloney grinste dabei auf eine widerliche Weise.

»Übrigens möchte ich mich gar nicht so sehr über ihn beklagen«, fuhr er fort. »Von seinem Standpunkt aus ist dies eine Familienangelegenheit, die er schwerlich vernachlässigen darf. Wer mich in Wut versetzt, ist die Regierung. Wenn ich daran denke, was ich für dieses Land getan habe, und hinwiederum, was dieses Land für mich getan hat, so werde ich einfach wütend, so verliere ich vollständig den Kopf! Es kennt keine Dankbarkeit, nicht einmal die allergewöhnlichsten Anstandsregeln, Herr Doktor!«

Er dachte einige Minuten über seine Verbrechen nach und machte sich daran, mir dieselben im einzelnen aufzuzählen.

»Es waren neun Männer«, sagte er, »die so an die drei Jahre mordeten und töteten, vielleicht ein Leben auf die Woche wird im Durchschnitt die Arbeit sein, die sie vollbracht haben. Die Regierung fängt sie und die Regierung hält eine große Untersuchung ab, aber kann sie nicht überführen; und warum? Weil allen Zeugen der Hals abgeschnitten war, und das ganze Geschäft sehr hübsch und sauber sich abgewickelt hat. Was passiert da? Es steht ein Bürger auf, namens Wolf Tone Maloney, und der spricht: Das Land bedarf meiner, und hier bin ich! Und er zeugt gegen die Angeklagten, überführt die Bande und ermöglicht, dass die Rotte gehängt werden kann. Das tat ich! Es ist nichts Mittelmäßiges an mir! Und was tut das Land zum Dank dafür? Es verfolgt mich wie ein Hund, spioniert mich aus, bewacht mich Tag und Nacht, vergilt so dem Mann, der ihr diesen schweren Dienst erwiesen hat! Das ist eine Hundsgemeinheit. Ich verlangte ja nicht, dass sie mich zum Ritter schlugen oder zum Kolonialsekretär ernannten! Aber, hol mich der Teufel, ich erwartete, dass sie mich in Ruhe ließen!«

»Na«, erwiderte ich, »wenn Ihr das Gesetz brecht, wo Ihr könnt und Leute anfallt, könnt Ihr doch nicht verlangen, dass man Euch dies für früher geleistete Dienste hingehen lässt.«

»Ich rede jetzt nicht von meiner gegenwärtigen Gefängnisstrafe, Sir«, sagte Maloney mit Würde. »Ich rede von dem Leben, das ich seit dem verfluchten Urteil geführt habe und das mir die Seele aus dem Leibe frisst. Bleiben Sie noch ein wenig auf dem Stuhl da sitzen, dann will ich Ihnen davon erzählen; dann sehen Sie mir ins Gesicht und sagen Sie mir, ob mich die Polizei anständig behandelt hat.«

Ich will mir Mühe geben, die Erlebnisse des Sträflings mit seinen eigenen Worten, so weit ich sie noch im Gedächtnis habe, wiederzugeben, indem ich seine sonderbare Auffassung von Gut und Böse beibehalte. Für die Wahrheit der Tatsachen kann ich einstehen. Einige Monate später zeigte mir der frühere Gefängnisgouverneur von Dunedin, Herr Inspektor H. Hann, die Einträge in seinem Hauptbuch, die jeden erzählten Fall bestätigten. Maloney erzählte die Geschichte mit dumpfer, eintöniger Stimme, mit gesenktem Kopf, die Hände zwischen seinen Knien. Nur die schnellen Bewegungen seines Auges, das mich an das einer Schlange erinnerte, verriet seine innere Aufregung, welche die Erinnerung an die Vorkommnisse in ihm hervorrief.

Sie haben sicher von Bluemansdyke gelesen«, begann er, wobei seine Stimme einen etwas stolzen Klang annahm. »Wir machten ihnen die Verfolgung schwer; aber zuletzt schlugen sie uns nieder, und ein Gendarm, namens Braxton, mit einem verdammten Yankee zusammen, nahmen uns fest. Das war in Neuseeland, selbstredend, und sie führten uns nach Dunedin, wo die anderen überführt und gehängt wurden. Einer wie der andere verfluchte mich, bis einem das Blut hätte stillstehen können; das war ein schäbiges Betragen in Anbetracht dessen, dass wir doch alle Kameraden gewesen waren; aber es war eine herzlose Bande und sie dachten nur an sich selber! Ich denke, es ist ganz gut, dass sie aufgeknüpft wurden.

Sie brachten mich wieder ins Loch nach Dunedin, in meine alte Zelle. Der einzige Unterschied gegen vorher war der, dass ich nichts arbeiten musste und dass ich gut gefüttert wurde. Ich hielt dies so eine Woche oder zwei aus, bis eines Tages der Gouverneur seine Runde machte und ich ihm den Fall vorlegte.

›Wie ist das zu verstehen?‹, sagte ich zu ihm. ›Ich erhielt einen Freibefehl, und Sie halten mich gegen das Gesetz hier fest?‹

Er lächelte so vor sich hin. ›Würdet Ihr denn so gerne das Gefängnis verlassen?‹, fragte er.

›So gerne‹, sag’ ich, ›dass ich Sie wegen ungesetzlicher Freiheitsberaubung verklage, wenn Sie mir das Tor nicht öffnen.‹

Er schien über meinen Entschluss ein wenig erstaunt zu sein. ›Ihr seid sehr bemüht, umgebracht zu werden‹, sagt er.

›Was? Wie meinen Sie?‹, sag’ ich.

›Kommt her, dass ich Euch zeige, was ich meine‹, antwortet er. Er führte mich den Gang hinunter zu einem Fenster, von dem aus man das Gefängnistor überblicken konnte.

›Seht da hin!‹, sagt er.

Ich blickte hinaus: draußen standen so ein Dutzend rohe Burschen in der Straße, einige rauchten, einige spielten auf dem Pflaster Karten. Als sie mich erblickten, stießen sie ein Geschrei aus und drängten sich ums Tor, indem sie mit den Fäusten drohten und schrien.

›Sie warten auf Euch und haben Wachen aufgestellt‹, sagte der Gouverneur. ›Es ist die Exekutive vom Vigilanzkomitee. Indes, seitdem Ihr entschlossen seid, zu gehen, kann ich Euch nimmer zurückhalten.‹

›Heißen Sie das etwa ein zivilisiertes Land‹, schrie ich, ›wenn ein Mensch kaltblütig am hellen Tag abgeschlachtet werden darf?‹

Als ich dies sagte, grinste der Gouverneur und der Wärter und alle die Schafsköpfe, als ob eines Mannes Leben nur ein guter Witz sei.

›Das Gesetz ist auf Eurer Seite‹, meinte der Gouverneur, ›wir wollen Euch nicht länger zurückhalten. Lass ihn hinaus, Wärter!‹

Der kaltherzige Hund hätte es auch getan, hätt' ich nicht gebeten und gewinselt und ihm angeboten, Kost und Logis zu bezahlen, was vor mir noch nie ein Gefangener getan hat. Er ließ mich unter diesen Bedingungen bleiben: drei Monate war ich da im Käfig, während sämtliche Lumpen der ganzen Gegend auf der anderen Seite der Mauer nach mir heulten. Hübsche Behandlung, nicht wahr, für einen Mann, der seinem Land gedient hatte!

Schließlich kam eines Morgens der Gouverneur daher-
gelaufen.

›Nun, Maloney‹, meinte er, ›wie lange wollt Ihr uns
noch mit Eurer Gesellschaft beehren?‹

Ich hätte ihm ein Messer zwischen seine verfluchten
Rippen pflanzen können und hätt's auch getan, wären wir
allein im Busch gewesen; aber ich musste dazu lächeln und
ihm schmeicheln und ihn sanft behandeln, da ich fürchtete, er würde mich hinausjagen.

›Ihr seid ein höllischer Spitzbube‹, sagte er; dies sind
seine eigenen Worte zu einem Mann, der ihm so treue
Dienste geleistet! ›Ich will jedoch keine rohe Justiz unterstützen; ich glaube, ich weiß, wie ich Euch aus Dunedin
loswerden kann.‹

›Ich werde Sie nie vergessen, Herr Gouverneur‹, sag'
ich; und bei Gott, ich werde es nie tun!

›Ich verzichte auf Euern Dank und Eure Dankbarkeit‹,
erwiderte er, ›ich tue es nicht Euch zuliebe, sondern nur
um die Ordnung in der Stadt aufrecht zu erhalten. Vom
Westkai fährt morgen ein Dampfer nach Melbourne; ihr
werdet Euch an Bord dieses Schiffs begeben! Es fährt um
fünf Uhr ab; haltet Euch also bereit!‹

Ich packte meine wenigen Habseligkeiten zusammen
und wurde kurz vor Tagesanbruch durch eine kleine Sei-
tentür hinausgeschmuggelt. Ich rannte an den Hafen, löste
mein Billett unter dem Namen Isaak Smith und gelangte
heil an Bord des Melbourner Schiffes. Ich erinnere mich,

wie ich, als die Maschinen sich in Bewegung setzten, und ich auf die Lichter Dunedins zurückschaute, den angenehmen Gedanken hatte, dass ich nie mehr hierher zurückkehren würde. Es schien mir, als läge eine neue Welt vor mir, und als hätten alle meine Sorgen ein Ende. Ich ging hinunter und trank eine Tasse Kaffee; als ich wieder auf Deck stieg, fühlte ich mich besser als je, seit dem Morgen, an dem, als ich erwachte, dieser verdammte Irländer mit seinem Sechsläufigen über mir stand.

Mittlerweile war der Tag angebrochen, und wir dampften die Küste entlang; Dunedin war längst verschwunden. Ich bummelte ein paar Stunden an Deck auf und ab; später kamen noch andere herauf. Einer von den Passagieren, ein geschniegelter kleiner Kerl, warf einen langen Blick auf mich, kam dann auf mich zu und knüpfte ein Gespräch an.

›Kommt vom Goldgraben, nehm' ich an?‹, sagt er.

›Ja‹, sag' ich.

›Schwein gehabt?‹, sagt er.

›Ganz hübsch‹, sag' ich.

›Ich auch‹, sagt er. ›Hab' auf den Nelsonfeldern drei Monate gegraben; hab' dann alles für einen gesalzenen[2] Claim hergegeben, und der war am zweiten Tag leer. Später indes weitergegraben und hübsch Geld verdient; aber als der Goldwagen in die Stadt 'nunter fuhr, haben ihn die

---

[2] Schlechte Claims wurden zum Zweck des Verkaufs mit goldführendem Schutt »gesalzen«.

verfluchten Buschklepper abgefangen; hab keinen roten Heller davon wiedergesehen!‹

›Das war ein schlechtes Geschäft‹, sag’ ich.

›Hat mich gänzlich ruiniert! Macht nichts, hab’ die Lumpen wenigstens alle baumeln gesehen; das hilft’s leichter tragen, ’s blieb nur einer am Leben, der Schuft, der gegen die anderen zeugte. Ich würd’ mich glücklich preisen, käm’ mir der Tropf einmal in den Weg. Wenn ich ihn treffe, hab’ ich zweierlei mit ihm zu erledigen.‹

›Was wäre das?‹, sag’ ich nachlässig.

›Ich muss ihn einmal fragen, wo das Geld liegt – die Spitzbuben haben keine Zeit gehabt, es auf die Seite zu bringen, und so liegt’s irgendwo in den Bergen – und dann muss ich ihn kalt machen und seine Seele hinunterbefördern zu seinen Kameraden, die er verriet.‹

Es schien mir, als wüsste ich etwas von dem versteckten Geld, und ich musste beinahe lachen; doch ich nahm mich zusammen, da er mich scharf beobachtete und es mir auffiel, wie rachsüchtig und blutgierig er gesinnt war.

›Ich gehe jetzt auf die Brücke‹, sag’ ich, weil er nicht der Mann war, mit dem ich gerne nähere Bekanntschaft geschlossen hätte.

Er wollte indes nichts davon wissen. ›Blödsinn‹, sagte er, ›wir sind beide Goldgräber und Reisekollegen. Kommt mit ’runter zur Bar. Ich bin doch nicht zu arm, um lustig zu sein!‹

Dies konnte ich ihm nicht abschlagen, und so stiegen wir zusammen hinab; hier begannen meine Leiden. Was hab' ich denn irgendeinem auf dem Schiff getan? Ich verlangte nur nach einem ruhigen Leben und wollte andere für sich lassen, wie ich selbst für mich bleiben wollte. Kann ein Mensch etwas Anständigeres verlangen? Und jetzt passen Sie auf, was folgte.

Wir gingen eben an den Frauenkabinen vorbei, auf dem Weg zum Salon, da kommt so eine sommersprossige, verteufelte Dienstmagd mit einem Kind auf dem Arm heraus. Wir gingen hinter ihr drein und an ihr vorbei, nichts ahnend: plötzlich stößt das Weib einen Schrei aus, wie ein Lokomotivenpfiff, und lässt um ein Haar den kleinen Affen fallen. Der Schrei ging mir durch Mark und Bein, aber trotzdem bat ich sie um Verzeihung, da ich dachte, ich sei ihr vielleicht auf ein Hühnerauge getreten. Als ich jedoch ihr weißes Gesicht sah, und wie sie an der Türe lehnte und auf mich deutete, merkte ich, dass mein Spiel verloren war.

›Er ist es‹, schreit das Scheusal, ›er ist es! Ich hab' ihn vor Gericht gesehen! O, beschützt das unschuldige Würmchen!‹

›Wer ist es?‹, fragt der Steward und ein halbes Dutzend andere atemlos.

›Er ist es – Maloney – Maloney, der Mörder – oh, packt ihn, führt ihn weg von hier!‹

Ich erinnere mich nicht recht, was gerade in diesem Augenblick geschah. Die Besatzung und ich schienen etwas untereinander zu kommen, es war ein Fluchen und Krachen, und jemand schrie nach seinem Gold. Als sich der Aufruhr etwas gelegt hatte, fand ich die Hand von jemand in meinem Maul. Aus dem, was ich nachher gesehen, schließe ich, dass sie jenem kleinen Kerl gehörte, der so niederträchtige Reden führte. Er konnte einen Teil davon wieder herausziehen, weil nämlich die anderen auf mich einschlugen. Ein armer Teufel kann auf dieser Welt nichts recht machen, wenn er mal drunten ist – doch, ich denke, er wird sich meiner bis an seinen Tod erinnern, – noch länger, hoff' ich.

Sie schleiften mich ins Achterschiff und hielten Gericht über mich – über mich, merken Sie wohl, Doktor, mich, der seine Genossen angezeigt hatte, um ihnen einen Dienst zu erweisen! Was hatten sie mit mir vor? Einige rieten dies, andere das, schließlich entschied der Kapitän, mich an Land zu setzen. Das Schiff stoppte, ein Boot wurde hinabgelassen, und mich setzten sie hinein, während mich die ganze Bande über die Reling weg anbrüllte. Ich sah, wie der Kerl, von dem ich sprach, seine Hand verband, und dachte, es hätte noch schlimmer ausfallen können.

Bevor wir aber an Land waren, änderte ich schon meine Ansicht. Ich hatte darauf gezählt, dass die Küste verlassen sein würde, und ich landeinwärts wandern könnte; aber das Schiff hatte zu nahe bei Heads gestoppt und ein Dutzend Strandfischer und ähnliches Gesindel liefen ans Ufer und glotzten uns an, da sie sich nicht erklären konnten, was mit dem Schiff los war. Als das Boot die Brandung erreicht hatte, schmissen mich die Halunken ganz einfach ins Wasser, natürlich, nachdem sie dem Pack am Ufer noch zugerufen, wer ich war. Jawohl, Sie dürfen wohl erstaunt sein – der ganze Mann in zehn Fuß tiefem Wasser, mit Haifischen, so dick wie die grünen Papageie im Busch! Als ich mich ans Ufer arbeitete, hörte ich noch ihr gemeines Gelächter.

Bald sah ich, dass der Handel schlimmer stand als je. Als ich mich aus den Wellen rausarbeitete, kriegte mich ein großer Lümmel zu fassen, und ein halbes Dutzend andere umringten mich und hielten mich fest. Die meisten der Burschen sahen anständig genug aus; von denen hatte ich nichts zu befürchten; aber einer mit einem großen Strohhut machte ein ziemlich unangenehmes Gesicht, und der große Lümmel schien sehr gut mit ihm zu stehen.

Sie zogen mich ans Ufer, ließen mich los und umringten mich.

›Na, Freund‹, sagt der Mann mit dem Hut, ›wir haben schon seit einiger Zeit hier nach dir Ausguck gehalten.‹

›Sehr hübsch von euch‹, sag' ich.

›Halt's Maul‹, sagt er. ›So, Jungens, wie wollen wir's machen? Hängen, erschießen oder ersäufen! Schnell!‹

Dies schien mir denn doch etwas zu geschäftsmäßig. ›Das dürft ihr nicht‹, sag' ich. ›Ich bin von der Regierung freigesprochen, und es wäre Mord.‹

›So heißt man's‹, bemerkte der Lange so liebenswürdig wie eine heisere Krähe.

›Ihr wollt mich töten, weil ich ein Buschklepper war?‹, sag' ich.

›Halt's Maul mit dem Buschklepper!‹, sagt der Mann. ›Wir hängen dich, weil du deine Genossen verraten hast; und jetzt hat das Geschwätz ein Ende!‹

Sie schlangen mir einen Strick um den Hals und schleiften mich in einen Winkel am Busch. Dort standen einige hohe Korkeichen und Gummibäume; einen davon wählten sie für ihre Schandtat aus. Sie zogen den Strick über einen starken Zweig, banden mir die Hände zusammen und sagten mir, ich solle mein Gebet sprechen. Alles schien verloren; aber die Vorsehung hat mich gerettet. Hier, Sir, klingt es recht hübsch und gemütlich, von diesen niedlichen Dingen zu schwatzen; aber es war eine fatale Geschichte, dazustehen, nichts als die Küste vor mir, die lange, weiße Linie der Brandung, weit draußen der Dampfer und rings herum eine Bande von mordlustigen Halunken, die nach meinem Blut dürsteten.

Ich habe niemals gedacht, dass ich der Polizei was Gutes verdanken würde; aber damals hat sie mich gerettet. Eine Abteilung ritt eben von Hakes Point Station nach Dunedin, und als sie hörten, dass was los war, kamen sie durch den Busch heruntergeritten und unterbrachen die Operation. Ich habe in meinen früheren Tagen einige Musikbanden gehört, Herr Doktor, aber niemals habe ich solch eine Musik gehört, wie die Hufschläge der Pferde dieser Polizisten, als sie in die Lichtung galoppierten. Sie wollten mich rasch noch hängen, aber die Polizei war schneller als sie; der Mann mit dem großen Hut bekam mit dem flachen Säbel eins über den Schädel gehauen. Ich wurde auf ein Pferd gesetzt, und bevor es noch Abend wurde, war ich wieder in meinem alten Loch in Dunedin.

Der Gouverneur war nicht rumzukriegen. Er wollte mich absolut los sein, und auch ich war entschlossen, möglichst bald fortzukommen. Er wartete eine Woche oder so, bis sich die Aufregung ein wenig gelegt hatte, und dann brachte er mich heimlich an Bord eines Dreimasters, der mit Talg und Häuten nach Sydney gehen sollte.

Wir stachen ohne Hindernis in See, und die Verhältnisse schienen sich etwas rosiger gestalten zu wollen. Ich war überzeugt, jedenfalls das Gefängnis zum letzten Mal gesehen zu haben. Die Besatzung schien eine Art von Ahnung zu haben, wer ich war, und wenn es schlechtes Wetter gegeben hätte, so hätten sie mich, 's ist gut möglich, über Bord geworfen; es war eine rohe, unwissende Bande, und sie hatten die Idee, ich bringe dem Schiff Unheil. Wir hatten indes eine gute Überfahrt, und so landete ich gesund und wohlbehalten in Sydney.

Jetzt passen Sie auf, was geschah. Sie denken wohl, sie hätten es satt bekommen, mich noch zu verfolgen, nicht wahr? Na, hören Sie nur. Offenbar war an demselben Tag, an dem wir abfuhren, auch so ein verfluchter Dampfer von Dunedin nach Sydney abgegangen und vor uns mit der Nachricht angekommen, dass ich unterwegs sei. Hol mich der Henker, aber die Schurken hatten ein Meeting, ein richtiges Massenmeeting an den Docks einberufen, um die Geschichte zu erörtern, und was mache ich? Ich laufe geradenwegs drauf zu, als ich lande! Es dauerte nicht lange und ich war verhaftet und musste allen Reden und Tagesordnungen zuhören. Wäre ich ein Prinz gewesen, sie hätten nicht aufgeregter sein können. Das Ende davon war, dass eine Resolution angenommen wurde, dass es nicht recht sei, wenn Neuseeland alle seine Verbrecher seinen Nachbarn aufhalsen dürfe, und dass ich mit dem nächsten Schiff zurückgesandt werden sollte. So schoben sie mich wieder ab, als wäre ich ein ganz gewöhnliches Paket, und nach weiteren achthundert Seemeilen Fahrt saß ich zum dritten Mal in dem verdammten Loch in Dunedin.

Damals dachte ich schon, ich müsste den Rest meines Daseins dazu verwenden, von einem Hafen zum anderen hin und her zu pendeln. Alle Leute schienen sich gegen mich verschworen zu haben, und nirgends winkte mir Ruhe und Frieden. Ich hatte damals, als ich zurückkam, die Geschichte satt; ich wäre wieder in den Busch zurück, hätte ich gekonnt, und hätte es wieder mit meinen alten Kollegen versucht. Aber sie waren zu rasch für meine Kräfte und behielten mich hinter Schloß und Riegel; es gelang mir indes trotz allem, jenes Gold, das ich, wie ich Ihnen erzählt, versteckt hatte, an mich zu bringen und in meinem

Gürtel zu verstecken. Ich blieb noch einen Monat im Gefängnis, und dann brachten sie mich an Bord eines Schiffes nach England.

Dieses mal hatte die Besatzung keine Ahnung, wer ich war, dafür hatte der Kapitän eine ganz hübsche Vorstellung davon, wenn er mich auch nichts davon merken ließ. Übrigens wusste ich im ersten Moment, dass der Mann ein niederträchtiger Schurke war. Wir hatten eine gute Überfahrt, abgesehen von einem Sturm beim Kap; ich fing schon an, mich als freier Mann zu fühlen, als ich die blaue Küste des Mutterlandes und das niedliche kleine Lotsenboot erblickte, das von Falmouth durch die Wellen zu uns herübertanzte. Wir fuhren in den Kanal ein, und ehe wir Gravesend erreichten, hatte ich mit dem Lotsen ausgemacht, dass er mich an die Küste bringen würde, wenn er zurückfahre. Damals bewies der Kapitän, dass er, wie ich richtig vermutet hatte, ein niederträchtiger, gemeiner Geselle war. Ich packte mein Zeug rasch zusammen und ging hinunter zum Frühstück, während er mit dem Lotsen in ernster Unterhaltung begriffen war. Als ich wieder heraufkam, waren wir schon hübsch im Fluss drin, und das Boot, das mich an die Küste setzen sollte, war verschwunden. Der Kapitän behauptete, der Lotse habe mich vergessen; aber diese Ausrede war doch zu plump und ich fürchtete mit Recht, dass meine Leiden von neuem beginnen würden.

Das sollte sich bald bestätigen. Ein Boot stieß vom Ufer ab, kam auf uns zu, und ein großer Bursche mit einem langen, schwarzen Bart stieg an Bord. Ich hörte, wie er den Steuermann fragte, ob er nicht einen Flusslotsen brauche, um hinaufzufahren, aber ich hatte den Eindruck, als verstehe sich der Mann besser auf Handschellen, als auf das Steuern, und so drückte ich mich auf die Seite. Er kam jedoch herüber zu mir und redete mich an, wobei er mich scharf ansah. Ich habe Leute mit solchen forschenden Blicken im allgemeinen nicht gern, aber das Allerschlimmste ist solch einer, der noch einen falschen Bart trägt, besonders unter den Umständen, in welchen ich mich befand. Ich merkte, dass es Zeit für mich war, mich aus dem Staub zu machen.

Die Gelegenheit hierzu bot sich mir bald, und ich benützte sie geschickt. Ein Kohlenschiff fuhr vor uns durch und wir mussten langsamer fahren; es hatte eine Barke im Schlepptau: mit Hilfe eines Taus ließ ich mich in diese hinabgleiten, ehe mich jemand bemerkte. Natürlich musste ich mein Gepäck zurücklassen, aber ich hatte den Gürtel mit dem Goldstaub umgebunden, und die Gelegenheit, der Polizei ein Schnippchen zu schlagen, war mehr wert, als ein paar Schachteln. Jetzt war mir's klar, dass der Lotse, so gut wie der Kapitän, den Verräter gespielt und die Detektive auf mich gehetzt hatte. Ich möchte nur die zwei Schurken wieder einmal antreffen!

Mein Freund der Mörder

Ich lag den ganzen Tag in der Barke, die den Strom hinuntertrieb. Es befand sich zwar ein Mann darin, aber es war ein großes, mächtiges Fahrzeug, und er hatte soviel zu tun, dass er sich nicht nach mir umsehen konnte. Gegen Abend, als es etwas dunkel wurde, sprang ich, als wir in der Nähe des Ufers waren, ins Wasser, eine gute Anzahl Meilen östlich von London. Völlig durchnässt und halb verhungert, schlich ich in die Stadt, staffierte mich in einem Trödlerladen mit einem anderen Anzug aus, aß ein wenig in einer Kneipe und suchte mir in einer Gegend, wo ich hoffte, sicher zu sein, eine Schlafstelle.

Ich erwachte sehr früh – eine Gewohnheit vom Buschleben her – und es war für mich ein Glück, dass ich nicht länger schlief. Das erste, was ich erblickte, als ich hinaussah, war einer dieser verteufelten Polizisten, der gerade gegenüber auf der Straße stand und an die Fenster hinauf glotzte. Er hatte weder Achselklappen, noch einen Säbel, wie die unseren, aber er hatte eine Art von Familienähnlichkeit mit ihnen und denselben eingebildeten Gesichtsausdruck. Ob mir der Bursche die ganze Zeit über nachgestiefelt ist, oder ob der Frau, bei der ich die Schlafstelle mietete, mein Gesicht verdächtig erschienen war, habe ich nie herausgebracht. Als ich ihn verstohlen beobachtete, zog er sein Notizbuch aus der Tasche und, mit einem Blick auf das Haus, notierte er etwas, vermutlich die Hausnummer. Ich fürchtete, er wolle an der Glocke läuten, als er herüberkam, aber er sollte offenbar nur ein Auge auf mich haben, denn nach einem weiteren Blick auf die Fenster ging er die Straße hinunter.

Ich sah, dass ich mich nur retten konnte, wenn ich sofort handelte. Ich fuhr in meine Kleider, öffnete geräuschlos das Fenster und, nachdem ich mich versichert hatte, dass niemand um den Weg war, sprang ich zu Boden und machte mich aus dem Staub, so schnell ich laufen konnte. Ich legte so zwei oder drei Meilen zurück, bis mir der Atem ausging. Als ich ein großes Gebäude sah, in das Leute ein- und ausgingen, trat ich ein und fand, dass es ein Bahnhof war. Ein Zug war eben zur Abfahrt nach Dover bereit: Ich nahm ein Billett und fuhr in der dritten Klasse mit dem Zug fort.

Ein paar Burschen saßen im Wagen, unschuldig aussehende junge Leute. Sie unterhielten sich über dies und jenes, während ich ruhig in der Ecke saß und zuhörte. Dann sprachen sie vom Verhältnis Englands zu fremden Ländern und dergleichen. Passen Sie nun auf, Herr Doktor, ich spreche die reine Wahrheit! Einer verbreitete sich über die Gerechtigkeit der englischen Gesetze. ›Es ist alles anständig‹, sagt er, ›wir haben keine Geheimpolizei, noch Detektive, wie sie solche in anderen Ländern haben.‹ Das war nicht übel, nicht wahr, wie der verfluchte junge Schafskopf redete, während mir die Polizei überallhin wie mein Schatten folgte?

Ich erreichte Paris; hier wechselte ich etwas von meinem Gold, und ein paar Tage lang dachte ich, ich hätte sie abgeschüttelt und wollte mich für einige Zeit hier niederlassen, denn damals glich ich mehr einem Geist als einem Menschen. Sie haben wohl nie die Polizei auf Ihren Fersen gehabt, Sir, wie ich annehme? Sie brauchen gar nicht beleidigt zu sein, ich wollte Sie ja nicht verletzen. Wenn es der Fall gewesen wäre, so hätten Sie erfahren, dass dies einen Mann herunterbringt, wie die Fäule ein Schaf.

Eines Abends ging ich in die Oper und nahm eine Loge, ich war nämlich in guten Geldverhältnissen. Während der Pause traf ich im Foyer einen Menschen, der im Gang herumlungerte und mir bekannt vorkam: Das Licht fiel auf sein Gesicht und ich erkannte, dass es der Flusslotse war, der in der Themse an Bord gekommen. Sein Bart war verschwunden, aber auf den ersten Blick erkannte ich den Kerl. Ich habe nämlich ein gutes Gedächtnis für Gesichter.

Das kann ich Ihnen sagen, Herr Doktor, dass ich für einen Augenblick den Kopf verlor. Wären wir allein gewesen, ich hätte ihn erdolcht, aber er kannte mich zu gut, um mir die Gelegenheit hierzu zu geben. Das war mir denn doch zu stark! Ich ging geradewegs auf ihn zu und zog ihn beiseite, wo wir sicher vor allen neugierigen Beobachtern waren.

›Wie lange wollen Sie noch so weiter machen?‹, sag' ich.

Er schien für einen Augenblick etwas aus der Fassung zu geraten, aber als er sah, dass es nichts nützte, um den Busch herumzulaufen, antwortete er offen: ›Bis Ihr nach Australien zurückkehrt‹, sagt er.

›Wissen Sie nicht‹, sag ich, ›dass ich der Regierung Dienste erwiesen und einen Freibefehl erwirkt habe?‹

Er grinste mit seinem ganzen gemeinen Gesicht, als ich dies sagte.

›Wir wissen alles Nötige von Euch, Maloney‹, sagt er. ›Wenn Ihr ruhig für Euch leben wollt, so geht dahin zurück, von wo Ihr kommt. Wenn Ihr hier bleibt, seid Ihr gezeichnet; und wenn Ihr gerne Reisen macht, so ist die Überfahrt nur ein Zeitvertreib für Euch. Freihandel ist eine schöne Sache, aber das Angebot von Leuten Eures Schlags ist bei uns zu groß, als dass wir noch Import davon nötig hätten!‹

Es schien mir, es sei etwas Wahres an dem, was er gesagt hatte, wenn er sich auch ziemlich unhöflich ausdrückte. Seit einigen Tagen hatte ich ein sonderbares Gefühl, wie von Heimweh. Die Wege der Leute waren nicht meine Wege. In den Straßen sahen sie sich nach mir um, und wenn ich in eine Bar trat, verstummte ihr Gespräch und sie äugten mich an, als sei ich ein wildes Tier. Ich hätte lieber ein anständiges Glas beim alten Stringybark getrunken, als einen Fingerhut von ihren rötlichen Likören. Dann ging es mir zu ordentlich her! Was nützte mir mein Geld, wenn ich es nicht ausgeben konnte, wie ich wollte, wenn ich mich nicht nach meinem Geschmack kleiden konnte? Die Leute hatten kein Verständnis dafür, dass einer, der etwas über den Durst getrunken hat, gerne ein wenig um sich feuert. In Nelson habe ich oft gesehen, wie sie einen mit weniger

Geschrei umbrachten, als sie es hier verführten, wenn nur eine Fensterscheibe zerbrochen war. Die Geschichte war flau, und ich hatte sie satt.

›Ihr wollt also, dass ich heimkehre?‹, sag' ich.

›Ich habe Befehl, Euch im Auge zu behalten, bis Ihr es tut‹, sagt er.

›Gut‹, sag' ich, ›mir macht es nichts aus, zu gehen. Alles, was ich dafür von Euch verlange, ist, dass Ihr reinen Mund haltet und nicht ausplaudert, wer ich bin, dass ich wenigstens eine ruhige Überfahrt habe.‹

Er willigte ein, und so fuhren wir am Tag darauf nach Southampton. Ich nahm ein Billett nach Adelaide, wo mich jedenfalls niemand kennen würde; und so dampfte ich ab, von der Polizei bis an Bord geleitet. Dort habe ich seither gelebt und ein ruhiges Leben geführt, abgesehen von ein paar kleinen Schwierigkeiten, wie z. B. die, für die ich jetzt sitze, und abgesehen von diesem Teufel, dem tätowierten Tom von Hakesbury.

Ich weiß nicht, wie ich dazu kam, Ihnen all dies zu erzählen, Herr Doktor; ich denke, dieses einsame Leben bringt einen zum Schwatzen, wenn man Gelegenheit dazu hat. Indes, denken Sie an meine Warnung: Erweisen Sie nie Ihrem Vaterland einen Dienst, denn das wird Ihnen verflucht wenig Dank dafür wissen! Lassen Sie die Leute ihre Geschäfte selbst besorgen; und wenn sich Schwierigkeiten ergeben, um eine Rotte von Räubern hängen zu können, mischen Sie sich nie drein; überlassen Sie die Leute ruhig sich selbst, sie sollen selber sehen, wie sie es fertig bringen! Vielleicht denken sie einmal, wenn ich gestorben bin, daran, wie undankbar sie gegen mich gewesen sind; vielleicht reut es sie dann, dass sie mich so schlecht behandelt haben. Ich war grob, als Sie hereinkamen und fluchte ein wenig; kümmern Sie sich nicht darum, es ist eben meine Art. Sie werden indes zugeben, dass ich Grund habe, hin und wieder ein wenig gereizt zu sein, wenn ich an alles denke, was mir passiert ist. Sie wollen gehen, wirklich? Gut, wenn Sie müssen, dann müssen Sie eben! Aber ich hoffe, Sie werden hie und da nach mir sehen, wenn Sie Ihre Runde machen. O, ich glaube, – fällt mir gerade ein – Sie haben den Rest Ihres Kautabaks hier liegen lassen, nicht wahr? Nein, Sie haben ihn eingesteckt, dann ist ja alles in Ordnung! – Danke Ihnen, Herr Doktor, Sie haben einen guten Charakter und verstehen Andeutungen schneller, als irgendjemand, den ich bisher getroffen habe.«

Ein paar Monate nach dieser Unterredung hatte Wolf Tone Maloney seine Zeit abgesessen und wurde freigelassen. Lange Zeit sah und hörte ich nichts mehr von ihm; ich hatte ihn beinahe schon vergessen, als ich auf eine etwas traurige Weise wieder an ihn erinnert wurde. Ich hatte einen Patienten ein Stück landeinwärts besucht und ritt eben zurück, indem ich vorsichtig mein müdes Pferd durch den holprigen Pfad lenkte; ich konnte kaum noch in der Dunkelheit meinen Weg unterscheiden, als ich plötzlich in einer Lichtung ein kleines Wirtshaus erblickte. Ich stieg ab und führte mein Pferd am Zügel auf die Tür zu in der Absicht, mich zu versichern, dass ich auf dem rechten Wege war: da hörte ich in dem kleinen Haus eine heftige Auseinandersetzung; durch den allgemeinen Lärm tönten zwei mächtige Stimmen. Als ich horchte, war es einen Augenblick still, dann aber hörte ich fast zur gleichen Zeit zwei Revolverschüsse, die Tür flog krachend auf und im Mondlicht konnte ich zwei Gestalten unterscheiden, die herausstürzten: einen Augenblick rangen sie auf Leben und Tod und fielen dann zusammen auf den steinigen Weg. Mithilfe eines halben Dutzends von rohen Gesellen, die aus dem Wirtshaus herauskamen, brachte ich die zwei Kämpfenden auseinander.

Ein Blick genügte, um mich zu überzeugen, dass einer von ihnen schon im Sterben lag. Es war ein starker Bursche mit entschlossenem Gesicht. In dickem Strom floss ihm das Blut aus einer tiefen Wunde am Hals heraus; zweifellos war eine wichtige Ader zerrissen worden. Da ich ihm nicht mehr helfen konnte, wandte ich mich zu seinem Gegner, der ebenfalls am Boden lag: er hatte einen Schuss durch die Lunge erhalten, aber es gelang ihm, sich auf die Hände zu stützen, als ich mich ihm näherte, und er starrte mir ängstlich ins Gesicht. Zu meinem Erstaunen erkannte ich die hageren Züge und den roten Bart meines alten Bekannten aus dem Gefängnis: Maloney.

›Ach, Herr Doktor!‹, rief er, als er mich erkannte. ›Wie geht's ihm? Muss er sterben?‹

Er fragte in so ernstem Ton, dass ich annahm, er sei vor seinem Ende sanftmütiger geworden und fürchtete, er müsse mit einem weiteren Mord auf dem Gewissen sterben. Der Wahrheit zuliebe indes nickte ich traurig mit dem Haupt, um ihm nicht sagen zu müssen, dass seine Wunde tödlich war.

Da stieß Maloney ein wildes Triumphgeschrei aus, wobei ihm das Blut zwischen den Lippen hervorquoll. ›Hier, Jungens!‹, flüsterte er dann mühsam, zu der kleinen Gruppe gewandt, die um ihn versammelt war: ›Hier in meiner Brusttasche ist Geld. Hol mich der Henker! Macht euch lustig 'mit! 's ist nichts Mittelmäßiges an mir! Ich würd' mit euch trinken, aber ich gehe drauf. Gebt dem Doktor mein Geld, denn er ist ein guter –‹ Er kam nicht weiter: sein Kopf sank zurück, seine Augen wurden starr und die Seele Wolf Tone Maloneys, des Falschmünzers, Sträflings, Buschkleppers, Mörders und Staatsanklägers flog fort ins große Unbekannte.

Ich möchte zum Schluss doch noch den Bericht über den verhängnisvollen Streit wiedergeben, der im »West Australian Sentinel« in der Nummer vom 4. Oktober 1881 erschien:

Verhängnisvolle Schlägerei.
W. T. Maloney, ein wohlbekannter Bürger von New Montro-
se, Besitzer des »Yellow Boy Spielsalon«, hat unter peinlichen
Umständen den Tod gefunden. Herr Maloney hat ein bewegtes
Leben hinter sich, dessen Geschichte ein großes Interesse bietet.
Unsere Leser werden sich vielleicht noch an die Mordtaten
im Lenatal erinnern, mit denen sein Name eng verknüpft ist.
Man nimmt an, dass in den sieben Monaten, während wel-
cher er dort eine Bar besaß, zwischen zwanzig und dreißig
Reisende umgebracht und beiseitegeschafft wurden. Es gelang
ihm, der Polizei zu entgehen, und er vereinigte sich mit den
Buschkleppern von Bluemansdyke, deren heroische Gefangen-
nahme noch heute in aller Munde ist. Maloney zeugte gegen
seine Mitgefangenen und wurde infolgedessen freigelassen.
Später besuchte er Europa, kehrte jedoch bald nach Westau-
stralien zurück, wo er in lokalen Angelegenheiten eine her-
vorragende Rolle gespielt hat. Freitag Abend traf er mit einem
alten Feind zusammen, namens Thomas Grimthorpe, besser
bekannt als der »tätowierte Tom von Hakesbury«. Schüsse
wurden gewechselt und beide Männer schwer verwundet; sie
starben nach wenigen Minuten. Herr Maloney war ebenso-
sehr dadurch berühmt, dass er der hervorragendste Mörder
war, der je gelebt hat, als auch durch die Vollendetheit und
Gewandtheit in seinen Zeugenaussagen, die fein ausgearbei-
tete Kunstwerke in ihrer Art waren, welche noch von keinem
europäischen Verbrecher auch nur annähernd erreicht worden
sind. Sic transit gloria mundi!

Aus dem Englischen von Adolf Gleiner

Edgar Allan Poe

Du bist der Mann!

Mit Poe bringt man vor allem die sogenannte Schauerliteratur in Verbindung. Das Finstere und Unheimliche zieht sich als roter Faden durch seine Dichtung, seine Romane und Kurzgeschichten. Neben Horror befasste sich der heute noch hochgeschätzte Autor auch mit Kriminalliteratur. Seine vermutlich bekannteste literarische Schöpfung ist der Meisterdetektiv Auguste Dupin, in dessen Tradition später auch Sherlock Holmes ermitteln sollte. Auch die vorliegende Geschichte ist ein echter Poe, denn um hier einen Verbrecher zu entlarven, werden durchaus eigenwillige Mittel bemüht, die manchem Leser ziemlich makaber erscheinen dürften.

Es soll hier meine Aufgabe sein, dem Leser zu zeigen, dass auch ich den Ödipus geben kann. Ich will ihm, wie nur ich es kann, die geheime Maschinerie erklären, welche das Rattleborough-Wunder hervorbrachte, – das wahre, das unbestrittene und unbestreitbare Wunder, das dem Unglauben der Rattleburger ein für alle Mal ein Ende machte und alle Fleischlichgesinnten, die bis dahin sich unterstanden hatten, die Skeptiker zu spielen, zur Orthodoxie der Ururgroßmütter zurückzuführen.

Es trug sich dieses Ereignis, das ich um keinen Preis in einem Ton unpassender Leichtfertigkeit besprechen möchte, im Sommer des Jahres 18– zu. Es war Herr Barnabas Shuttleworthy, einer der reichsten und angesehensten Bürger des Fleckens, mehrere Tage vermisst worden unter Umständen, welche glauben ließen, dass böse Menschen ihn zu ihrem Opfer gemacht. Herr Shuttleworthy hatte nämlich an einem Samstag Morgen in aller Frühe Rattleborough zu Pferd verlassen und zugleich als das Ziel seiner Reise die etwa fünfzehn englische Meilen entfernte Stadt – bezeichnet. Noch am Abend desselben Tages wollte er wieder zurück sein. Aber schon zwei Stunden nach seinem Wegreiten kam das Pferd ohne ihn, sowie ohne den Sattelranzen zurück, der ihm auf den Rücken geschnallt worden war. Und ferner war das Tier verwundet und mit Kot bedeckt.

Natürlich waren diese Umstände dazu geeignet, die Freunde des Vermissten lebhaft zu beunruhigen; und als Herr Shuttleworthy auch am Montag Morgen noch fehlte, wollte der ganze Flecken sich aufmachen und seinen Leichnam suchen.

Einer der Eifrigsten und Energischsten war dabei ein Busenfreund Herrn Shuttleworthys, ein Herr Karl Goodfellow, oder wie man ihn allgemein nannte, Karlchen Goodfellow, oder kurzweg das alte Karlchen. Nun mag es ein wunderbares Zusammentreffen sein, oder mag der

Name selbst auf den Charakter einen unmerklichen Einfluss üben, aber so viel ist unbestreitbar, dass es noch nie eine Person mit dem Vornamen Karl gegeben, die nicht offen, mannhaft, ehrlich, gutmütig gewesen, die nicht eine volle, klare, für das Ohr wohltuende Stimme und ein Auge besessen, das einem stets gerade ins Gesicht geschaut, als wollte es sagen: »Ich selbst habe ein gutes Gewissen, scheue niemand und bin jeder gemeinen Handlung schlechterdings unfähig.« Und so werden denn alle herzlichen, munteren, sorglosen Herren, welche auf unserer Weltbühne herumspazieren, sicherlich Karl genannt werden müssen.

Nun aber war es dem alten Karlchen, obwohl es erst etwa seit einem halben Jahr zu Rattleborough war und früher niemand von ihm etwas gewusst hatte, durchaus nicht schwer geworden, mit allen angesehenen Leuten des Fleckens bekannt zu werden. Da war auch nicht einer, dem Karlchens Wort nicht wie tausend gewesen wäre; und was vollends die Frauenzimmer betrifft, so lässt sich gar nicht sagen, was sie nicht getan hätten, um ihm einen Gefallen zu erweisen. Und das alles, weil er in der heiligen Taufe den Namen Karl bekommen und mithin jenes offene Gesicht hatte, das sprichwörtlich der allerbeste Empfehlungsbrief ist.

Ich habe bereits gesagt, dass Herr Shuttleworthy einer der angesehensten und unzweifelhaft der reichste Einwohner von Rattleborough war. Das alte Karlchen aber stand mit ihm auf so vertrautem Fuß, dass man hätte glauben können, die beiden seien Brüder. Die zwei alten Herren wohnten nebeneinander, und obwohl Herr Shuttleworthy das alte Karlchen nur selten, ja vielleicht nie besuchte, und obgleich ferner jedermann wusste, dass der Erstere nie bei Letzterem etwas genoss, so verhinderte dies doch die beiden Freunde nicht, ganz intim miteinander zu sein; denn nie ließ das alte Karlchen einen Tag vorbeigehen, wo es nicht drei- bis viermal nach seinem Nachbar schaute. Sehr oft blieb es dann auch da, um mit dem Freund zu frühstücken oder zu Nacht zu speisen; was das Hauptmahl betrifft, so wurde es fast immer im Hause des Herrn Shuttleworthy eingenommen. Was dabei immer an Wein aufging, das könnten wohl nur die beiden Freunde angeben: wir vermögen es nicht. So viel ist jedoch gewiss, dass große Quanten vertilgt wurden. Das Lieblingsgetränk des alten Karlchen war Château Margaux, und es tat Herrn Shuttleworthy immer in der innersten Seele wohl, wenn er den alten Burschen so ein Quart nach dem andern vertilgen sah, so dass er eines Tags, als der Wein drinnen und, als natürliche Folge, der Witz etwas heraus war, zu seinem Freunde, indem er ihn auf den Rücken schlug, sprach: »Will dir sagen, wie die Sache steht, altes Karlchen: Bist in alleweg der herzlichste, lustigste alte Bursche, der mir im Leben je vorgekommen; und da du den Wein so meisterlich zu bewältigen verstehst, so soll mich der Kuckuck holen, wenn ich dir nicht eine ganz große Kiste Château Margaux verehre. Will des Teufels sein (Herr Shuttleworthy hatte die üble Angewohnheit zu fluchen, wenn er auch nur selten über »will des Teufels sein,« oder »Gott soll mich strafen« hinausging) – will des Teufels sein«, sagte er, »wenn ich nicht schon heute Nachmittag in der Stadt eine doppelte Kiste vom Besten, der zu haben ist, bestelle; und die verehre ich dir, ja das will ich. Keine Einwendung, – will meinen Willen haben, sag' dir alter Bursche, sollst die doppelte Kiste Château Margaux bekommen. Also aufgepasst! Eines schönen Tags wird sie dich durch ihre Ankunft erfreuen, und vielleicht gerade in einem Augenblick, wo du sie am wenigsten erwartest!« Dieses Anflugs von Freigebigkeit tue ich hier nur darum Erwähnung, weil ich dem Leser zeigen möchte, wie intim die Freundschaft zwischen den beiden war!

Als daher an dem fraglichen Sonntagmorgen es sich immer mehr herausstellte, dass Herrn Shuttleworthy etwas geschehen sein müsse, sah ich das alte Karlchen tief ergriffen. Vielleicht habe ich noch nie in meinem Leben einen Menschen so ergriffen gesehen. Als der würdige Alte zum ersten Mal hörte, dass das Pferd ohne seinen Herrn und ohne den Sattelranzen seines Herrn zurückgekommen, dass es von einem Pistolenschuss ganz blutig sowie dass die Kugel durch die Brust des armen Tieres ganz hindurchgedrungen sei, ohne es jedoch ganz zu töten, – als, sage ich, der gute Alte dieses alles hörte, wurde er leichenblass, als wäre der Vermisste ihm Bruder oder Vater gewesen; auch zitterte er am ganzen Leib, als hätte er das kalte Fieber.

Anfänglich war er vom Schmerz zu sehr überwältigt, als dass er hätte etwas tun oder auch nur für einen Operationsplan sich entscheiden können. Es darf daher auch nicht Wunder nehmen, wenn ich sage, dass er Herrn Shuttleworthys übrigen Freunden lange Zeit und mit aller ihm zu Gebot stehenden Beredsamkeit abriet, in der Sache etwas zu tun, weil es wohl das Beste wäre, noch ein paar Wochen oder ein paar Monate zu warten, um zu sehen, ob sich unterdessen nicht etwas zeigte und Herr Shuttleworthy nicht selbst wiederkäme und seine Gründe auseinandersetzte, warum er sein Pferd heimgeschickt habe. Wohl jeder meiner Leser hat diese Neigung zum Temporisieren und Aufschieben schon oft bei Leuten wahrgenommen, die ein recht schwerer Kummer drückt. Es scheint die seelische Tätigkeit bei ihnen vollkommen erschlafft zu sein, sodass sie vor allem, was einem Handeln gleich sieht, einen wahren Abscheu haben und auf der Welt nichts so sehr lieben, als ruhig in ihrem Bett liegen zu bleiben und ihren Kummer zu nähren, wie alte Damen sich auszudrücken pflegen, das heißt, über dem, was ihnen Sorge und Kummer macht, zu brüten.

In der Tat, es hatten die Leute von Rattleborough von der Weisheit und Umsicht des alten Karlchen eine so hohe Meinung, dass die meisten geneigt waren, ihm zuzustimmen und in der Sache lediglich nichts zu tun, bis etwas sich zeigen würde, wie der ehrliche alte Herr sich ausgedrückt hatte. Und es würden wohl am Ende alle zu diesem Entschluss gekommen sein, wenn nicht Herrn Shuttleworthys Neffe, ein höchst ausschweifender und auch sonst ziemlich übel beleumundeter junger Mann in überaus verdächtiger Weise sich in die Sache gemischt hätte. Dieser Neffe, dessen Name Pennifeather war, mochte nichts von einem Stillliegen hören, sondern verlangte beharrlich, dass man den Leichnam des Ermordeten alsbald suchen solle. Dies war der Ausdruck dessen er sich bediente. Was Herrn Goodfellow betrifft, so konnte er sich nicht enthalten, die scharfsinnige Bemerkung zu machen, dass das, um nicht mehr zu sagen, ein recht sonderbarer Ausdruck gewesen sei.

Auch war diese Bemerkung des alten Karlchen von großer Wirkung auf die Menge; und bald hörte man eine Stimme in recht nachdrücklicher Weise fragen, wie es denn komme, dass der junge Pennifeather sämtliche mit dem Verschwinden seines reichen Oheims in Verbindung stehende Umstände so genau kenne, dass er so kühn und unzweideutig zu behaupten imstande sei, sein Oheim sei unter den Toten.

Nun stritten Verschiedene hin und her, insbesondere aber das alte Karlchen und Herr Pennifeather, obgleich Letzteres in der Tat nichts Neues war, da seit den letzten drei bis vier Monaten die beiden einander nur wenig leiden konnten; ja es war zwischen ihnen schon so weit gekommen, dass Herr Pennifeather den Freund seines Oheims zu Boden geschlagen hatte, weil dieser sich im Haus besagten Oheims, wo auch der Neffe lebte, allzu viel herausgenommen haben sollte. Wie es heißt, so benahm sich das alte Karlchen bei diesem Anlass mit exemplarischer Mäßigung und mit echt christlicher Liebe. Es stand wieder auf, ordnete seine Kleider und dachte nicht einmal daran, das Empfangene zurückzugeben. Alles, was es tat, war, dass es ein paar Worte von »summarischer Rache bei der nächsten Gelegenheit« brummte: Ein ganz natürlicher und durchaus zu entschuldigender Zornausbruch, der indessen nichts zu sagen hatte und ohne Zweifel auf der Stelle wieder vergessen ward.

Wie es nun aber auch mit diesen Dingen sich verhalten mag (wir hätten sie hier füglich unberührt lassen können, da sie auf das, was uns hier beschäftigt, keinen Bezug haben), so viel ist gewiss, dass die Rattleburger ganz besonders durch die überzeugende Beredsamkeit des Herrn Pennifeather endlich zu dem Entschluss kamen, eine Streife vorzunehmen, um den vermissten Herrn Shuttleworthy zu suchen. Ich sage, sie kamen zu diesem Entschluss. Nachdem aber einmal der Entschluss gefasst war, so wurde es fast als etwas sich von selbst Verstehendes angesehen, dass die Suchenden sich partienweise über die Umgegend zerstreuen sollten, um diese um so gründlicher durchsuchen zu können. Doch ich habe indessen vergessen, wie es dem alten Karlchen endlich gelang, die Versammelten zu überzeugen, dass ein solcher Plan der unglücklichste wäre, den sie immer fassen könnten. Nur so viel weiß ich noch, dass er alle überzeugte, mit alleiniger Ausnahme des Herrn Pennifeather. Es ward also schließlich ausgemacht, dass die Bürger in Masse, das alte Karlchen an der Spitze, eine sorgfältige und gründliche Streife ausführen sollten.

Einen besseren Pionier gab es sicherlich nicht als das alte Karlchen, von dem jedermann wusste, dass er die Augen eines Luchses habe; obgleich er sie aber in alte abgelegene Löcher und Winkel führte auf Wegen, von denen bis daher Niemand etwas gewusst, und obgleich die Streife eine volle Woche dauerte und auch bei Nacht nicht ausgesetzt wurde, so konnte man von Herrn Shuttleworthy doch immer noch keine Spur entdecken. Indessen darf man das Wort Spur hier nicht buchstäblich nehmen, da bis zu einem gewissen Grad eine solche Spur sich allerdings zeigte. Die eigentümlichen Hufspuren des Pferdes, auf dem der arme Herr weg geritten war, führten an einen drei Meilen östlich vom Flecken gelegenen Ort unweit der nach der Stadt führenden Hauptstraße. Hier ging die Spur durch ein Wäldchen auf einen Nebenweg, der sich dann wieder mit der Hauptstraße vereinigte und etwa eine halbe Meile abschnitt. Diese Hufspuren verfolgend, kamen die Suchenden endlich zu einem stagnierenden Sumpf, der durch die Brombeerbüsche zur Rechten des Weges halb verdeckt war; auf der andern Seite des Sumpfes aber verlor sich jede Spur. Wie es schien, so hatte hier ein Kampf irgendwelcher Art stattgefunden, und konnte man glauben, es sei ein großer, schwerer Körper – ein Körper, weit größer und schwerer als der eines Mannes – von dem Nebenweg weg in den Sumpf gezogen worden. Mit vieler Sorgfalt und Mühe wurde letzterer nun zwei Mal durchsucht, ohne dass jedoch etwas gefunden ward; und schon wollten die guten Rattleburger, am Erfolg verzweifelnd, sich wieder entfernen, als die Vorsehung Herrn Goodfellow den Gedanken eingab, das Wasser des Sumpfes abfließen zu machen.

Dieser Vorschlag wurde mit großem Jubel aufgenommen, und es ward dem alten Karlchen die Freude, seinen Scharfsinn und seine Besonnenheit in schmeichelhaftester Weise anerkannt zu sehen. Da von den Bürgen viele Spaten mitgenommen hatten, in der Voraussetzung, dass sie vielleicht einen Leichnam auszugraben hätten, so war der Sumpf bald und ohne Mühe trocken gelegt; und kaum war der Boden sichtbar, als man mitten im Schlamm eine Weste von schwarzem Seidensamt entdeckte, in der fast jeder Anwesende auf der Stelle ein Eigentum des Herrn Pennifeather erkannte.

Es war diese Weste sehr zerrissen und mit Blut besudelt; auch waren unter den Anwesenden einige, die sich genau erinnern wollten, dass der Eigentümer sie noch an dem Morgen getragen, wo Herr Shuttleworthy nach der Stadt geritten; wieder andere waren bereit, nötigenfalls eidlich zu bezeugen, dass Herr Pennifeather während des Restes jenes denkwürdigen Tages das fragliche Kleidungsstück keinen Augenblick getragen; und endlich wollte niemand seit

Herrn Shuttleworthys Verschwinden die fragliche Weste am Leib des Herrn Pennifeather gesehen haben.

Jetzt gewannen die Dinge ein ziemlich ernstes Aussehen; auch wurde die Menge in dem Verdacht, den Herr Pennifeather erweckte, unzweifelhaft dadurch noch bestärkt, dass derselbe leichenblass wurde und, als man ihn fragte, was er zu seiner Entschuldigung vorzubringen hätte, auch nicht ein Wort zu stammeln vermochte. Nun fielen auch die wenigen Freunde, die ihm bei seiner ausschweifenden Lebensweise geblieben waren, mit einem Mal von ihm ab; und nicht nur taten sie dies, sondern sie tobten sogar noch stärker als seine alten und erklärten Feinde und verlangten seine alsbaldige Verhaftung.

Dagegen hatte nun Herrn Goodfellows Großmut Gelegenheit, sich in um so größerem Glanz zu zeigen. Er sprach warm und beredt für Herrn Pennifeather und spielte mehr denn einmal darauf an, wie er selbst dem wilden jungen Herrn – »dem Erben des würdigen Herrn Shuttleworthy« – aufrichtig die Beleidigung verziehen, die derselbe, ohne Zweifel in der Hitze des Zorns, für gut befunden hatte, ihm (Herrn Goodfellow) anzutun. Er vergebe ihm dieselbe von ganzem Herzen, sagte er; und was ihn selbst (Herrn Goodfellow) betreffe, so sei er nicht nur nicht gesonnen, die verdächtigen Umstände, die leider wider Herrn Pennifeather sprächen, zu dem Nachteil des letzteren auszubeuten, sondern er wolle auch sein Möglichstes tun, und seine ganze geringe Beredsamkeit aufwenden, um – um – um

– um, so weit es mit seinem Gewissen vereinbar sei, diese wirklich so bedenkliche Sache in ihren schlimmsten Zügen zu mildern.

So sprach Herr Goodfellow etwa eine halbe Stunde in einer Weise, die sowohl seinem Verstand, als seinem Geist Ehre machte; aber leider sind warmherzige Personen in ihren Bemerkungen nicht vorsichtig genug: Sie lassen sich in dem Eifer, womit sie einem Freund dienen, allerlei Versehen und Ungeschicklichkeiten zu Schulden kommen, und schaden so oft mit der besten Absicht von der Welt demselben unendlich mehr, als sie ihm nutzen.

So war es auch im vorliegenden Falle, trotzdem dass das alte Karlchen alle seine Beredsamkeit aufbot; denn obgleich Karlchen es sich allen Ernstes angelegen sein ließ, den verdächtigen Neffen zu verteidigen, so fügte es sich doch unglücklicherweise, dass jedes Wort, das es sprach, das verdächtigte Individuum nur noch mehr bloßstellte und die Wut der Menge gegen diesen weckte.

Einer der unerklärlichsten Fehler, die der Redner machte, war das, dass er des verdächtigen Neffen als »des Erben des würdigen alten Herrn Shuttleworthy« gedachte. Es hatten die guten Leute in der Tat hieran noch gar nicht gedacht. Sie hatten sich bloß gewisser Drohungen des Oheims erinnert, in welchen derselbe schon vor ein paar Jahren die Absicht ausgedrückt, seinen Neffen, das heißt, seinen einzigen noch lebenden Verwandten, zu enterben, und deshalb hatten sie auch diese Enterbung als eine längst abgemachte Sache angesehen – so einfältige Geschöpfe waren die Rattleburger; nun aber wurden sie durch die Bemerkung des alten Karlchens mit einem Mal gezwungen, diesen Punkt ins Auge zu fassen und in den erwähnten Drohungen nichts anderes als Drohungen zu erblicken. Und flugs entstand nun die ganz natürliche Frage *cui bono*? – eine Frage, welche geeignet war, den jungen Mann noch mehr zu gravieren als die Weste selbst.

Und hier will ich, damit man mich nicht missversteht, eine kleine Abschweifung machen, um zu bemerken, dass die so kurze und einfache lateinische Phrase, derer ich mich eben bedient habe, stets falsch übersetzt und missverstanden wird. In allen Moderomanen und anderwärts – wie zum Beispiel in den Romanen der Frau Gore, einer Dame, die aus allen Sprachen, von der hebräischen bis zu der der Chickisaws, zitiert – in allen Moderomanen, sage ich, von denen eines Bulwer und Dickens bis zu denen eines Turnapenny, James und Ainsworth, sind die zwei lateinischen Wörtchen *cui bono* mit »zu welchem Zwecke oder Ende« übersetzt. Ihre wahre Bedeutung ist nichts desto weniger »zu wessen Nutzen«. *Cui*, wem; *bono*, zum Nutzen. Es ist eine rein juristische Phrase, die in Fällen wie der vorliegende, wo die Wahrscheinlichkeit eines Verbrechens um die Wahrscheinlichkeit des dem Verbrecher daraus erwachsenden Vorteils sich dreht, genau anwendbar ist. Nun aber deutete im vorliegenden Fall die Frage *cui bono* ganz entschieden auf Herrn Pennifeather. Es hatte sein Oheim, nachdem er ein Testament zu seinen Gunsten gemacht, ihm mit Enterbung gedroht. Aber es war bei der bloßen Drohung geblieben und das ursprüngliche Testament, wie es schien, weder ganz, noch teilweise umgestoßen worden. Wäre Letzteres der Fall gewesen, so hätte man nur annehmen können, es habe der mutmaßliche Mörder sich wegen dieser Drohung rächen wollen; aber auch dieser Rachelust wäre die Hoffnung, bei dem Oheim wieder in Gnaden zu kommen, entgegengestanden. Da aber das Testament noch nicht umgestoßen war und andererseits über dem Haupt des Neffen immer noch die Gefahr einer solchen Umstoßung schwebte, so kommen wir mit einem Mal auf das allergewaltigste Motiv, das zu einer solchen Gräueltat treiben konnte; und zu diesem sehr scharfsinnigen Schluss gelangten auch die ehrenwerten Rattleburger.

Herr Pennifeather wurde also auf der Stelle gepackt und von der nach einigen weiteren Nachforschungen heimkehrenden Menge gefangen mitgeführt. Unterwegs aber ereignete sich noch etwas, was den Argwohn der guten Rattleburger noch vermehren musste. Mit einem Male sah man Herrn Goodfellow, der aus purem Eifer den übrigen immer ein wenig voraus war, etliche Schritte vorwärts springen, sich bücken und dann scheinbar einen kleinen Gegenstand von dem grasbewachsenen Boden aufheben. Nachdem er das Ding rasch geprüft, versuchte er es, wie die Übrigen gleichfalls bemerkten, in seiner Rocktasche zu verstecken; allein es wurde, wie schon gesagt, dies bemerkt

und mithin auch verhindert. Hier müssen wir freilich alsbald bemerken, dass er bei diesem Verstecken etwas ungeschickt zu Werke gegangen war.

Der von dem alten Karlchen aufgehobene Gegenstand
aber war nichts anderes als ein spanisches Messer, das von
einem Dutzend Personen alsbald als ein Eigentum des
Herrn Pennifeather erkannt wurde. Nicht genug damit,
es waren auch die Anfangsbuchstaben seines Namens auf
den Griff graviert. Die Klinge des geöffneten Messers war
blutig.

Nun zweifelte niemand mehr an der Schuld des Neffen;
und sobald man Rattleborough erreicht hatte, führte man
ihn zum Friedensrichter, damit dieser ein Verhör mit ihm
vornehme.

Auch hier gestalteten sich die Dinge für den Gefangenen überaus ungünstig. Als er nämlich gefragt wurde, wo er
an dem Morgen, an dem Herr Shuttleworthy verschwunden, gewesen, war er so frech zu gestehen, dass er gerade an
jenem Morgen mit seiner Büchse draußen auf dem Feld,
und zwar in der unmittelbaren Nähe des Sumpfes gewesen
sei; um zu jagen, – in der Nähe eben des Sumpfes, wo,
Dank dem Scharfsinn des Herrn Goodfellow, die blutbe-
sudelte Weste gefunden worden war.

Sofort trat der Letztere hervor und bat, mit Tränen in
den Augen, um Erlaubnis, verhört zu werden. Er hob damit an, dass er sagte, er könne nun nicht länger schweigen;
seine Pflichten gegen Gott und gegen die Menschen ge-

böten ihm, die volle Wahrheit zu sagen. Bisher hätte die aufrichtigste Liebe zu dem jungen Mann (trotzdem dass letzterer mit ihm, Herrn Goodfellow, so übel verfahren war) ihn veranlasst, Herrn Pennifeathers Tun und Lassen von einer möglichst günstigen Seite zu betrachten. Nun aber seien der überzeugenden Beweise zu viele da, als dass er Herrn Pennifeather länger für unschuldig halten dürfe. Nun müsse er (Herr Goodfellow) alles sagen, was er wisse, und wenn ihm auch das Herz dabei springe. Ein längeres Zögern von seiner (Herrn Goodfellows) Seite wäre jetzt verbrecherisch.

Sofort setzte Herr Goodfellow auseinander, wie der unglückliche alte Herr am Nachmittag vor seiner Abreise in seiner (Herrn Goodfellows) Gegenwart gegen seinen Neffen erwähnt habe, dass der Zweck seiner Reise kein anderer sei, als bei der Farmers & Mechanics Bank eine ungewöhnlich große Summe Geldes zu deponieren. Zugleich habe da der besagte Herr Shuttleworthy dem vorbemeldeten Neffen seinen unwiderruflichen Entschluss, den ursprünglichen letzten Willen wieder umzustoßen und ihn – den Neffen – mit einem Schilling abzuspeisen, kundgetan.

Und nun forderte der Zeuge den Angeklagten in feierlichster Weise auf zu sagen, ob er (der Zeuge) in allen wesentlichen Punkten die Wahrheit gesprochen oder nicht.

Zu jedermanns Staunen gab Herr Pennifeather die Wahrheit des Ausgesagten unumwunden zu.

Du bist der Mann!

Nun hielt es der Friedensrichter für seine Pflicht, etliche Constabler nach dem Hause des unglücklichen Shuttleworthy zu schicken, damit sie dort das Zimmer des Angeklagten genau durchsuchen möchten. Es stand nicht lange an, so erschienen die beiden Polizeidiener wieder mit dem wohlbekannten Taschenbuch, das der alte Herr schon seit vielen Jahren bei sich getragen hatte. Es war dasselbe von rotem Leder und mit stählernen Bändern versehen. Der wertvolle Inhalt der Brieftasche aber war verschwunden.

Vergebens suchte der Friedensrichter aus dem Gefangenen herauszubringen, welchen Gebrauch er von dem Geld gemacht, und wo er es verborgen habe. Herr Pennifeather behauptete hartnäckigst, von der Sache lediglich nichts zu wissen. Auch entdeckten die Constabler im Bett des unglücklichen Mannes, unmittelbar auf dem Strohsack liegend, ein Hemd und ein Halstuch, welche die Anfangsbuchstaben von dessen Namen trugen und vom Blut des Opfers grässlich besudelt waren.

Jetzt wurde auch gemeldet, dass das Pferd des Ermordeten in Folge der erhaltenen Wunde im Stall verendet sei.

Sofort stellte Herr Goodfellow den Antrag, dass das Tier alsbald seziert werden solle, damit die Kugel womöglich gefunden werden möchte.

Dies geschah, und es fand Herr Goodfellow, gleich als sollte die Schuld des Angeklagten außer allen Zweifel gestellt werden, nach langem Suchen in der Brusthöhle des Pferdes eine ungewöhnlich große Kugel, die bei genauerer

Untersuchung genau in den Lauf von Herrn Pennifeathers Büchse passte, während sie für die Büchsenläufe aller übrigen Bewohner des Fleckens und der Umgegend viel zu groß war.

Aber es sollte noch ein Schuldbeweis beigebracht werden: Es stellte sich nämlich heraus, dass diese in der Brusthöhle des Pferdes gefundene Kugel eine kleine Naht zeigte, welche mit der gewöhnlichen einen rechten Winkel bildete. Und als diese Naht untersucht ward, zeigte es sich, dass sie einer zufälligen Erhabenheit in einem Kugelgießer, den der Angeklagte selbst als sein Eigentum anerkannte, genau entsprach.

Nun hielt es der Richter für völlig überflüssig, noch weitere Schuldbeweise zu verlangen, sondern erklärte, dass der Angeklagte vor die nächsten Assisen gestellt werde; auch sei die Bestellung eines oder mehrerer Bürgen schlechterdings nicht zulässig.

Gegen solche Strenge machte Herr Goodfellow die energischsten Einwendungen, sich zu gleicher Zeit erbietend, jede beliebige Bürgschaft für den Angeklagten zu leisten. Solcher Edelmut vonseiten des alten Karlchens stimmte bloß zu dem übrigen liebenswürdigen und ritterlichen Betragen, dessen er sich während der ganzen Zeit seines Aufenthalts im Flecken beflissen hatte. Im vorliegenden Fall ward der würdige Mann von der übergroßen Wärme seiner Sympathie dermaßen fortgerissen, dass er, als er sich erbot, für seinen jungen Freund Bürgschaft zu stellen, total vergessen zu haben schien, wie er selbst (Herr Goodfellow) auf Gottes weiter Erde auch nicht den Wert eines Dollars besaß.

Was die Folge dieser Stellung vor den Assisenhof war, ist leicht vorauszusehen. Herr Pennifeather wurde von den Geschworenen, ohne dass diese auch nur ihre Bänke verließen, »des Mordes im ersten Grade für schuldig« erklärt, was nicht zu verwundern ist, wenn man bedenkt, dass eine ganze Kette überzeugender Schuldbeweise gegen den Angeklagten vorlag, wobei wir noch bemerken zu müssen glauben, dass dem Herrn Goodfellow es sein zartes Gewissen nicht erlaubte, im Gerichtssaal mit einigen weiteren Tatsachen zurückzuhalten, welche Herrn Pennifeathers Schuld noch unzweifelhafter machten. Es sprach das Gericht über den unglücklichen Neffen das Todesurteil aus, worauf derselbe nach dem Grafschaftsgefängnis zurückgebracht wurde, bis die unerbittliche Rache des Gesetzes sich an ihm erfüllte.

Inzwischen hatte das alte Karlchen bei den ehrlichen Rattleburgern sich durch sein edles Benehmen noch mehr beliebt gemacht. Man erwies ihm alle irgend erdenkbare Ehre, und um hinter der Gastfreundschaft der guten Rattleburger nicht zurückzubleiben, fing er, gleich als könnte er nicht anders, an, jenem äußersten Sparsamkeitssystem zu entsagen, das seine Armut ihm bisher auferlegt hatte. Sehr oft gab er in seinem Haus kleine Gesellschaften, wo es lustig genug hergegangen wäre, wenn das gute Karlchen nicht hie und da sich an das traurige Los erinnert hätte, dem der Neffe des vielbeklagten Busenfreundes demnächst anheim fallen musste.

Da ward eines schönen Morgens der großmütige alte Herr durch nachstehenden, ihm überbrachten Brief angenehm überrascht: –

Herrn Karl Goodfellow, Wohlgeboren,
Rattleborough.
von H. F. B. u. Co.
Chât. Marg. A – No. 1. – 6 Dutzend Flaschen (½ Gros)

Sehr geehrter Herr!

In Folge einer vor etwa zwei Monaten durch unsern geehrten Geschäftsfreund, Herrn Barnabas Shuttleworthy, bei unserem Hause gemachten Bestellung, haben wir die Ehre, heute Morgen eine doppelte Kiste Château Margaux an Ihre Adresse abgehen zu lassen. Qualität Antilope, Siegel veilchenblau. Kiste nummeriert und markiert wie hier am Rande.

Wir verbleiben, sehr geehrter Herr,
Ihre ergebensten Diener
Hoggs, Frogs, Bogs u. Co.

Stadt –, 21. Juni, 18–.

Du bist der Mann!

P. S. – Es wird die Kiste Ihnen einen Tag nach Empfang dieses Briefes per Fuhre zukommen. Unsere höflichsten Empfehlungen an Herrn Shuttleworthy.

H. F. B. u. Co.

Sollen wir die Wahrheit gestehen, so hatte seit Herrn Shuttleworthys Tod Herr Goodfellow alle Hoffnung aufgegeben, den versprochenen Château Margaux je zu bekommen; und darum sah er nun die Ankunft des köstlichen Weines als eine Art besonderer Fügung der gütigen Vorsehung an. Natürlich war er voller Freude, und in dem Übermaß derselben lud er für den nächstfolgenden Abend eine zahlreiche Gesellschaft von Freunden zu einem kleinen Souper ein, wo dem Geschenk des guten alten Herrn Shuttleworthy Ehre angetan werden sollte. Damit will ich nun freilich nicht gesagt haben, dass er in seinem Einladungsschreiben den guten alten Herrn Shuttleworthy erwähnt habe. Nur so viel ist gewiss, dass er viel und lange über die Sache hin und her dachte und endlich zu dem Schluss kam, dass es besser sei, wenn er gar nichts sage. Er tat also – wenn ich mich anders recht erinnere – des Umstandes, dass er Château Margaux zum Geschenk bekommen, gegen niemand Erwähnung. Er bat einfach seine Freunde, ihm einige Flaschen köstlichen Weines vertilgen zu helfen, die er schon vor etlichen Monaten in der Stadt bestellt und an dem nächstfolgenden Tag bekommen würde. Ich selbst habe mir gar oft den Kopf darüber zerbrochen, warum wohl das alte Karlchen zu dem Schluss kam, dass es besser sei, wenn er nicht sage, dass er den von seinem verstorbenen Freunde bestellten Wein erhalten, obwohl er ohne Zweifel einen gar guten und recht großmütigen Grund hatte. Aber, wie gesagt, diesen Grund habe ich mir nie recht denken können.

Endlich erschien der ersehnte Tag und mit ihm in Herrn Goodfellows Haus eine sehr zahlreiche und höchst achtbare Gesellschaft.

In der Tat, es war der halbe Flecken erschienen, – ich selbst mit den übrigen; zum großen Verdruss des Wirtes aber kam der Château Margaux erst spät an, als die Gäste dem prächtigen Souper, welches das alte Karlchen hatte servieren lassen, bereits die vollste Gerechtigkeit hatten widerfahren lassen. Endlich aber kam, wie gesagt, eine ungeheure Kiste an, und da alles bei bester Laune war, wurde unter allgemeiner Zustimmung beschlossen, dass sie auf die Tafel hinaufgehoben werden solle, um sofort ihres Inhalts entledigt zu werden.

Gesagt, getan. Ich half mit und in einem Nu stand die Kiste auf der Tafel inmitten all der Flaschen und Gläser, von denen dabei nicht wenige übel genug wegkamen. Nun nahm das alte Karlchen, das schon ziemlich angetrunken und im Gesicht purpurrot war, oben an der Tafel einen Sitz ein, schlug mit einer Karaffe wie ein Wütender auf die Tafel und gebot allen Anwesenden, sich ruhig zu verhalten, während der Schatz in feierlicher Weise gehoben werden würde.

Nachdem das Schreien noch einige Augenblicke fortgedauert hatte, wurde es im Zimmer wieder ruhig, und zwar folgte nun, wie in solchen Fällen oft zu geschehen pflegt, eine tiefe, merkwürdig tiefe Stille. Da man mich jetzt aufforderte, den Deckel aufzusprengen, so kam ich natürlich mit unendlichem Vergnügen diesem Verlangen nach.

Ich nahm einen Meißel, steckte denselben zwischen den Deckel und den unteren Teil der Kiste, und schlug einige Male mit einem Hammer leicht darauf.

Da flog der Deckel mit einem Male in die Höhe, und zu gleicher Zeit richtete sich, gerade dem Wirt gegenüber, der blutige und schon halb verfaulte Leichnam des ermordeten Herrn Shuttleworthy auf. In sitzender Stellung schaute der Leichnam mit seinen gläsernen Augen dem Herrn Goodfellow einige Augenblicke scharf und betrübt ins Gesicht, und ließ endlich die langsam, aber deutlich und energisch gesprochenen Worte hören: »Du bist der Mann!« Und als der Verstorbene dies gesprochen, fiel er, als wäre er vollkommen befriedigt, aus der Kiste heraus und lag nun der Länge nach ausgestreckt auf der Tafel.

Die Szene, die jetzt folgte, spottet aller Beschreibung. In grässlicher Hast stürzte alles auf Fenster und Türen zu, und nicht wenige von den stärksten, im Zimmer anwesenden Männern wurden vor purem Entsetzen ohnmächtig. Als aber der erste betäubende Schrecken vorüber war, blieben aller Augen auf Herrn Goodfellow haften. Wenn ich auch noch tausend Jahre lebe, kann ich nimmermehr die mehr als tödliche Angst vergessen, die sich auf dem soeben noch von Siegesbewusstsein und Wein geröteten Gesicht malte.

Mehrere Minuten saß der arme Wicht da, als wäre er in ein Stück Marmor verwandelt worden; seine öde und ausdruckslos starrenden Augen schienen ganz nach innen gekehrt und in die Anschauung seiner elenden Seele verloren zu sein. Endlich blitzten sie plötzlich wieder auf, und in demselben Augenblick sprang er von seinem Stuhl auf, fiel mit Kopf und Schultern schwerfällig auf die Tafel und legte, den Leichnam berührend, ein umständliches Geständnis des entsetzlichen Verbrechens ab, um dessentwillen Herr Pennifeather im Gefängnis lag und zum Tod verurteilt worden war. Was er sprach, ließ sich seinem wesentlichen Inhalt nach auf Folgendes reduzieren: – Er folgte seinem Opfer bis in die Nähe des Sumpfes, wo er auf dessen Pferd mit seiner Pistole feuerte, den Reiter mit dem Griff der Pistole totschlug, sich des Taschenbuchs bemächtigte und das Pferd, da er es für tot hielt, mit vieler Mühe in die Brombeerbüsche neben dem Sumpf zog. Auf sein eigenes Tier aber band er den Leichnam des Herrn Shuttleworthy, um ihn weit davon in einem Wald zu verbergen.

Die Weste, das Messer, das Taschentuch und die Kugel hatte er selbst an die Orte gelegt, wo sie gefunden wurden, in der Absicht, sich an Herrn Pennifeather zu rächen. Ihm hatte man auch die Auffindung des von Blut geröteten Taschentuches und Hemdes zu verdanken.

Als der Elende mit seiner grässlichen Geschichte fast zu Ende war, fing die Stimme an, ihm zu versagen. Sein Stottern hatte etwas eigentümlich Erschütterndes, etwas eigentümlich Grässliches. Und als er endlich nichts mehr zu sagen hatte, stand er auf, taumelte zurück und fiel ... tot nieder.

Die Mittel, wodurch dieses rechtzeitige Geständnis ausgepresst wurde, waren, trotz ihrer großen Wirksamkeit, doch ungemein einfach. Herrn Goodfellows übermäßige Offenheit hatte mich angeekelt und gleich anfangs Verdacht bei mir erregt. Ich war dabei, als Herr Pennifeather ihn zu Boden schlug, und als ich den wahrhaft teuflischen, wenn auch nur momentanen Gesichtsausdruck des Geschlagenen wahrnahm, hielt ich mich überzeugt, dass derselbe seine Drohung, wenn irgend möglich, streng erfüllen werde. So war es mir möglich, die Manöver des alten Karlchens in einem ganz andern Licht zu erblicken, als dies vonseiten der guten Rattleburger geschah. Es war mir auf der Stelle klar, dass sämtliche gravierenden Entdeckungen und Aufschlüsse direkt oder indirekt von Herrn Goodfellow ausgingen. Was mir aber die Augen vollkommen öffnete und aller meiner Unschlüssigkeit ein Ende machte, war der Umstand, dass Herr Goodfellow im Kadaver des Pferdes die Kugel fand. Ich hatte – obgleich die Rattleburger es nicht mehr wussten, nicht vergessen, dass die

Kugel an einer Stelle der Brust des Pferdes eingedrungen war, um an einer andern wieder hinauszugehen. Wenn sie also nachdem sie hinausgegangen, in der Brust des Tieres wieder gefunden wurde, so konnte sie einzig und allein von der Person, die sie fand, hineingelegt worden sein. Das blutige Hemd und das blutige Taschentuch bestärkten mich nur noch in meiner Ansicht; denn bei genauerer Untersuchung stellte es sich heraus, dass das vermeintliche Blut nichts anderes als guter Bordeaux war. Bedachte ich alles dieses, und fasste ich die vielen Ausgaben, sowie die Freigebigkeit ins Auge, worin Herr Goodfellow in der letzten Zeit sich gefiel, so konnte ich nicht umhin, mich in meinem Argwohn immer mehr bestärkt zu finden, – einem Argwohn, der dadurch nicht gemindert wurde, dass ich ihn ganz für mich selbst behielt.

Unterdessen stellte ich fleißige Nachforschungen an, um den Leichnam des Herrn Shuttleworthy möglicherweise zu finden, und zwar suchte ich aus naheliegenden Gründen an Orten, die von denen, wo Herr Goodfellow mit seinen Leuten gesucht hatte, möglichst weit ablagen. So kam ich nach einigen Tagen an einen alten, ausgetrockneten Brunnen, dessen Öffnung durch Brombeerbüsche fast verdeckt war, und hier fand ich auf dem Boden, was ich suchte.

Nun aber hatte es sich so gefügt, dass ich die zwischen den beiden Freunden gewechselten Worte hörte, als Herr

Goodfellow durch allerlei Schmeicheleien seinen Wirt bewogen hatte, ihm eine Kiste Château Margaux zu versprechen. Diesen Umstand beschloss ich zu nutzen. Ich verschaffte mir ein steifes Stück Fischbein, stieß es in den Hals des Leichnams hinab und legte letzteren selbst in eine alte Weinkiste, wobei ich es mir angelegen sein ließ, den entseelten Leib so zu beugen, dass auch das Fischbein damit sich beugte. Mithin brauchte ich nun nur noch den Kistendeckel kräftig niederzudrücken, während ich ihn festnagelte; und so konnte ich denn erwarten, dass der Deckel, sobald die Nägel herausgenommen wurden, zusammen mit dem Leichnam in die Höhe sprang.

Nachdem ich alles in der angegebenen Weise geordnet, markierte, nummerierte und adressierte ich die Kiste, wie bereits weiter oben angegeben ist. Dann schrieb ich im Namen der Weinhändler, mit denen Herr Shuttleworthy in geschäftlicher Verbindung stand, einen Brief und gab meinem Diener Befehl, auf ein von mir gegebenes Zeichen die Kiste auf einen Schubkarren zu laden und sie in Herrn Goodfellows Haus zu schaffen. Was die Worte betrifft, welche der Leichnam sprechen sollte, so verließ ich mich auf mein bauchrednerisches Talent; ihre Wirkung anlangend, zählte ich auf das Gewissen des elenden Mörders.

Wie ich glaube, so brauche ich nun nichts weiter zu erklären. Herr Pennifeather wurde auf der Stelle seiner Haft entlassen, erbte das beträchtliche Vermögen seines Oheims,

Edgar Allan Poe

nutzte die Lehren der Erfahrung, wurde ein ganz anderer Mensch und lebte von nun an glücklich und zufrieden.

Übersetzer unbekannt

Charles Dickens

Das Sofa

Als Krimiautor ist Charles Dickens wenig bekannt. Allerdings hat er neben bekannten Klassikern wie »Eine Weihnachtsgeschichte«, »Oliver Twist«, »Große Erwartungen« und vielen anderen Büchern auch eine ganze Reihe kurzer »Detective Stories« verfasst, wie sie zu seiner Zeit großen Anklang fanden.

Was junge Leute manchmal alles anfangen, um sich zugrunde zu richten und ihren Freunden das Herz zu brechen«, sagte Sergeant Dornton, der mich eines Abends zusammen mit Inspektor Wield von der Geheimpolizei besuchte, »das ist ganz überraschend. Ich hatte einen Fall im Saint Blank's Hospital. Ein schlimmer Fall, Herr, wirklich, mit schlimmem Ende. Der Geschäftsführer, der Hausarzt und der Schatzmeister vom Saint Blank's Hospital kamen nach Scotland Yard, um anzuzeigen, dass die Studierenden in zahlreichen Fällen bestohlen worden seien. Nichts konnten die Studierenden in den Taschen ihrer Überzieher lassen, während sie im Krankenhaus hingen, ohne dass es nicht fast mit Sicherheit daraus gestohlen worden wäre. Sachen aller erdenklichen Beschreibungen gingen fortwährend verloren; und die Herren fühlten sich natürlich unbehaglich deswegen, waren, und zwar wegen des Rufs ihres Unternehmens, sehr begierig, den Dieb oder die Diebe zu entdecken. Der Fall wurde mir anvertraut, und ich ging in das Krankenhaus.

›Nun, meine Herren‹, sagte ich, ›soviel ich sehe, gehen die Sachen immer in demselben Zimmer verloren.‹ ›Ja‹, sagten sie, ›das ist so.‹

›Dann möchte ich, wenn es Ihnen recht ist‹, sagte ich, ›dies Zimmer wohl mal sehen.‹

Es war ein ganz hübsch großer, leerer Raum unten, mit ein paar Tischen und Bänken drin und einer Reihe von Pflöcken rundum für Hüte und Röcke.

›Dann, meine Herren‹, sagte ich, ›haben Sie jemanden in Verdacht?‹

›Ja‹, sagten sie, sie hätten jemanden in Verdacht. Es täte ihnen leid, aber sie hätten einen der Pförtner in Verdacht.

›Ich möchte gern‹, sagte ich, ›dass mir dieser Mann gezeigt wird und dass ich ihn kurze Zeit beobachten kann.‹

Er wurde mir bezeichnet, und ich beobachtete ihn und ging dann wieder ins Krankenhaus und sagte: ›Na, meine Herren, der Pförtner ist es nicht. Er ist zu seinem Pech etwas sehr fürs Trinken, aber was Schlimmeres ist er nicht. Mein Verdacht geht dahin, diese Diebstähle werden von einem der Studierenden begangen; und wenn Sie mir ein Sofa in den Raum stellen wollten, wo die Pflöcke sind — weil ja doch kein Schrank da ist —, dann denke ich, werde ich imstande sein, den Dieb zu entdecken. Ich hätte das Sofa gern, wenn es Ihnen recht ist, mit Jute oder so ähnlichem Stoff überzogen, so dass ich auf dem Bauch darunter liegen kann, ohne gesehen zu werden.‹

Das Sofa wurde besorgt, und am nächsten Tag ging ich um elf Uhr, ehe noch einer der Studierenden da war, mit den Herren hin, um darunter zu kriechen. Es stellte sich aber heraus, dass es eins von diesen altmodischen Sofas war mit einem großen Querbalken drunter, der mir sofort das Rückgrat gebrochen hätte, wenn ich überhaupt drunter gekommen wäre. Es kostete uns ordentliche Mühe, den noch zu rechter Zeit wegzubrechen; aber ich machte mich gleich dran und sie auch, und wir brachen ihn heraus und schafften Raum für mich. Ich kroch unter das Sofa, legte mich auf den Bauch, holte mein Messer heraus und schnitt mir ein passendes Loch in den Chintz, um durchzugucken. Dann wurde zwischen den Herren und mir abgemacht, dass, wenn alle Studierenden oben in den Sälen wären, einer der Herren dann hereinkommen und einen Überzieher an einen der Pflöcke hängen sollte. Und dieser Überzieher sollte in einer seiner Taschen ein Taschenbuch mit gezeichnetem Geld haben.

Nachdem ich eine Zeitlang dagelegen hatte, fingen die Studierenden an, einzeln oder zu zweien oder dreien in den Raum zu kommen und über alles mögliche zu reden, wobei sie wohl nicht im geringsten daran dachten, es läge jemand unter dem Sofa — und dann nach oben zu gehen.

Zuletzt kam einer, der blieb da, bis er ganz allein im Zimmer war. Ein schlanker, gutaussehender junger Mensch von ein- oder zweiundzwanzig, mit hellem Backenbart. Er trat zu einem besonderen Hutnagel, nahm einen guten Hut herunter, der da hing, passte ihn auf, hängte seinen eigenen an seine Stelle und jenen auf einen anderen Pflock, fast genau mir gegenüber. Da fühlte ich ganz sicher, dies wäre der Dieb, und er würde nach und nach schon wiederkommen.

Sobald alle oben waren, kam der Herr mit dem Überzieher herein. Ich zeigte ihm, wo er ihn hinhängen sollte, so dass ich ihn gut sehen könnte, und dann ging er weg; und ich lag unter dem Sofa auf dem Bauch, ein paar Stunden oder so und wartete.

Zuletzt kam der junge Mann wieder herunter. Er ging pfeifend durchs Zimmer – blieb stehen und horchte – ging pfeifend wieder weiter – blieb wieder stehen und horchte – und dann ging er die Pflöcke regelrecht durch und durchwühlte die Taschen sämtlicher Überzieher. Als er an den Überzieher kam und das Taschenbuch fühlte, war er so gierig und so in Eile, dass er die Schnur abriss beim Aufmachen. Während er sich das Geld in die Tasche steckte, kroch ich unter dem Sofa hervor, und seine Augen trafen meine.

Jetzt ist, wie Sie wohl bemerkt haben, mein Gesicht braun, aber damals war es blass, weil meine Gesundheit nicht besonders war; und es war so lang wie ein Pferdekopf. Außerdem hatte es mächtig von der Tür her gezogen unter dem Sofa, und ich hatte mir ein Taschentuch um den Kopf gebunden; wie ich also alles in allem aussah, weiß ich nicht. Er wurde blau – buchstäblich blau – als er mich hervorkriechen sah, und das überraschte mich auch nicht.

›Ich bin Geheimpolizist‹, sagte ich zu ihm, ›und habe hier gelegen, seit Sie heute morgen zuerst hier hereinkamen. Es tut mir Ihretwegen und Ihrer Freunde wegen sehr leid, dass Sie getan haben, was Sie taten; aber der Fall ist vollkommen klar. Sie haben das Taschenbuch in der Hand und das Geld bei sich; und ich muss Sie verhaften.‹

Es war unmöglich, irgendetwas zu seiner Verteidigung herauszufinden, und in der Untersuchung gestand er. Wie oder wann er die Möglichkeit dazu bekam, weiß ich nicht; aber während er in Newgate auf seine Verurteilung wartete, vergiftete er sich.«

Wir fragten den Beamten beim Abschluss der vorstehenden Erzählung, ob ihm die Zeit kurz oder lang vorgekommen seid, während er in dieser unbequemen Stellung unter dem Sofa lag.

»Ja, sehen Sie, Herr«, erwiderte er, »Wenn er nicht das erste Mal hereingekommen wäre und ich nicht ganz sicher gewesen wäre, er wäre der Dieb und würde wiederkommen, dann wäre mir die Zeit wohl lang vorgekommen. Aber wie die Sache nun lag und weil ich meines Mannes ganz sicher war, da erschien mir die Zeit ganz kurz.

Aus dem Englischen von Franz Franzius

Anonym

Ein Schlaukopf –
Humoreske aus dem Verbrecherleben

Illustrierte Wochenzeitschriften bestehen heutzutage ihrem Namen entsprechend tatsächlich größ-
tenteils aus bunten Bildern und Aufmerksamkeit
erregenden Überschriften. In ihren Anfangstagen
enthielten sie dagegen vor allem unterhaltsame
bis informative Texte und – für heutige Verhältnisse – wenige Bildern und Karikaturen dazwischen.
Fortsetzungsromane, Reportagen, Gedichte oder
Kurzgeschichten wurden bevorzugt darin veröffentlicht. Dieser ohne Autorenangabe veröffentlichte Kurzkrimi stammt aus der »Zeit im Bild«,
Jahrgang 1908.

Das vielversprechendste Geschäft, in das ich mich jemals eingelassen (erzählte der Einbrecher bedächtig),
das war auf Schloss Heron bei Guildford. Es mag vielleicht
etwas altmodisch sein, aber ich hatte von jeher eine Schwäche für Gräfinnen. (Er sagte das mit einer Betonung, als ob
es sich um einen Leckerbissen handle.) Als ich dann in der
Zeitung las, dass der junge Graf sich mit Miss Nora Cla-
my, der Tochter des bekannten amerikanischen Millionärs,

vermählt hatte, und dass die Hochzeitsgeschenke ebenso zahlreich wie kostbar waren, da sagte ich mir: »Mach dich auf die Beine, alter Junge, hier ist ein Fang zu machen, der sich lohnt. Aber zieh' auf eigene Faust los, zeig', dass du ein Hauptkerl bist.« Ich zog mich sehr geschmackvoll an und wanderte dem Schloss zu, in dem das glückliche junge Paar die Flitterwochen verlebte.

Ich hatte eine Ledertasche bei mir, in der ich ein paar Gegenstände verbarg, ohne die man nicht fertig werden kann, wenn man noch so gescheit ist. Und Geld hatte ich auch bei mir. Ohne das sollte man auch nie ausgehen. So manches nette kleine Geschäft zerschlägt sich, wenn einem so ein paar Füchse fehlen.

Also ich befand mich eines Nachmittags auf einem Wiesenpfad, der dicht an dem Herrenhaus vorbeiführte. Vor mir ging ein niedliches Mädchen in grauem Anzug, das eine Hutschachtel in der Hand trug. Sie war hoch und schlank gewachsen und hielt sich sehr gerade. Als ich an ihr vorbeiging, las ich die Adresse auf der Schachtel. Sie war für die Gräfin. Ich ziehe sehr elegant meinen Hut.

»Verzeihung, Miss«, sagte ich, »sind Sie vielleicht Kammermädchen auf dem Schloss?«

»Das könnte wohl sein«, sagte sie.

»Schönes Wetter heute«, setzte ich die Unterhaltung fort.

»Ja, sehr schön, aber ich fürchte, wir werden noch vor Abend Regen bekommen!«

Sie sprach in ganz besonders freundlichem Ton.

»Sind Sie denn schon lange hier?«, erkundigte ich mich weiter.

Nein, sie war noch nicht lange da. Erst seit drei Wochen.

»Seid wohl mit der gräflichen Gesellschaft gekommen?«

Ja, mit denen war sie gekommen.

»Gefällt Ihnen die Stelle?«

Es ginge, sagte sie. Ich fragte sie über die Leute aus.

Sie käme gut mit dem Grafen zurecht, meinte sie, und die Gräfin sei ihr besonders zugetan, nur für das ganze Dienstpersonal gäbe sie keinen Pfifferling. Es schiene ihr, als ob da niemand ordentliche Aufsicht führe; während die Leute schwatzend und trinkend zusammensäßen, könne ein Dieb sich aufs bequemste einschleichen.

»Na ja, Miss«, sage ich, »niemand ist vollkommen, jeder hat so sein Späßchen.«

Ich machte mein freundlichstes Gesicht und beschloss, auf die Sache loszugehen. Ich fragte sie also, ob sie mich heut abend wohl hereinlassen und mir einen Bissen zu essen geben würde. Sie sah mich scharf von oben bis unten an und machte dann eine Bemerkung, die mich frappierte.

»Und was käme dabei für mich heraus, mein Bester? Eine Hand wäscht doch die andere, wie man so sagt.«

Ich war so verblüfft, dass ich ganz rot wurde, ja, wahrhaftig.

»Wenn die Sache so steht«, brachte ich endlich hervor, »dann ist es wohl am besten, ich drücke mich klar aus. Ich würde Ihnen also jetzt hundert Mark geben und noch einmal hundert, wenn der Streich gelungen ist.«

»Sagen wir zweihundert jetzt und zweihundert später und wir sind einig.«

Ich wollte mich wehren, da drehte sie sich auf dem Absatz um.

»Na, na, holde Kleine«, sage ich, »nicht so hastig. Mit dem freundlichen Gesicht werden Sie doch einen armen Schlucker nicht so schlecht behandeln. Ein Küsschen und ich tue, was Sie verlangen.«

Sie fährt wild auf.

»Von Küssen ist nicht die Rede«, dabei schießen ihre Augen Blitze, »und wenn ich helfen soll, will ich wissen, wofür. Langen Sie nur das Geld heraus.«

Das Mädel imponierte mir, das kann ich euch sagen. Mit der größten Seelenruhe ließ sie ihre schwarzen glänzenden Augen auf mir ruhen, so als amüsiere sie sich über die Falle, in die sie mich gelockt.

Ich ging eilig mit mir zu Rate. Eigentlich brauchte mich die zweite Summe nicht zu kümmern, ehe sie Gelegenheit hatte, mich daran zu erinnern, konnte ich mich längst aus dem Staub gemacht haben.

»Sehr schön, Miss«, sage ich, »reißen Sie einem armen Teufel nur nicht gleich den Kopf ab. Hier sind die zweihundert Mark. Um welche Zeit kann ich kommen?«

Sie sagte mir, dass der Graf um halb neun zu Abend esse, und dass sie der Gräfin Schlafzimmer offen lassen werde. Da und da würde ich eine Leiter finden, und die Juwelen sowie Gold und Banknoten in unverschlossenen Schubladen. Und die zweihundert Mark sollte ich im Kamin verstecken. Für die Dienerschaft könne sie natürlich nicht aufkommen. Sie schüttelte mir freundschaftlich die Hand und wandte sich dem Schloss zu. Mir war zumute, als müsse ich mir selbst die Hand schütteln, denn so an 100 000 Mark waren mir sicher, wenn ich nur eine Viertelstunde ungestört arbeiten konnte.

Dass ich auf die Minute an Ort und Stelle war, werdet ihr mir glauben. Als ich mich dem Haus näherte, überkam mich ein unbehagliches Gefühl. Sollte das Mädchen mich hereingelegt haben? Man kann sich nie auf die Sorte verlassen. Aber als ich bemerkte, dass eine Leiter bereit stand und das bewusste Fenster offen war, wusste ich, die Sache war in Ordnung.

»Das ist eine nach meinem Herzen«, sagte ich mir, als ich glücklich oben war, »wenn alles gut geht, will ich mir das ihrige erobern.«

Es ist eine heikle Geschichte, so ein Unternehmen. Wenn auch alles noch so günstig liegt, man hat doch ein unsicheres Gefühl, wenn man nicht gerade einen getrunken hat, und in dem Fall macht man auch leicht Dummheiten. Von den Dienern war niemand zu sehen, alles war wie ausgestorben.

Ich glaube nicht, dass mir in meinem Leben schon etwas so zugefallen ist. Ich sagte mir: »Das ist doch anders, als schwer zu arbeiten fürs tägliche Brot. Da heißt es immer: ›Ehrlich währt am längsten‹ aber was bringt mir die Ehrlichkeit ein? Keine Banknoten und keine Säcke voll Juwelen. Nein (mein Sack war beinahe voll), wenn man vorankommen will, eine nette Rente und eine gute Flasche abends, dann muss man zugreifen, wenn es Zeit ist –«

Ich hörte Kleiderrauschen neben mir und drehte meine Laterne um. Das Herz schlug mir bis zum Hals, in der Hand hielt ich den Revolver. Gott sei Dank, das war ja nur mein Mädchen. Ich ließ die Waffe sinken. Sie war höchst elegant angezogen und sah ganz wie eine Dame aus.

»Alles eingepackt?«, fragt sie flüsternd.

»Nun, nicht gerade alles«, antworte ich, »aber so viel ich packen konnte. Ich will jetzt fort.«

»Sind meine zweihundert Mark im Kamin?«

Herrgott, hat das Frauenzimmer Sinn fürs Geschäft.

»Geben Sie her,« sagt sie, die Hand ausstreckend. »Sie wären imstande, sie zu vergessen.«

Ich zählte ihr das Geld vor und griff nach meinem Sack.

»Guten Abend, Miss, wir sehen uns hoffentlich bald wieder.«

»Sehr freundlich, das zu sagen. Mir ist, als könnte ich Sie noch nicht gehen lassen.« Ihre Hand streifte leicht über die Wand. »Wir haben uns so schnell befreundet.«

Ich kann euch nicht sagen, wie mir zumute war, als sie so redete. Ich hätte dem Mädchen auf dem Fleck einen Antrag gemacht, wenn ich nicht so eilig gewesen wäre. Jedes Ding hat seine Zeit, sage ich immer, und jetzt war für Liebeleien nicht der richtige Moment.

Es ist nur schlimm, wenn man sich einmal mit ihnen eingelassen hat, wird man sie so bald nicht wieder los.

Ich wollte ihr zum Abschied einen Kuss geben, aber sie stieß einen Schrei aus.

»Halt«, rief sie, »noch einen Schritt, und Sie sind des Todes!«

Sie hielt mir eine glänzende kleine Pistole vor den Kopf, während sie die andere Hand wieder an die Wand drückte. Draußen erklangen eilige Fußtritte, die Tür wurde aufgerissen, und ein kräftiger junger Mann im Gesellschaftsanzug stürzte herein. Mehrere Diener folgten ihm.

»Meine geliebte Nora!«, rief er, dann sprang er auf mich zu und erwürgte mich beinahe.

»Lasst mich los!«, schrie ich. »Wo ist die Gräfin? Lasst mich los, zum Kuckuck! Ich habe ihr was zu sagen. Von ihrem netten Kammermädchen da. Sie hat mir vierhundert Mark abgenommen.«

»Und hat die Absicht, sie zu behalten«, lachte sie. »Das ist ein netter Anfang für meine Suppenanstalt im Dorf.«

Ich hatte die Gräfin selbst bestochen! Jetzt wandte sie sich an den Grafen. »Siehst du nun, Herbert, wie schlecht dein Haus behütet ist?«

Anonym

»Du hast recht, mein Schatz«, antwortete der Graf, »von jetzt an sollst du deine eigenen Anordnungen treffen.«

Anonym

Knacker-Ede – Eine Skizze aus dem Verbrecherleben

Dieses ebenfalls anonym veröffentlicht kurze Gaunerstück über einen glücklosen, auf Einbrüche spezialisierten Knastvogel stammt auch aus der »Zeit im Bild«, Jahrgang 1907.

Knacker-Ede freute sich. Er hatte aber auch wirklich Glück gehabt. Bei seinen Vorstrafen hatte er sicher auf »Zett«[3] gerechnet und was war geworden: Dreizehn Monate Gefängnis hatten sie ihm aufgedrückt. Er hatte wirklich Schwein gehabt. Nun konnte ja die Geschichte nicht mehr schlimm werden. Wenn die anderen Kisten[4] nun auch wirklich noch nachkamen, dann konnte es höchstens 'ne Zusatzstrafe geben. Und wenn's auch wirklich noch ein paar Monate gab, so würden es doch höchstens zwei Jemmchen[5] werden und er hatte auf ein Stücker fünf Jahre Zuchthaus gerechnet. *Ja, ja, Glück musste der Mensch haben*, philosophierte Knacker-Ede.

---

[3] Zuchthaus
[4] unerledigte Strafsachen
[5] Jahre

Knacker-Ede hatte aber noch mehr Glück. Eines Tages ging es vor den Untersuchungsrichter. Noch eine ganz alte Geschichte war ans Tageslicht gekommen. Ach, du lieber Gott. Knacker-Ede wurde ordentlich rot, als der Untersuchungsrichter sagte: »Damals waren Sie noch unbestraft?«

»Jawohl, Herr Untersuchungsrichter. Das war'n schöne Zeiten. Aber lang, lang ist's her.«

»Na, jedenfalls ist es weiter nicht schlimm. Gestehen Sie die Sache nur ein, dann brauchen Sie gar nicht zum Termin kommen, dann werden Sie *in contumaciam*[6] verurteilt und da gibt's höchstens 6 Wochen.«

Knacker-Ede gestand aber nicht ein.

»Wo wer' ick denn, Herr Untersuchungsrichter, wo ick det doch jar nich jewesen bin.«

Fast liefen ihm die Tränen über die Backen.

»Na, Bärmann, nun tun Sie man nicht so, es ist doch Ihr Vorteil. Sie werden ja doch in Anbetracht Ihrer Vorstrafen verurteilt und nachher wird es umso schlimmer.«

Knacker-Ede wurde erregt: »Ja, so machen se't immer. Und det nennen Se nachher Gerechtigkeit. Aber ick bin et doch nicht jewesen.«

Der Untersuchungsrichter wurde nervös, zuckte die Achseln und ging fort. Knacker-Ede hatte nicht eingestanden und eines Tages hieß es, er käme auf Transport.

---

[6] in Abwesenheit

Er jubelte. Jetzt würde es glücken. Der Transporteur kam einen Tag vorher und nahm die Personalbeschreibungen auf.

»Na, Sie werden doch nicht ausrücken?«

Mit dem unschuldigsten und dümmsten Gesicht, das Knacker-Ede aufstecken konnte und mit dem schüchternsten Tonfall in der Stimme sagte er: »I wo wer ick denn. Wo ick et doch jar nich jewesen bin.«

»So, sind Sie unschuldig?«, fragte der Transporteur merklich freundlicher.

»Wie en kleenet Kind.«

»Na, werden ja sehen. Jedenfalls kann ich in Zivil kommen.«

»Ach ja, bitte, Herr Transporteur.«

Der Transporteur kam in Zivil. Auch Knacker-Ede hatte seine Zivilkleider an und machte einen ganz netten Eindruck. Der Transporteur nahm die Kette raus und wollte Knacker-Ede schließen.

»Ach, nicht doch, Herr Transporteur, sehen Se mal, da wo wer hinkommen, wohnt mein Oller. Da kennt mich jeder Mensch, wat sollen die bloß denken, det jeht ja nich.«

Und Knacker-Ede fing an zu weinen. Richtige reelle Tränen brachte er hervor. Dem Transporteur wurde weicher ums Herz und er wandte sich an den dabeistehenden Hausvater. Der zuckte die Achseln.

»Schließen ist Vorschrift.«

»Ick weeß ja, ick weeß ja,« heulte Knacker-Ede. »Sie können mir ja auch schließen. Bloß da nich, wo wer hinkommen.«

Der Transporteur versprach es. Wenn er unterwegs brav sei, dann wolle man ihm in Krotoschin die Fesseln abnehmen ...

Und so wurde es gemacht. Bevor der Zug noch einlief, war Knacker-Ede schon von der Kette befreit. Der Transporteur wusste natürlich keinen Bescheid und Knacker-Ede erbot sich, ihn zu führen.

Er führte den Beamten durch die Stadt an der Rückseite eines großen Gebäudes vorbei, gab dort dem Beamten plötzlich einen wuchtigen Stoß und war, ehe es sich jener versah, in einem Park verschwunden. Der Transporteur war ganz verdutzt. Ehe er natürlich soweit war, dass an eine Verfolgung gedacht werden konnte, war Knacker-Ede längst über alle Berge ...

In zwei Stunden hatte Knacker-Ede die Grenze erreicht. Da er Polnisch konnte und genau mit den Verhältnissen vertraut war, gelang es ihm leicht, die Grenze zu passieren. Knacker-Ede jubelte. Jetzt war er den ganzen Knast los. Herrgott noch einmal, hatte das geklappt.

Er wurde aber bei so viel Glück übermütig. Da das Geld auch nicht in der nötigen Menge zu haben war, dachte Knacker-Ede an einen größeren Raubzug. Bei Amtsrichter Wegener in Krotoschin würde er einbrechen. Das Ding würde schon gedreht werden. Mittwoch morgens ging der

Amtsrichter zur Sitzung und die Frau einkaufen. Dann war's Plan. Dann war nur die Lene da. Wie ihm das Herz bubberte. Die Lene, seine erste Liebste, er hatte sie schon am Tag seiner Flucht gesehen. Was die wohl sagen würde, wenn er mit einem Mal da war. Ob sie ihn nicht anzeigen würde? Ach Unsinn, die Lene. Er würde am Abend bei Dunkeln kommen, der Lene gut zureden, dann würde die Sache schon ganz fein ablaufen.

Es kam aber ganz anders. Bei Amtsrichters diente die Lene schon lange nicht mehr. Und als das neue Dienstmädchen den fremden Mann in ihrer Kammer sah, schlug sie Lärm. Und ehe sich Knacker-Ede verduften konnte, hatten sie ihn.

Sechs Monate bekam er. Knacker-Ede war außer sich. Sechs Monate wegen dem Dreck. Was würde er nun für einen Knast zusammenbringen. Aber es kam noch schlimmer.

Schwer gefesselt brachte man ihn wieder heim. Dann ging's sofort acht Tage in den strengen Arrest und nachher gab's Isolierzelle.

Knacker-Ede schauderte.

Zehn Tage später saß er in seiner Zelle und zupfte Teertau. Dabei spuckte er ein Stück von dem Tau, den er als Kautabak benutzt hatte, aus und sagte: »Nee, nee, so'n Schwein zu haben und denn doch wieder nischt.« Und dabei schob er ein neues Stück Tau in die Backen.

Jodocus Donatus Hubertus Temme
Ein Verteidiger

Den Justizthriller gibt es nicht erst seit John Gris-
ham. Was im Gerichtssaal geschieht, hat schon
lange vorher Autoren inspiriert, so auch den deutschen Krimiveteran J. D. H. Temme. Dies ist eine
seiner zahlreichen Kriminalgeschichten für das
illustrirte Familienblatt »**Die Gartenlaube**«, für
welches auch andere renommierte Autoren wie
Theodor Fontane, Wilhelmine Heimburg oder Le-
vin Schücking schrieben. *Der Verteidiger* wurde
ursprünglich als Fortsetzungskrimi über mehrere
Ausgaben verteilt veröffentlicht.

In dem geräumigen Schwurgerichtssaal befand sich eine
zahlreiche Zuschauermenge. Sie gehörte meist den höheren Ständen aus der Stadt und der Nachbarschaft an.
Der Fall, der verhandelt werden sollte, hatte in der Gegend eine Berühmtheit erlangt und betraf Personen und
Verhältnisse der höheren Stände. Ein adliger Gutsbesitzer
der Gegend hatte bei seiner schönen Frau einen jungen
Offizier betroffen und ihn niedergeschossen. Er hatte dem
Paar, gegen das ihm schon seit einiger Zeit Verdacht er-
weckt war, aufgelauert; er war daher der vorbedachten Tö-

tung, des Mordes, angeklagt, und seine Strafe war, wenn die Geschworenen ihn schuldig erklärten, die Strafe der Hinrichtung durch das Beil.

Ob die Geschworenen ihn schuldig erklären würden, das war die allgemeine Frage, die den Zuschauerraum des Gerichtssaales mit allen den erwartungsvollen Menschen gefüllt hatte. Auch ich hatte mich hinbegeben. Nicht der Schreiber dieser Zeilen. Dieser hat seit zehn Jahren sein deutsches Vaterland nicht wiedergesehen, und die Geschichte, die er hier niederschreibt, ist erst vor wenigen Jahren in Deutschland passiert. Aber ein Freund aus der Heimat besuchte ihn im vorigen Sommer und erzählte ihm, was hier niedergeschrieben werden soll, und der Schreiber führt den Freund erzählend ein.

Ich war fremd in der Stadt, auf der Durchreise nach der etwa sechs Meilen entfernten Hafenstadt. Einen Abend vorher hatte ich im Gasthof nur von dem morgenden Kriminalfall sprechen hören; ich war kein großer Freund der Schwurgerichte und teilte umso mehr die allgemeine Spannung. Ich musste der Verhandlung der Sache beiwohnen. In der Hafenstadt kam ich auch am zweiten Tag noch früh genug an.

»Ist die Sache so klar, wie ich von allen Seiten höre«, hatte ich gefragt, »wie kann man dann zweifelhaft sein, ob die Geschworenen verurteilen werden?«

Ein Verteidiger

»O, mein Herr«, war mir geantwortet worden, »der Angeklagte wird von dem berühmtesten Advokaten der Residenz verteidigt.«

»Können denn die berühmten Advokaten Ihrer Residenz den hellen Tag zur Nacht, oder schwarz zu weiß machen?«

»Hm, mein Herr, der Zufall hat eigentümlich bei der Auswahl der Geschworenen gewirkt.«

»Entschuldigen Sie, an einen Zufall bei der Auswahl der Geschworenen glaube ich nicht recht.«

»Mein Herr, die Geschworenen sind ausgelost!«

»Ah –! Aber wie ist die Stimmung der Beamtenwelt gegen den Angeklagten? Der Regierungs- und Gerichtspräsidenten, die doch auch bei jener Auslosung gewirkt haben?«

Man zögerte mit der Antwort.

»Der Ermordete«, sagte endlich einer, »war Offizier und gehörte den ersten adligen Familien des Landes an.«

»Und der Angeklagte?«

»Er ist fremd hier. Er hat sich erst vor anderthalb oder zwei Jahren in der Gegend angekauft und niedergelassen.«

»Aber, mein Herr«, nahm ein anderer etwas eifrig das Wort, »Sie werden nicht glauben, dass diese Umstände auf die Verhandlung und Entscheidung der Sache irgendwelchen Einfluss ausüben können!«

»Ich bin entfernt davon, meine Herren. Aber die Geschworenen?«

»Sind meist Personen aus den mittleren Ständen: reiche Bauern, wohlhabende Handwerker, kleine Kaufleute.«

»Und«, fiel der Eifrige ein, »kein einziger pensionierter Offizier ist dabei, und nur drei Adelige auf sechsunddreißig Geschworene; Sie müssen zugeben –«

»Dass da der Zufall allerdings auffallend unparteiisch gewirkt hat!«

»So meine ich.«

Es war indessen in der Gasthofsgesellschaft einer, der nicht eifrig war und der Meinung des Eifrigen nicht zu sein schien.

»Solche Leute aus den mittleren Ständen«, meinte er, »pflegen zuweilen verzweifelt mittelmäßig an Kopf und Charakter zu sein und eines Führers zu bedürfen, dem sie dann umso unbedingter folgen, je fremder ihnen das Gebiet ist, das sie betreten sollen.«

»Umso mehr«, warf der Eifrige ein, »würden sie dem berühmten Advokaten aus der Residenz folgen.«

»Ich meine, umso weniger. Von dem berühmten Advokaten aus der Residenz wissen sie eben nichts, als dass er ein berühmter Advokat ist, und die Berühmtheit eines Advokaten bringt die Menge nur zu leicht in Verbindung mit Pfiffen und Kniffen, mit Schlichen und Rechtsverdrehungen; da ist man auf der Hut und sieht sich um so angelegentlicher nach einem anderen, als bewährt bekannten Führer um, und das ist der Präsident des Schwurgerichts, den eben jedermann kennt.«

»Und wer ist der Präsident des Schwurgerichts?«, fragte ich.

»Ein braver Mann und ein tüchtiger Jurist, der in allgemeiner Achtung steht.«

»So meinte ich!«, sagte in einem etwas eigentümlichen Ton der, der dem Eifrigen widersprochen hatte. Und von einer Opposition konnte in dem öffentlichen Gasthof der Provinzstadt nicht weiter die Rede sein.

Der Zuschauerraum des Gerichtssaales war gefüllt. Herren und Damen waren da, vom Militär und Zivil. Die Damen und die Offiziere saßen in den vorderen Bänken, weniger vornehme Herren und Damen hinten. In einer deutschen Provinzstadt ordnet sich auch so etwas. Die Geschworenen waren ebenfalls schon da, alle sechsunddreißig. Es fehlte kein einziger. Sie saßen in drei geraden Reihen auf den drei langen Bänken. Man übersah so die kräftigen, braven, mitunter intelligenten Gesichter der reichen Bauern, der wohlhabenden Handwerker, der kleinen Kaufleute. Die drei adeligen Herren unter ihnen zeichneten sich fast nur durch ihre wohlgepflegten Vollbärte aus.

Die Richter waren noch nicht da. Aber der Staatsanwalt, der öffentliche Ankläger, saß schon auf seinem hohen Sessel vor seinem Pult, in Akten blätternd. Er war ein Mann in mittleren Jahren, mit dem vollen Ausdruck der Klugheit, der Ruhe und des Ehrgeizes in dem angenehmen Gesicht. So müssen Staatsanwälte sein; denn sie müssen Karriere machen – wenn sie schon in mittleren Jahren sind, Präsidenten werden.

Gendarmen und Gerichtsdiener standen, Wache haltend, an den Seiten des Saales. Eine Uhr oben im Saal schlug neun Uhr und um diese Zeit sollten die Gerichtsverhandlungen beginnen. Eine Tür öffnete sich, und ein Gerichtsdiener trat in den Saal. Das Gericht folgte ihm, voran der Präsident, hinter ihm die vier anderen Richter. Sie nahmen ihre Plätze an dem langen Tisch ein. Der Präsident eines Schwurgerichts pflegt ein aristokratischer Mann, die Mitglieder pflegen gewiegte Männer der Bürokratie zu sein.

Drei Minuten darauf wurde der Angeklagte in den Saal geführt. Sein Verteidiger trat mit ihm ein. Die allgemeine Aufmerksamkeit wandte sich den beiden Männern zu, die heute eine bedeutende Rolle spielen sollten, von denen der eine um sein Leben kämpfen, der andere jenem beistehen sollte, sein Leben zu retten. Der eine, der Angeklagte, war den Anwesenden nur wenig bekannt, den anderen kannte vielleicht noch niemand.

Der Angeklagte war ein schöner, junger Mann von einigen dreißig Jahren, mit einem blassen, etwas südlich geformten Gesicht, mit großen, dunklen, kühn blitzenden Augen, mit einem stolzen, raschen, entschlossenen Wesen.

Sein Verteidiger, der erste Advokat der Residenz, war ein Mann von mittlerer Größe, etwas mager; das hellblonde Haar lag glatt an, das frische, nicht weniger als markierte Gesicht war unbeweglich; die hellblauen Augen blickten klar und ruhig; seine Bewegungen waren leicht und doch etwas gemessen.

»Das ist der erste Advokat des Landes?«, fragte man sich, nachdem man den Mann betrachtet hatte. »Man sieht ihm nicht einmal besondere Klugheit an. Nur gutmütig scheint er zu sein. Ah, er will schon vor den Geschworenen ein Ruhespiel aufführen und sie dadurch gewinnen. Da kommt er hier schlecht an!«

Der Präsident des Gerichts verkündete den Anfang der Verhandlung. Die zwölf Geschworenen für die Sache wurden ausgelost. Weder der Staatsanwalt noch der Verteidiger verwarfen einen von ihnen. Das Los hatte in bunter Mischung die kleinen Leute getroffen, reiche Bauern, wohlhabende Handwerker, kleine Kaufleute. Von den drei adligen Herren war nur einer aufgerufen.

Die Herren, mit denen ich am Abend vorher im Gasthof gewesen war, warfen mir fragende Blicke zu, ob ich auch hier nicht an den Zufall des Loses glauben wolle. Ich verbeugte mich bejahend in ihre Richtung.

Die ausgewählten Geschworenen nahmen ihre Plätze ein.

Der Präsident fragte den Angeklagten nach seinen persönlichen Verhältnissen.

»Ihr Name?«

»Joseph Maria Freiherr von Wallberg.«

»Ihr Alter?«

»Zweiunddreißig Jahre.«

»Wo sind Sie geboren?«

»Zu Valencia in Spanien.«

»Sie führen einen deutschen Namen!«

»Mein Geschlecht ist ein altes deutsches Adelsge-
schlecht. Mein Vater war als junger Offizier nach Spanien
gegangen. Er heiratete in Valencia eine edle, reiche Spanie-
rin. Ich verließ nach dem Tod meiner Eltern meine Heimat, reiste mehrere Jahre und ließ mich vor zwei Jahren in
dem hiesigen Kreis nieder.«

»Sie sind verheiratet?«

»Ja.«

»Ihre Ehe ist ohne Kinder?«

»Ja.«

Der Präsident ließ die Zeugen hereinrufen. Es waren
zwei junge Offiziere, Kameraden des Ermordeten, ferner
Diener und Dienerinnen aus dem Schloss des Angeklagten
und Landleute aus der Gegend. Sie wurden vereidigt und
wieder entlassen.

Die Anklageschrift wurde durch den Gerichtsschreiber
verlesen.

Der Freiherr Joseph Maria von Wallberg war seit drei
Jahren verheiratet mit Therese Ida von Hauenstein, Tochter des –schen Konsuls in New York, die er während seines Aufenthaltes dort kennen gelernt, und mit der er bald
nach der Trauung nach Europa gegangen war, um zunächst

sein Vermögen in Spanien zu realisieren und sich dann in Deutschland, dem beide durch ihre Familien angehörten, niederzulassen. Er hatte vor zwei Jahren das Gut Hard, vier Meilen von der Stadt entfernt, angekauft und dort seinen Wohnsitz genommen. Die beiden Gatten machten ein angenehmes Haus. Sie waren reich, gastfrei, jung, liebenswürdig; sie liebten die Wissenschaften, die Künste; die Frau war schön, geistvoll, musikalisch; der Mann war lebhaft, ein mutiger Reiter, ein rastloser Jäger. Das Schloss Hard sah beinahe täglich Gesellschaft, und die Gesellschaft war die ausgesuchteste der Gegend. Die Liebe der beiden Gatten zueinander war eine innige, zärtliche. Auf Seite der Frau schien es wenigstens so. Das angenehme Leben auf Schloss Hard, das Glück der Ehegatten war durch nichts gestört. Da trug sich vor einem Vierteljahr, am Dienstag, den 10. April, Folgendes zu.

Der Angeklagte hatte an diesem Tag des Morgens früh das Schloss verlassen, um nach H. zu verreisen, wo er Geschäfte hatte. Wie gewöhnlich, wenn er dahin reiste, was öfters der Fall war, ritt er allein und ohne Bedienten bis zu der nächsten, eine Meile von dem Schloss entfernten Eisenbahnstation – Wiekel hieß sie – übergab hier den Leuten des Gasthofs sein Pferd und fuhr mit der Eisenbahn weiter. Er hatte erst am folgenden Tag, am Mittwoch, zurückkehren wollen. In der Nacht vom Dienstag zum Mittwoch aber wurden die Bewohner des Schlosses plötzlich durch einen ungewöhnlichen Lärm aus dem Schlaf geweckt. Fast alle hatten unmittelbar an der Rückseite des Schlosses, nach dem Garten hin, einen Schuss fallen hören. Dem Schuss war ein schwerer Fall, dann der laute Hilferuf eines Mannes gefolgt; dem Ruf der Angstschrei einer Frauenstimme. Ehe die aus dem Schlaf aufgeschreckten Menschen sich besinnen konnten, war ein zweiter Schuss gefallen. Darauf war alles still geworden und still geblieben. Die Bewohner des Schlosses – es waren nur Domestiken – waren aus ihren Betten aufgesprungen. Die Besorgteren und Entschlosseneren waren in den Garten geeilt, wo man die beiden Schüsse hatte fallen hören. Sie hatten die Tür des Schlosses, die in den Garten führte, offen gefunden; schon das war ihnen aufgefallen. Als sie in den Garten traten, fiel ihnen sofort weiter das Wiehern eines Pferdes auf, das hinten im oder am Garten unmittelbar an der Hecke sich befinden musste. Einige wollten dahin eilen, während andere sich anschickten, in der Nähe des Hauses zu suchen, wo die Schüsse gefallen waren, wo man den Hilferuf des Mannes und den Angstschrei der Frau gehört hatte. An allen vorüber stürzte plötzlich vom Schloss her in wilder Hast ein Mann. Er rannte nach der Gegend hin, in der man das Wiehern des Pferdes vernommen hatte.

Alle erkannten den Mann. Es war ihr Herr, der Freiherr von Wallberg, der Angeklagte. Sie erkannten ihn deutlich, bestimmt. Der Mond schien, der Himmel war klar, und der Mann war kaum drei bis fünf Schritte an ihnen vorüber gerannt, er hatte keinen andern Weg gehabt. Sie hatten sein Gesicht erkannt; es war leichenblass gewesen. Die ihnen wohlbekannten großen, feurigen Augen hatten ihnen befehlende, drohende, wilde Blicke zugeworfen. Sie hatten seine Gestalt erkannt, die Kleidung, in der er am Morgen ausgeritten war; es war eine Jagdmütze und ein langer, grauer Reitermantel. An dem Mantel, an den Händen des Mannes glaubten sie Blut gesehen zu haben. Der Anblick hatte die Leute mit lähmendem Schreck erfüllt. Keiner hatte gewagt, ihm zu folgen, ihn zu verfolgen. Einen Augenblick nachher hörten sie hinter dem Garten im Galopp ein Pferd davonjagen. Sie zerstreuten sich in dem Garten umher, um zu suchen. Schon nach einer halben Minute fanden sie sich wieder zusammen.

Einer war auf einen Menschen gestoßen, der unbeweglich am Boden lag. Er rief die anderen herbei. Man besichtigte, untersuchte den Menschen. Er war tot. Zwei Kugeln hatten ihn getötet; der Hirnschädel war ihm zerschmettert; aus einer Wunde mitten auf der Brust quoll das Blut. Das Blut floss noch, und die Leiche war noch warm. Man erkannte den Getöteten. Es war der Graf Hochhausen, Leutnant des in der benachbarten Stadt stationierten Kürassierregiments. Alle kannten ihn, obgleich das Gesicht durch den Schuss entstellt war. Der Graf kam oft, fast täglich zum Schloss, denn er war Freund des Hauses, der intimste Freund des Freiherrn. Und wie er in der Nacht hierher gekommen war? Warum er als Leiche dalag? Warum der Freiherr, sein bester Freund, ihn erschossen hatte? Denn

ihren Herrn hatten sie erkannt, alle, und sie hatten sein lei-
chenblasses Gesicht, seine drohenden, wilden Blicke, seinen blutigen Mantel, seine blutigen Hände gesehen. Wer
anders, als er, konnte den Grafen getötet haben? Es sollte
ihnen auch das Warum unzweifelhaft werden. Die Leiche
lag dicht am Haus, unmittelbar unter den Fenstern des
Gemachs der Freifrau. Das Zimmer war im ersten Stock,
und an der Mauer des Hauses führte bis zu jenen Fenstern
hinauf ein Birnenspalier. Die Untersuchung des Spaliers
ergab, dass mehrere Zweige zertreten waren; an anderen
klebte frisches Blut; mit frischem Blut war die Mauer des
Hauses bespritzt. Der Graf hatte sich auf dem Spalier befunden, als ihn der erste Schuss getroffen hatte. Er war
im Heruntersteigen begriffen gewesen, als ihn der Schuss
traf, denn die Zweige des Baumes waren hoch über den
Blutspuren zertreten. Der erste Schuss musste die Brust getroffen haben, da der Getroffene noch hatte laut um Hilfe
rufen können. Dem Niedergefallenen hatte der Mörder
dann am Boden den Hirnschädel zerschmettert. Und das
Weitere? Wie der Graf auf das Spalier gekommen war?
Warum der Freiherr ihn erschossen, dem tödlich Getroffenen noch gar in wilder Rache oder Mordlust das Gehirn
zerschmettert hatte? Das Spalier selbst, unmittelbar unter
den Fenstern der Freifrau; der Angstschrei einer Frau, den
man während des Mordes vernommen hatte; die früheren
täglichen Besuche des Grafen im Schloss, auch wenn der
Freiherr nicht da war; die Schönheit und Lebhaftigkeit der

jungen Frau; das kecke und feurige Wesen des schönen jungen Offiziers: Das alles gab eine Antwort, der nicht zu widersprechen war.

Ein anderer Umstand sprach nicht minder klar: Die Freifrau gab bei all dem Lärm, der unmittelbar unter ihren Fenstern stattfand, bei allem Tumult, der das ganze Schloss erfüllte, kein einziges Lebenszeichen von sich; man sah, man hörte nichts von ihr. Man begab sich zu ihrem Zimmer und fand es verschlossen. Man rief ihr durch die verschlossene Tür zu, dass unmittelbar beim Schloss ein Mord verübt, dass der Ermordete der Graf Hochhausen sei. Sie kam nicht aus ihrem Zimmer hervor und sie öffnete die Türe nicht; sie erklärte, dass sie unwohl sei, und befahl, man solle einen Arzt rufen, aber sie in der Nacht nicht mehr stören. So konnte nur eine Schuldbewusste handeln, die zugleich ein Zeugnis für die Schuld ihres Gatten ablegte. Dass sie am andern Morgen gefasst war, konnte nicht als Widerlegung dienen. Den entstandenen Verdacht hatte die sofort eingeleitete Untersuchung zur Gewissheit erhoben. Der Angeklagte hatte zwar fortwährend hartnäckig geleugnet, er wollte zur Zeit der Tat gar nicht im Schloss oder in dessen Garten oder Nähe gewesen, vielmehr erst mit dem Nachtzug von H. zurückgereist und erst des Morgens um fünf Uhr auf der Eisenbahnstation Wiekel angelangt und, nachdem er gefrühstückt, gegen sechs Uhr von da fortgeritten und gegen sieben Uhr im Schloss wieder eingetroffen sein. Von einer Untreue seiner Frau, von irgendeinem Verhältnis derselben zu dem Grafen Hochhausen, von einem Verrat des Freundes, den er stets nur als erprobt erkannt, wollte er nichts wissen; jeden Verdacht, jede Anklage in dieser Beziehung hatte er entschieden und entrüstet zurückgewiesen.

Das Ergebnis der Voruntersuchung war indes vollständig gegen ihn. Die Angaben des Angeklagten über seine Rückreise von H. hatten in keiner Weise bestätigt werden können. Nur dass er am Morgen um sieben Uhr zum Schloss zurückgekehrt war, stand fest. Das widersprach aber nicht, dass er auch in der Nacht dagewesen war. Um ein Uhr in der Nacht waren die Schüsse gefallen. Dagegen war die gesamte Dienerschaft des Schlosses dabei verblieben, dass sie in der Nacht den Angeklagten auf das Bestimmteste erkannt hätten. Nur zwei von den Leuten hatten es bei ihrer ersten gerichtlichen Vernehmung abstreiten wollen: der alte Kammerdiener des Freiherrn, mehr sein Vertrauter, als Bedienter, und der Nachtwächter des Schlosses. Allein auch sie waren zu der Wahrheit zurückgekehrt, als man ihnen einen Eid abforderte. Sie hatten beide eingeräumt, den Freiherrn ebenfalls in der Nacht erkannt zu haben. Dabei hatten sie dann ferner die wichtigsten Umstände angeben müssen; der alte Kammerdiener, dass er seinem Herrn schon früher Verdacht der Untreue der Freifrau mitgeteilt habe; der Nachtwächter, dass der Freiherr in der Nacht des Mordes mit ihm gesprochen und ihm sogar einen Befehl an die Freifrau erteilt habe.

Ein Verteidiger

Die Freifrau selbst hatte eben so entschieden wie der Angeklagte jeden Verdacht und jede Beschuldigung gegen sich und ihren Gatten in Abrede gestellt. Sie hatte indes nach den Gesetzen nur als Auskunftszeugin vernommen und mit dem Zeugeneid nicht belegt werden können. Nach dem Gesetz war sie auch nicht als Zeugin zu der öffentlichen Verhandlung vorzuladen gewesen. Die sämtlichen übrigen Zeugen waren vorgeladen, unter ihnen zwei Kameraden des Ermordeten, die bekunden würden, dass dieser allerdings in einem vertrauten Verhältnis zu der Freifrau gestanden habe.

»Die vorgeladenen Zeugen«, schloss die Anklageschrift, »werden die Tatsachen der Anklage in allen Punkten bewahrheiten. Es wird sich dadurch eine Tötung mit Vorbedacht, selbst mit einem hinterlistigen, meuchlerischen Auflauern, herausstellen. Die Anklage auf Mord ist danach begründet.«

Sie war begründet, wenn die Anklageschrift nicht übertrieb.

Ich bemerkte das einem der Bekannten aus dem Gasthof. »Die Anklageschriften unserer Staatsanwälte«, setzte ich hinzu, »pflegen zuweilen ein Geschäft aus dem Übertreiben zu machen, sie gleichen gehässigen, oft geradezu verleumderischen Schmähschriften.«

»Sehen Sie dieses ordinäre Metier unserem Staatsanwalt an?«, fragte mich der Bekannte.

Er hatte Recht. Das kluge, klare, ruhige Gesicht des Staatsanwalts sah nicht danach aus. Es war auch während der Vorlesung der Anklageakte ruhig und unbeweglich geblieben. Aber auch nur so hatte man den Angeklagten und seinen Verteidiger gesehen. Kein Zug in ihren Gesichtern hatte sich verändert. Der Angeklagte zeigte die volle Ruhe eines guten Gewissens, der Verteidiger die der Gewissheit des Sieges. War das eine Maske, so hatten beide sie mit Geschick gewählt und festgehalten.

Der Präsident fragte, wie es das Gesetz vorschrieb, den Angeklagten, ob er sich schuldig bekenne.

»Nein«, war die ruhige, feste Antwort.

Der Präsident wollte das gesetzliche Verhör mit dem Angeklagten beginnen. Da erhob sich der Verteidiger. Man sollte die ersten Worte des berühmten Advokaten aus der Residenz hören. Man lauschte ihnen mit erwartungsvoller Spannung.

»Herr Präsident«, sagte der Verteidiger, »der Angeklagte protestiert gegen jedes Verhör mit ihm; er ist der Meinung, dass, nachdem er sich nicht schuldig erklärt hat, jede fernere Frage an ihn über seine Schuld eine Beleidigung seiner Ehre sei. Ich schließe mich seinem Protest an.«

Er sprach nur die wenigen Worte. Sie hatten keinen bedeutenden Inhalt und wurden einfach, ohne besondere Akzentuierung, fast tonlos gesprochen. Sie schienen dennoch im ganzen Saal eine ungewohnte Wirkung hervorzubringen. Weil der berühmte Advokat sie sprach? Oder weil sie etwas Neues sagten, was man hier noch nicht gehört hatte? Der Präsident hatte gestutzt, aber sich schnell wieder gefasst.

»Das Gesetz schreibt das Verhör des Angeklagten vor«, sagte er.

»Nicht, wenn der Angeklagte protestiert, Herr Präsident.«

»Das Gesetz kennt keinen solchen Protest. Er ist hier noch nie erhoben worden.«

»So geschieht dies heute hier zum ersten Mal.«

»Das Gericht wird beschließen«, erklärte der Präsident.

Er wollte sich mit den Richtern in das Beratungszimmer des Gerichts zurückziehen.

»Darf ich noch um wenige Worte bitten?«, kam der Verteidiger zuvor.

»Es sei Ihnen gestattet.«

Der Präsident sagte es doch etwas gereizt. Der Verteidiger war vollkommen ruhig und bescheiden geblieben. So fuhr er auch fort:

»Herr Präsident, das Gesetz gestattet Ihnen zwar das Verhör des Angeklagten, aber es stellt an die Spitze des ganzen Verfahrens den durchgreifenden Grundsatz, dass der Angeklagte nur zu seiner Verteidigung zu hören sei, dass er zu keiner Erklärung gezwungen werden könne, dass Zwangsmittel jeder Art, um ihn zu irgend einer Aussage zu nötigen, verboten seien. Nur so weit, Herr Präsident, kann also auch Ihr Recht des Verhörs gehen, und nachdem der

Angeklagte durch seinen Protest, dem ich mich anschließe, und für den ihm ein unangreifbarer Grund der Ehre besteht, erklärt hat, dass er auf keine einzige Frage antworten werde, möchte ich Sie, Herr Präsident und meine Herren Richter, dringend bitten, von einem Beschluss abzusehen, zu dessen Ausführung Ihnen jede Macht und jedes Mittel fehlt.«

Die letzten Worte waren mit großer Bestimmtheit gesprochen. Der Präsident verfärbte sich leicht. Die Richter sahen sich etwas befremdet an. Der Verteidiger hatte Recht. Aber noch kein Angeklagter und Verteidiger hatte hier bisher auf diesem Recht bestanden, nur daran zu erinnern gewagt. Was nun machen? Die Frage trieb dem Präsidenten das Blut in das Gesicht und wieder hinaus, machte die Richter verlegen. Dem fremden Verteidiger nachgeben? Oder einen Beschluss fassen, den man in der Tat nicht ausführen konnte?

Der gewandte Staatsanwalt kam dem Präsidenten zu Hilfe.

»Herr Präsident«, nahm er das Wort, »ich finde meinerseits keine Veranlassung, auf einem Verhör des Angeklagten zu bestehen. Die Wahrheit wird durch die Zeugen herausgestellt werden. Will der Angeklagte durch sein Schweigen sie und seine Schuld bestätigen, das Recht kann dadurch nur gewinnen, und als oberster Wächter des Rechts und des Gesetzes darf ich daher den Antrag stellen, dem Protest des Angeklagten und seines Verteidigers stattgeben zu wollen.«

»Die Lage der Sache wird durch diese Erklärung geändert«, bemerkte der Präsident. »Das Zeugenverhör wird beginnen.«

Die Lage der Sache war auch in anderer Beziehung geändert.

Die Stimmung des Saales erklärte sich gegen den Angeklagten. Man las deutlich auch auf den Gesichtern der Geschworenen: Er fürchtet, sich durch seine Antworten zu verraten; er ist lebhaft, stolz. Sein Verteidiger fürchtet es wohl noch mehr. Das Gesicht des Verteidigers blieb unbeweglich.

Die Zeugen wurden vernommen, einer nach dem andern, wie das Gesetz es vorschrieb.

Zuerst die beiden Offiziere, Kameraden des getöteten Grafen Hochhausen. Sie waren mit diesem am Abend vor seinem Tod zusammen gewesen, in der Garnisonsstadt, zwei Meilen von Schloss Hard entfernt. Der Graf hatte sie um neun Uhr Abends verlassen. Er habe ein dringendes Geschäft, hatte er gesagt. Was es sei, hatte er nicht sagen wollen. Sie hätten ihm dennoch irgendein Geheimnis angemerkt. Von einem Verhältnis zwischen ihm und der Freifrau wussten sie nichts. Sie hatten ihn einmal mit der schönen Frau necken wollen; er hatte es sich so ernst verbeten, dass sie nie wieder daran gedacht hatten. Der Graf Hochhausen war ein Ehrenmann im vollsten Sinne des

Worts, erklärten sie. Dass das auch die Meinung des Saales sei, zeigten die Mienen der Richter, der Geschworenen, der Zuhörer. Die Sache des Angeklagten gewann dadurch nichts. Aber es schien ihn wenig zu kümmern. Er saß da, als wenn die ganze Versammlung ihn nichts angehe.

Der Verteidiger war umso aufmerksamer; allein in seinem Gesicht suchte man vergebens nach irgendeinem Eindruck, nach irgendeiner Bewegung. So blieb es ferner. Nur einmal sah ich den Verteidiger plötzlich aufzucken. Ein Zug des Unwillens flog durch sein Gesicht, dann einer heftigen, stechenden Angst. Aber wie ich es sah, war es auch schon wieder vorüber.

Die Tür, die in den Zuschauerraum des Saales führte, hatte sich leise geöffnet. Der Verteidiger hatte nach ihr hingesehen. Da waren der Unwille, die Angst in seinem Gesicht. Ich folgte seinem Blick nach der Tür hin und sah ein feines, blasses, fast noch kindliches Mädchengesicht an der Tür. Das Kind schien soeben eingetreten zu sein. Sie sah sich schüchtern in dem Saal um. Dann suchten ihre Augen etwas. Sie trafen den Verteidiger; sein Anblick schien sie zu erschrecken. Sie suchte schnell weiter und sah den Angeklagten. Ihre Augen hefteten sich wie brennend auf ihn; aber es war tiefe bebende Angst, die darin brannte. Sie sah nur noch ihn.

Sie war einfach gekleidet und schien den mittleren Ständen anzugehören. In ihrer Nähe achtete niemand auf sie. Außer dem Verteidiger und mir hatte wohl keiner sie gesehen. Der Angeklagte hatte die Augen nicht aufgeschlagen. Ob sie in irgendeiner Beziehung zu dem Angeklagten oder dem Verteidiger stand, konnte ich in keiner Weise enträtseln.

Es waren neue Zeugen eingetreten. Die Leute aus dem Krug an der Eisenbahnstation Wiekel wurden vernommen. Der Angeklagte hatte, als er auf der Eisenbahn weiter nach H. fuhr, sein Pferd in dem Krug stehen lassen und wollte erst am Morgen um fünf Uhr mit dem ersten Zug von H. wieder angekommen und von da nach kurzer Rast zum Schloss zurückgeritten sein. Nach der Behauptung der Anklage wäre er schon am Abend um zehn Uhr mit dem letzten Zug von H. wieder in dem Krug angelangt, sofort zum Schloss geritten und nur zum Schein nach Wiekel zurückgekehrt. Über die eine und über die andere Behauptung wurden die Leute des Kruges vernommen.

Der Präsident bemerkte dabei, dass die sorgfältig in der Voruntersuchung angehörten Eisenbahnbeamten nicht die geringste Auskunft hätten geben können; keiner von ihnen wolle den Angeklagten gesehen haben; bei dem großen, stets wechselnden Verkehr auf der Bahn könne man aber auch unmöglich auf den Einzelnen achten. Die Beamten seien deshalb umso weniger heute wieder vorgeladen, da der Umstand, dass der Angeklagte wirklich in H. gewesen, unzweifelhaft festgestellt sei.

Die Leute aus dem Krug wussten gleichfalls nichts, was die Angaben der einen oder der anderen Seite hätte bestätigen oder bestreiten können. Auch in dem Krug war ein großer und verwirrender Verkehr gewesen, und da wusste man nichts, als dass der Angeklagte, als er nach H. gefahren war, dem Hausknecht sein Pferd zur Besorgung bis zu seiner Rückkehr am andern Morgen mit dem Frühzug übergeben hatte, und dass er am andern Morgen gleich nach der Ankunft des Zuges wieder dagewesen und nach einiger Zeit nach Schloss Hard zurückgeritten sei. Ob er auch in der Nacht dagewesen und auf seinem oder einem anderen Pferd fortgeritten und wieder zurückgekehrt sei, davon wusste niemand etwas. Es könne sein, es könne nicht sein; der Stall des Kruges habe offen gestanden und es seien viele Pferde darin gewesen.

Die Leute des Schlosses Hard wurden vernommen, und sie bestätigten die Anklage. Sie hatten fast alle den Freiherrn gesehen und erkannt, auf das Bestimmteste, Unzweifelhafteste, an seinem Gesicht, seiner Gestalt, seiner Kleidung. Er war nur wenige Schritte weit an ihnen vorüber gerannt; sie hatten den zornigen, befehlenden, drohenden Blick in seinem Gesicht gesehen; der Blick hatte sie zurückgeschreckt. Sie hatten unmittelbar darauf gehört, wie er davongejagt war, und sie hatten dann den Toten in seinem Blut unter den Fenstern der Freifrau gesehen. Die Freifrau selbst hatte sich nicht blicken lassen. Die Anklage hatte nichts übertrieben; sie hatte nicht genug gesagt.

Nur ein einziger von den Zeugen sagte anders aus; er behauptete, der Mann, der auch an ihm, wie an den Übrigen, in der Nacht vorüber gerannt, sei nicht der Freiherr, sei ein anderer, ein Fremder gewesen, der allerdings mit dem Freiherrn große Ähnlichkeit gehabt habe. Er verblieb bei dieser Behauptung aller Vorhaltungen ungeachtet mit einer Beharrlichkeit und Zähigkeit, die nur in seiner festen inneren Überzeugung wurzeln konnte.

Aber die Erscheinung des Menschen, der in solcher Weise allen den anderen widersprach, bot so sehr das Bild des Schwachsinns, fast des Blödsinns dar, dass auch jene Beharrlichkeit eben nur als die Zähigkeit des Blödsinns aufzufassen war. Der Zeuge war der Hundewärter des Schlosses, ein Bursche von achtzehn Jahren, auch körperlich verkrüppelt, aus Mitleid schon von der früheren Schlossherrschaft aufgenommen, und wegen seiner Liebe zu den Hunden, zu allem anderen aber untauglich, als deren Wärter und Pfleger bestimmt. Mit seinen Hunden lebte und verkehrte er seitdem, bei ihnen schlief er; er habe nicht mehr Verstand als sie, behaupteten die Leute des Schlosses. Er hatte auch in der Nacht des Mordes neben dem Hundestall geschlafen, und ein Knurren der Tiere hatte ihn geweckt. Gleich darauf hatte er die beiden Schüsse gehört. Er war in den Garten gelaufen und hatte den fliehenden Mann gesehen, der auch unmittelbar an ihm vorüber gerannt war. Aber es sei nicht der Herr, es sei ein ganz fremder Mensch gewesen, der nur dem Herrn ähnlich gesehen habe.

»Aber alle anderen sagen, es sei der Herr gewesen!«, hielt ihm der Präsident vor.

»Aber ich sage, dass er es nicht war.«

»Und warum sagt Ihr das?«

»Weil es nicht der Herr war.«

»Und warum war es nicht der Herr?«, fragte der Präsident, zu dem beschränkten geistigen Zustand des Burschen heruntergehend.

»Der Mensch war größer als der Herr.«

»Das war alles?«

»Und er hatte so glühende Augen, wie der Herr sie nicht hat.«

»Sonst aber sah er aus, wie der Herr?«

»Das tat er wohl.«

»So könnte es doch der Herr gewesen sein!«

»Aber ich sage Ihnen, dass er es nicht war.«

»Ihr könntet Euch geirrt haben!«

»Aber meine Hunde irrten sich nicht.«

»Eure Hunde?«

»Sie kennen den Herrn, und sie knurrten, sie wollten aus dem Stall, als wenn sie auf einen Fremden los wollten.«

»Es war ja auch ein Fremder da, der Erschossene!«

»Der war ihnen kein Fremder, sie kannten ihn, wie den Herrn, und der Mensch kann sich irren, Herr, aber ein Hund nicht.«

Dabei blieb er, mit jener Zähigkeit; er wurde zuletzt eifrig. Das nämliche hatte er schon in der Nacht des Verbrechens zu den Leuten gesagt. Sie hatten den Narren ausgelacht. Über den Blödsinnigen lächelte man auch jetzt nur, die Geschworenen, die Zuschauer, selbst die ernsten Richter, nur nicht der Angeklagte und sein Verteidiger.

Die Zeugnisse dreier anderer Leute des Schlosses warfen einen umso tieferen Ernst in den Saal zurück. Sie wurden mit der lautlosesten Spannung angehört, denn sie enthielten das Todesurteil des Angeklagten; sie stellten den Mord fest und lieferten den Mörder auf das Schaffot.

Die Kammerjungfer der Freifrau wusste zwar keinen einzigen Tatumstand zu bekunden, der auf ein engeres oder gar unerlaubtes Verhältnis zwischen der Freifrau und dem Grafen Hochhausen hätte schließen lassen; sie hatte auch bis zu der Nacht des Mordes nicht einmal eine Ahnung eines solchen Verhältnisses gehabt. Dasselbe hatten auch alle anderen Zeugen ausgesagt. Wenn wirklich eine Liebschaft zwischen dem Grafen und der Freifrau bestanden habe, meinten sie, so müssten die beiden ihre Sache sehr geheim zu halten gewusst haben, man habe nichts davon merken können.

Aber die Kammerjungfer war Zeugin folgender Tatsachen: Um sieben Uhr des Morgens nach dem Mord war der Freiherr zurückgekommen. Er hatte sich sofort in das Zimmer seiner Frau begeben und die Tür hinter sich abgeschlossen. Die neugierige Zofe war ihm gefolgt. Sie hatte bisher noch keinen Einlass bei der Herrin erhalten können. Konnte sie nicht sehen, so wollte sie hören. Sie lauschte an der Tür des Zimmers. Die Gatten sprachen leise mit einander. Aber die Frau weinte laut, und zuletzt sprach auch der

Mann laut, und die Kammerjungfer hörte deutlich, wie er zu der Frau sagte: »Mein Kopf liegt auf dem Block des Henkers. Ich muss ihn zu retten suchen. Du bleibst meine Frau; aber nur darum. Und nur bis dahin, dass ich gerettet bin. Sprichst du bis dahin ein Wort, fügst du zu dem einen Mord den zweiten hinzu, so ist auch dein Leben verwirkt. Du weißt, es ist immer in meiner Hand; nach meinem Tod in der Hand des Toten, des Hingerichteten.«

Die Worte hatten der Horchenden zugleich wie Abschiedsworte geklungen. Sie hatte ihren Posten verlassen. In der Tat war der Freiherr gleich darauf aus dem Zimmer der Frau zurückgekehrt. Die Kammerjungfer hatte ihre Herrin erst am Abend gesehen.

»Angeklagter«, sagte der Präsident, als die Zeugin ihre Aussage beendigt hatte, »wollen Sie über dieses Zeugnis sich auslassen? Es ist besonders gravierend für Sie.«

Der Angeklagte erhob sich mit ruhigem Stolz, indem er kurz erwiderte:

»Mein Herr, ich pflege mich mit meinen Dienstboten nicht zu streiten, und – wer horcht, lügt.«

Da weinte aber die Zeugin laut auf. Sie schien eine durchaus ordentliche, verständige Person zu sein.

»Herr Präsident!«, rief sie, »So wahr ich hoffe, zu Gott zu kommen, so wahr habe ich nicht gelogen, kein Wort, keine Silbe. Gehorcht habe ich, ich war neugierig; aber eine Lügnerin bin ich darum nicht. O, hätte ich es nicht getan! Ich gäbe mein halbes Leben darum!«

Ein Verteidiger

Man konnte den Ausdruck der Wahrheit nicht wahrer und nicht überzeugender hören, als in den Worten, den Mienen, den Bewegungen, dem Schluchzen des weinenden Mädchens. Aber ich musste plötzlich wieder auf etwas Anderes achten. Als der Angeklagte nach seiner Antwort an den Präsidenten sich wieder niederlassen wollte, warf er vorher den ruhigen, stolzen Blick im Saal umher, und auf einmal starrten seine Augen nach einem Punkt und sein bleiches Gesicht wurde noch blässer; ein Ausdruck tiefer Wehmut schien es zu durchziehen. Indes er ließ sich nieder, und man sah nur wieder sein stolzes, kaltes, teilnahmsloses Gesicht. Ich war seinem Blick gefolgt, wie vorhin dem des Verteidigers, und ich traf denselben Gegenstand, nach dem eine Stunde vorher dieser mit jenem Unwillen und dann mit der plötzlichen stechenden Angst geblickt hatte.

Das blasse, feine Mädchengesicht war noch neben der Tür, in der letzten Reihe der Zuschauer. Es war in dem Augenblick, als ich zu ihr hinsah, von dunkler Röte übergossen. Ihre Augen waren niedergeschlagen. Ihr Blick musste dem des Angeklagten begegnet sein. Sie schlug ihn unmittelbar nachher wieder nach ihm auf. Er sah nicht mehr nach ihr; er sah vor sich hin. Die Röte ihres Gesichts verschwand; ein tiefer Schmerz durchzog es. Sie setzte sich, und ich konnte sie nicht mehr sehen. Ich meinte, sie habe sich hinter den Leuten niedersetzen müssen, um unbemerkt weinen zu können.

Jodocus Donatus Hubertus Temme

Der Nachtwächter des Schlosses Hard wurde vernommen. Sein Nachtdienst auf dem Schloss bestand darin, dass er während der Nachtstunden sich wachend in seiner Stube und unten im Haus aufhielt und von Stunde zu Stunde das Schloss mit den Nebengebäuden umging. So war es auch in der Nacht des Mordes gewesen. Er hatte seinen Umgang um zehn Uhr, um elf Uhr gemacht, und es war ihm nichts Verdächtiges vorgekommen, auch in dem Garten hinter dem Schloss nicht, durch den sein gewöhnlicher Weg ihn führte. Um zwölf Uhr war ihm zwar hinten in den Feldern der Galopp eines Pferdes aufgefallen; aber es war noch weit entfernt vom Schloss, es schien ihm nicht näher zu kommen; so hatte er nicht weiter darauf geachtet und seinen Weg fortgesetzt. Er war zu den Scheunen und Remisen gegangen, hatte sich überzeugt, dass da alles in Ordnung sei, und hatte nun zu seiner Stube zurückkehren wollen. In der Nähe der Letzteren war plötzlich der Freiherr auf ihn zugetreten und hatte ihm befohlen, zu dem Zimmer der Herrin zu gehen und ihr durch die Tür zuzurufen, dass soeben der Herr zurückgekommen sei; er solle nichts anderes sagen und nicht so laut rufen. Der Freiherr war eilig gewesen und hatte sehr blass ausgesehen; seine Augen hatten so sonderbar geleuchtet. Den Zeugen hatte ordentlich ein Schreck erfasst. Er war sofort in das Schloss gegangen und war dem Befehl nachgekommen.

»Ich horchte zuerst eine Weile an der Tür«, erzählte er. »Ich hörte nichts. Dann klopfte ich leise an. Sofort erhielt ich Antwort. ›Wer da klopfe?‹, fragte es. Es war die Stimme der gnädigen Frau. ›Der Nachtwächter‹, antwortete ich.

›Was gibt's?‹, fragte sie eilig und erschrocken. ›Es ist doch kein Unglück geschehen?‹

›Der gnädige Herr kommt soeben zurück‹, sagte ich.

›Warum sagt Ihr mir das?‹, fragte sie mich noch.

Aber der gnädige Herr hatte mir verboten, etwas anderes zu sprechen; ich antwortete daher nicht und kehrte geschwind zurück. Ich ging wieder zu meiner Stube. Den Herrn hatte ich nicht mehr gesehen. Als ich gerade die Tür zu meiner Stube aufschließen wollte und über die Sache noch nachdachte, hörte ich auf der anderen Seite des Schlosses, im Garten, einen Schuss fallen. Während ich hineilte, fiel schon der zweite. Nachher fanden wir den Grafen tot in seinem Blut.«

»Warum«, fragte der Präsident den Zeugen noch, »hattet Ihr anfangs bei Eurer Vernehmung in der Voruntersuchung alle diese Umstände abgeleugnet?«

»Der alte Bartholomäus hatte es mir so befohlen«, antwortete der Zeuge.

»Wer ist der alte Bartholomäus?«

»Der Kammerdiener des Herrn, der auch heute als Zeuge hier ist.«

Der Präsident wollte den Zeugen entlassen. Der Verteidiger bat, ihm noch vorher einige Fragen vorlegen zu dürfen. Es wurde ihm gestattet.

»Habt Ihr Euren Herrn bestimmt erkannt?«, fragte der Verteidiger den Zeugen.

»Ich werde doch meinen Herrn kennen!«, war die Antwort.

»Aber es war Mitternacht!«

»Ich kenne ihn auch bei Nacht, und der Mond schien, und der Herr stand keinen Schritt weit von mir, und er trug den langen grauen Mantel, in dem er am Tag vorher ausgeritten war.«

»Sagtet Ihr aber nicht, der Blick seiner Augen sei Euch so sonderbar vorgekommen?«

»Das war auch so; aber es waren doch seine Augen.«

»Und seine Stimme – erkanntet Ihr auch sie?«

»Ich erkannte auch die.«

»Und sie kam Euch nicht anders vor, als sonst?«

»Sie war wohl etwas sonderbar.«

»In welcher Weise?«

»Sie schien mir zu zittern; sonst kann ich nichts sagen. Aber es fiel mir auf.«

»Noch eins, nannte er Euch bei Eurem Namen?«

Der Zeuge stutzte; er sann nach. »Ich erinnere mich nicht.«

»Besinnt Euch.«

Der Zeuge besann sich – es dauerte lange. Der Präsident wurde ungeduldig. Er wandte sich an den Verteidiger, etwas scharf; gereizt war er früher gewesen, und er mochte wohl nicht haben vergessen können, dass er es hatte sein müssen. »Wozu überhaupt die Frage an den Zeugen?«

»Ich lege Gewicht darauf.«

»Und welches?«

Der Zeuge hatte sich besonnen. »Nein, nein«, sagte er. »Der Herr hat mich nicht bei meinem Namen genannt, und es fällt mir jetzt auf.«

»Wie nannte er Euch denn?«, fragte der Verteidiger.

»Er nannte mich gar nicht.«

»Und wie nennt er Euch sonst, wenn er mit Euch spricht?«

»Christian, oder auch Nachtwächter.«

»Gab er überhaupt zu erkennen, dass er wusste, wer Ihr wart?«

Der Zeuge musste sich wieder besinnen. »Nein«, sagte er dann. »Ich kann es nicht sagen. Er sprach mit mir, wie er auch mit einem fremden Menschen hätte sprechen können.«

»Gut«, sagte der Verteidiger. »Und nun noch eins. Nannte Euch der Herr die Lage des Zimmers seiner Gemahlin?«

»Er wusste ja, dass ich es kannte«, antwortete der Zeuge.

»Aber gab er durch seine Worte zu erkennen, dass auch er es kannte?«

»Das kann ich nicht sagen.«

Der Verteidiger hatte an den Zeugen keine Frage mehr, aber er hatte eine Bemerkung an die Geschworenen.

»Meine Herren Geschworenen«, sagte er ihnen, »ich bitte Sie, die Aussage dieses Zeugen wohl im Gedächtnis zu bewahren. Sie werden dann zwei bemerkenswerte Tatsachen festhalten. Zuerst, dass diesem Zeugen, dem einzigen, der in jener Nacht die Stimme des Mörders gehört hat, diese Stimme sonderbar vorgekommen und dass ihm dies schon gleich damals aufgefallen war. Zum andern, dass der Mörder durch kein Wort zu erkennen gegeben hat, dass ihm der Name des Nachtwächters oder nur dieser selbst, und ferner die Lage des Zimmers der Freifrau bekannt gewesen sei. Sie werden dabei bemerkt haben, dass dieser Zeuge seinen vollen klaren Verstand hat, und ganz den Eindruck eines besonnenen und wahrheitsliebenden Menschen macht. Sollte in Beziehung auf ihn und seine Aussage noch irgendein Zweifel obwalten – er steht noch da, für mich würde es die größte Genugtuung sein, wenn er noch weiter befragt würde.«

Die Geschworenen sahen wohl einander an; auch die Richter; es schien ihnen nicht klar werden zu wollen, welches Gewicht auf jene unbedeutenden Nebenumstände gelegt werden könne, allen den bestimmten Zeugnissen gegenüber, dass der Angeklagte da gewesen sei. Am nachdenklichsten war der Staatsanwalt; indes auch er hatte keine Frage weiter an den Zeugen. Aber einen besonderen Grund musste der Verteidiger zu seinen Fragen an den

Zeugen und zu der Hervorhebung der Antworten desselben haben, trotz seines unbeweglichen und undurchdring-
lich ruhigen verschlossenen Gesichts. Ja, ich glaubte es gerade in der Undurchdringlichkeit dieses Gesichts zu lesen.

Der letzte Zeuge wurde in den Saal geführt, der alte
Kammerdiener Bartholomäus, der mehr der Vertraute,
als der Diener seines Herrn war, der in der Voruntersuchung anfangs gar nichts hatte wissen wollen und dann
die wichtige Mitteilung gemacht, dass er es gewesen, der
dem Angeklagten die Untreue seiner Frau entdeckt hatte
und so zu dem Mord die wenngleich unvorsätzliche Veranlassung geworden war. Ja, er war der einzige Zeuge, der
überhaupt etwas über diese Untreue bekunden konnte,
und ohne diese war kein Grund zu der Tat des Angeklagten zu denken, schwebte also die ganze Anklage wie in der
Luft. Sein Zeugnis war daher das erheblichste von allen. Es
war deshalb auch wohl bis zum Schluss der Vernehmung
der Zeugen verschoben. Seine Abhörung wurde von dem
Präsidenten mit besonderer Sorgfalt bewirkt. Er war ein
noch sehr kräftiger alter Mann. Sein finsteres Wesen zeigte
zugleich Entschlossenheit und Verschlossenheit, dabei eine
Ehrlichkeit, die trotz jenes finsteren Wesens Vertrauen zu
ihm einflößte.

»Sie stehen schon lange in den Diensten des Angeklagten?«, fragte ihn der Präsident.

»Ich stand schon bei seinem seligen Vater in Diensten«,
war die Antwort. »Ich war mit ihm aus Deutschland nach

Spanien gegangen. Er war ein braver Mann, so blieb ich bei ihm. Auch sein Sohn war brav, mein jetziger Herr, und ich blieb auch bei ihm und ich bin mit ihm durch die Welt gereist, bis wir hierher kamen.«

»Sie haben mithin große Anhänglichkeit an Ihren Herrn und sind ihm zu Dank verpflichtet?«

»Gewiss.«

»Ich muss Sie umso mehr ermahnen, hier nur die Wahrheit auszusagen.«

»Ich werde.«

»Sie haben in der Voruntersuchung lange mit der Wahrheit zurückgehalten.«

»Es war ein Fehler von mir.«

»Und was hatte Sie dazu veranlasst?«

»Die Liebe zu meinem Herrn, den ich als ein kleines Kind auf meinen Armen getragen hatte, aber –«

»Aber?«

»Ich bin katholisch, Herr, und da ich zur Beichte ging und dem Geistlichen alles offenbarte, da hielt mir der vor, welch eine große Sünde ich begangen hätte, und befahl mir, sofort zum Gericht zu gehen und die volle Wahrheit zu sagen. Das tat ich.«

Der Mann sprach alles kurz, klar, in einem ebenso ruhigen, wie festen und überzeugenden Ton.

»Was der Zeuge da erklärt hat«, bemerkte der Präsident den Geschworenen, »wird durch die Akten der Voruntersuchung vollkommen bestätigt.« Er fuhr dann in der Befragung des Zeugen fort.

»Sie hatten schon einige Zeit vor dem Tod des Grafen Hochhausen ein Gespräch mit Ihrem Herrn über den Grafen. Von welchem Inhalt war es?«

Der Präsident hatte durch die Frage sofort den Kern der Antwort getroffen, die der Zeuge zu geben hatte. Die Antwort wurde dem Zeugen schwer. Er kämpfte sichtlich mit sich, bevor er sprach, und wurde blass und rot; er wollte seinen Herrn ansehen, aber er konnte die Augen nicht zu ihm erheben; man sah die Brust des alten Mannes arbeiten. Aber er musste antworten.

»Es muss heraus, Herr Präsident«, sagte er. »Gott weiß, wie schwer es mir wird.«

Er hatte sich das Herz genommen, nach seinem Herrn hinzublicken. Der Angeklagte saß nicht mehr in seiner bisherigen Teilnahmslosigkeit da. Er hatte sein Gesicht aufgerichtet. Seine großen, dunklen Augen warfen sich, wie drohend, auf den Zeugen. Es mochte unwillkürlich geschehen, aber der alte Mann war erschrocken. Er stockte und konnte nicht sogleich weitersprechen. Dann ermannte er sich wieder.

»Ja, lieber, gnädiger Herr«, sagte er zu seinem Herrn, »ich muss die Wahrheit sagen. Es geht um die Seligkeit, und was der Herr im Himmel über Sie beschlossen hat —«

Er musste doch wieder abbrechen und fuhr sich mit der Hand über die Augen. Dann wandte er sich wieder an den

Präsidenten und er fuhr klar und ruhig in seiner Aussage fort, und was er sagte, wurde mit verdoppelter Aufmerksamkeit angehört. Die kleine Zwischenszene, der Kampf des treuen Dieners mit dem gewissenhaften Zeugen, hatte wohl nur wenige Menschen im Saal ohne Rührung gelassen.

»Unter den Herren«, sagte er jetzt, »die oft nach Schloss Hard kamen, war auch der Graf Hochhausen. Er war freundlich aufgenommen und wurde der Freund meines Herrn. Umso schrecklicher war es mir, als ich entdeckte, dass er darauf ausging, an meinem braven Herrn zum Verräter zu werden, dass er nur darum in dessen Freundschaft und Vertrauen sich hineingelogen hatte, um ihm sein Glück, seine Ehre, um ihm alles zu stehlen. Schon im verflossenen Winter hatte ich einmal zufällig ein Gespräch mit ihm und der Herrin belauscht, worin er dieser von seiner Liebe vorsprach ihr sagte, dass er ohne sie nicht leben könne, und dergleichen Worte. Die Freifrau wies ihn entschieden und mit Entrüstung zurück, und verbot ihm das Schloss, wenn er nicht sein Ehrenwort gebe, nie wieder so etwas zu ihr zu sprechen. Er gab das Versprechen. Ich sah die Herrin unbefangen, wie vorher, und hatte die beiden nie wieder allein beisammen gesehen. Ich dachte, er habe sein Wort gehalten, und machte daher dem Herrn keine Mitteilung von dem, was ich gehört hatte. Ich glaubte, es nicht tun zu dürfen, um seiner und der Herrin Ruhe willen. Hätte ich es dennoch getan! Der Graf war ein ehrloser, wortbrüchiger Mann gewesen –«

Vorn in den Bänken des Zuschauerraums entstand eine Unruhe. Die vornehmen Herren und Damen saßen da, Herren und Damen von Adel, Offiziere und ihre Frauen. Zischeln des Unwillens wurde laut, drohende Blicke trafen den Zeugen. Der alte Mann hörte das eine, sah das andere. Der Präsident war der vornehmen Welt gegenüber verlegen geworden. Der greise Diener sah furchtlos nach den unruhigen Bänken hinüber und mit erhöhter Stimme fuhr er fort:

»Der Graf Hochhausen war ein Nichtswürdiger, ein Elender. Meine Herrin war eine brave, treue Gattin gewesen. Er hat sie verdorben, durch Künste der Hölle, durch ehrlose Büberei –«

Der Zeuge wurde noch einmal unterbrochen. Nicht von jenen vornehmen Zuschauerbänken aus. Der Angeklagte erhob sich plötzlich von der Anklagebank. Sein Gesicht glühte, seine Augen flammten, seine Lippen zuckten.

»Bartholomäus!«, rief er mit lauter, zorniger Stimme dem Zeugen zu. »Du verleumdest deine Herrin! Du entehrst deinen Herrn!«

Der Zeuge brach zusammen.

»Herr, Herr –«, rief er.

Der alte Mann musste sich auf einem Stuhl niederlassen, der neben ihm stand. Er war den Offizieren, als sie vorhin vernommen wurden, hingestellt worden. Der Präsident nahm streng das Wort.

»Angeklagter, Sie haben nicht das Recht, den Zeugen zu unterbrechen. Sollte es noch einmal geschehen, so werde ich Sie sofort aus dem Saal hinausführen lassen und den Zeugen ohne Ihre Gegenwart vernehmen.«

Der Angeklagte hatte nur mit Ungeduld die Worte des Präsidenten anhören können.

»Lassen Sie mich hinausführen«, rief er heftig, leidenschaftlich. »Glauben Sie, mein Herr, ich könne es ruhig anhören, dass meine und meiner Gattin Ehre geschmäht wird? Meine Frau ist das reinste, das treueste Weib auf der Erde, und dieser alte Mann ist ein Verleumder, ein elender, gemeiner, undankbarer Lügner. Mag er aufstehen und das Gegenteil sagen. He, Mensch, stehe auf. Wiederhole deine erlogene Anklage gegen deine Herrin, gegen die Ehre deines Herrn. Stehe auf, befehle ich dir.«

Es war dem Präsidenten nicht möglich gewesen, den Strom, den Sturm seiner Worte aufzuhalten. Der alte Diener saß wie vernichtet da. Er wollte sich erheben, dem Befehl seines Herrn zu gehorchen. Er sank zurück. Der Präsident nahm wieder das Wort.

»Angeklagter«, sagte er, »ich bedauere, dass Sie mich dazu zwingen, von meinem Recht und von meiner Pflicht Gebrauch machen zu müssen. Die Ruhe der Verhandlung darf hier nicht ferner gestört werden. Welchen Eindruck Ihr leidenschaftliches Benehmen, das Ihnen selbst an dieser Gerichtsstelle keine Mäßigung gestattet, auf die Herren Geschworenen machen muss, das mögen Sie sich selbst sagen. – Gerichtsdiener, führen Sie den Angeklagten aus dem Saal.«

Der Angeklagte hatte sich schon erhoben.

»Hinter dem Rücken des Gefesselten«, sagte er stolz, »können Feigheit und Verrat alles, eine edle Frau schmähen, einen Ehrenmann zum Schaffot verdammen.«

Der Angeklagte wollte dem Gerichtsdiener folgen, aber er wurde noch einen Augenblick aufgehalten. Hinten im Zuhörerraum, unmittelbar neben der Tür war ein Geräusch entstanden. Der Angeklagte warf schnell den Blick dahin. Sein vor Zorn und Stolz glühendes Gesicht erbleichte plötzlich wieder. Ein Ausruf wollte über seine Lippen gleiten. Er hielt ihn zurück, aber seine unruhigen Augen suchten die Menge zu durchbohren, die sich an der Tür angesammelt hatte. Er musste dem Gerichtsdiener aus dem Saal folgen. Ein Gendarm folgte ihm. Er warf noch im Gehen einen schnellen Blick nach der Tür des Zuschauerraums hin; eine peinliche Unruhe spiegelte sich in seinen Augen. So verließ er den Saal. An der Tür musste das blasse Mädchen noch stehen. Ich weiß nicht, ob viele im Saal seinen Blicken und Bewegungen gefolgt waren, verstanden waren sie wohl nur von zweien, dem Verteidiger und mir.

In den Zügen des Verteidigers zeigte sich wieder Angst. Er suchte sie zu verbergen und die Aufmerksamkeit des Saales auf etwas Anderes zu lenken.

»Herr Präsident«, sprach er mit erhöhter Stimme, die von allen gehört sein wollte, »ich muss feierlich gegen die Hinausführung des Angeklagten aus dem Saal protestieren. Sie hatten sie ihm allerdings mit Recht für den ausgesprochenen Fall angedroht. Aber der Fall ist nicht eingetreten; Sie mussten ihn abwarten; Sie durften vorher Ihre Drohung nicht ausführen.«

Aber ich musste wissen, was an der Tür geschehen war. Dass der Präsident, von dem fremden Advokaten schon einmal kompromittiert und, wie es mir mehr und mehr schien, absichtlich gereizt, nicht nachgeben werde, auch wenn er sich im Unrecht befand, war mir klar; da war der Streit mir gleichgültig. Ich hatte meinen Platz im Zuschauerraum zwar ziemlich nahe vorn, aber auf der Seite. Die Eingangstür des Saales war hinten in der Mitte der Wand. In dem Augenblick, als jenes Geräusch entstanden war, hatte ich nur ein Zusammeneilen der Menschen an der Tür sehen können. Die Leute standen noch so beisammen; ich drängte mich hin. Um irgendeinen Gegenstand hatte sich ein dichter Kreis gebildet. Nach dem Kern hin waren es nur Frauen, welche still mit etwas beschäftigt waren.

»Was gibt es da?«, fragte ich.

»Ein junges Mädchen ist ohnmächtig geworden«, war die Antwort.

Ich konnte nur an das blasse Kind denken. »Wer ist sie?«, fragte ich.

»Man kennt sie nicht«, antwortete mir eine Frau.

Ein Mädchen aus den unteren Ständen trat herzu. Sie hatte meine Frage gehört.

»Die Tochter des Gefangenwärters«, sagte sie.

Die Tochter des Gefangenwärters! Ich rief es nicht, aber in meinem Innern hatte ich keinen andern Gedanken mehr, als an die Tochter des Gefangenwärters und an den angeklagten Freiherrn, der drei Monate Gefangener gewesen war, und wie das Kind so schüchtern vorhin in den Saal hereingeschlichen war, und wie sie so ängstlich nach dem Angeklagten hingesehen und wie bei ihrem Erscheinen den Verteidiger eine so stechende Angst gefasst, und wie aus dem Gesicht des stolzen Freiherrn bei ihrem Anblick auf einmal aller Stolz entflohen und er mit so inniger Wehmut nach ihr geblickt, wie zuletzt auf einmal die peinliche Unruhe ihn ergriffen hatte.

»Was war die Veranlassung ihrer Ohnmacht?«, fragte ich die Frauen.

»Es kam auf einmal. Gerade, als der Angeklagte sprach. Die große Hitze im Saal musste es tun. Und die Stärkste ist sie auch nicht; man sieht es ihr an.«

Der Kreis der Frauen öffnete sich. Man hatte der Ohnmächtigen, damit der Atem ihr zurückkehre, das Mieder geöffnet. So hatte man sie nicht den Blicken der Männer zeigen können. Darum war sie nicht sogleich aus dem heißen Saal gebracht worden. Jetzt war sie Brust mit einem Schal zugedeckt. Zwei Frauen trugen sie hinaus; sie war noch ohnmächtig. Aber das feine, schneeweiße Gesicht war auch in dem Schlaf, der dem Tod glich, schön wie ein Engelsgesicht, und der Schmerz, den man um die geschlossenen Lippen zucken zu sehen glaubte, verlieh ihm einen wunderbar wehmütigen Reiz. Und sie war ohnmächtig geworden, gerade da der Angeklagte von seiner Ehre und von der Treue und Liebe seiner edlen Frau gesprochen hatte; gerade da war die Hitze des Saales an sie herangetreten! Und der Verteidiger hatte nicht gewagt, sein erschrockenes Auge zu ihr zu wenden!

Ich musste dem Zeugnis des alten Kammerdieners Bartholomäus folgen und kehrte auf meinen Platz zurück. Der alte Mann hatte sich wieder erhoben. Er stand neben dem Stuhl, auf dem er sich hatte niederlassen müssen. Aber er stand gebeugt. Sein Blick war noch scheu; so sah er nach dem leeren Platz, den sein Herr auf der Anklagebank eingenommen hatte. Die Entfernung des Angeklagten schien ihn noch mehr zu drücken, als vorhin dessen Anwesenheit.

»Sie wollten erzählen«, sagte der Präsident zu ihm, »wie der Graf Hochhausen seinen Freund betrogen habe!«

»Ja, Herr Präsident«, erwiderte der Zeuge, »ich muss hier die Wahrheit sagen, und sollte ich auch auf Erden keine ruhige Stunde mehr haben. Ich habe einen Eid geschworen. – Es war gleich nach Ostern in diesem Jahr, und Ostern war noch im Monat März. Da merkte ich es wieder. Ich hatte seit dem Winter die beiden nicht aus den Augen gelassen. Es war eine große Jagd im Gutsforst. Die Herrschaften zogen am Morgen vom Schloss aus. Auch der Graf

Hochhausen war dabei. Sie hatten vorher gefrühstückt. Gegen den Schluss des Frühstücks hatte ich auf einmal den Grafen vermisst. Er musste sich unbemerkt fortgeschlichen haben. Es fiel mir auf, und ich ging in den Korridor, an welchem die Gemächer der Herrin lagen, und versteckte mich dort. Nach einer Minute öffnete sich leise die Tür des Zimmers der gnädigen Frau. Der Graf kam heraus. ›Zum Abend!‹, flüsterte er im Heraustreten zurück. Dann schlich er schnell fort und ein paar Minuten darauf ging es zur Jagd. Ich blieb im Schloss zurück und beobachtete die Herrin. Sie war in einer sonderbaren Unruhe und Ungeduld. Sie konnte den Abend nicht erwarten. Oder fürchtete sie ihn auch? Ich hoffte das Letztere. Die Jäger sollten um sieben Uhr Abends von der Jagd zurückkehren, und ein großes Souper sollte den Tag beschließen. Um sechs Uhr sah ich die Herrin das Schloss verlassen. Sie war allein und ging in den Garten hinter dem Schloss, einfach, in Hut und Schal, wie um einen Spaziergang zu machen. Ich folgte ihr nach, ohne dass sie mich gewahrte. Hinten im Garten, in einem Bosket, war ein Pavillon, der verschlossen werden konnte. Zu ihm ging sie, schloss ihn auf und war darin verschwunden. Ich hatte mich in dem Bosket verborgen. Nach kaum einer Minute kam von einer anderen Seite der Graf. Er ging gerades Weges auf den Pavillon zu, klopfte an die Tür, welche ihm von innen geöffnet wurde, und verschwand ebenfalls darin. Ich wusste genug. Drei Tage lang ging ich mit mir herum, ob ich es dem Herrn sagen solle oder nicht. Ich konnte mich nicht entscheiden, denn ich wusste, was folgen würde, wenn ich es ihm sagte. Am dritten Tag sah ich wieder jene Unruhe und Ungeduld an der Herrin und passte ihr wieder auf. Am Abend schlich sie wieder in den Pavillon. Der Graf wartete schon auf sie. Der Herr war nicht zu Hause; er war zur Stadt verreist. Mein Entschluss stand jetzt fest, er musste wissen, was ich wusste. Als er am späten Abend zurückkam, teilte ich ihm alles mit, was ich gehört und gesehen hatte. Er hörte mir ganz ruhig zu. Als ich fertig war, fragte er mich: ›Hast du mit irgendjemandem über die Sache gesprochen?‹

›Nein‹, musste ich ihm antworten.

›Hat irgendein anderer von dem etwas gesehen, was du mir sagtest?‹

›Kein Mensch.‹

›Weiß niemand im Schloss sonst etwas von den beiden?‹

›Keiner. Ich allein weiß nur etwas, weil ich den strengsten Aufpasser machte. Keiner von den anderen hat nur eine Ahnung. Ich habe sie genau beobachtet, von Tag zu Tag, und hätte es gewahr werden müssen, wenn sie nur das Geringste gewusst oder gemerkt hätten.‹

Dann sagte er zu mir, und er war ganz so ruhig, wie er mir zugehört hatte: ›Du hattest dich geirrt, Freund Bartholomäus. Meine Frau kann keine Untreue gegen mich begehen, und mein Freund keinen Verrat. Ich feiere in drei Wochen meinen Geburtstag; da wollen die beiden mich mit irgendetwas überraschen. Das ist alles. Darin hat deine

Liebe zu mir etwas anderes gesehen. Beruhige dich nun. Sprich zu keinem Menschen ein Wort von dem, was du zu mir gesagt hast, damit nicht der falsche Verdacht weiter greift, und verfolge auch nicht ferner mit deinen argwöhnischen Augen meine Frau und meinen braven Freund.‹

Damit verließ er mich. Ich schüttelte den Kopf; aber ich tat, wie er mir befohlen hatte. Da geschah das Unglück.«

»Wie fassten Sie die Worte des Freiherrn auf?«, fragte der Präsident. »Glaubten Sie, dass er seine Überzeugung gegen Sie aussprach, oder dass er sich gegen Sie verstellte?«

»Ich wusste es nicht. Ich dachte an das eine und an das andere und musste nur den Kopf schütteln.«

»Und welcher Meinung sind Sie jetzt?«

»Jetzt kann ich wohl nicht mehr zweifeln, dass er sich gegen mich verstellte.«

»Und warum glauben Sie das?«

»Weil doch das Unglück darauf folgte.«

»Wie viel Zeit vor dem Tod des Grafen geschah jene Mitteilung?«

»Es war am zweiten Sonnabend vorher.«

»Also am 31. März, gerade elf Tage vor der Tat?«

»So wird es sein.«

»Haben Sie in dieser Zwischenzeit irgend etwas Ungewöhnliches an dem Freiherren bemerkt?«

»Gar nichts. Ich musste ihn oft genug ansehen. Aber ich sah nichts an ihm. Es war mir wie ein plötzlicher Donnerschlag, als ich in der Nacht die beiden Schüsse hörte.

Ich musste sogleich an ihn denken, und da ich ihn sah, wusste ich alles.«

»Auch Sie erkannten in jener Nacht den Freiherrn?«

»Unzweifelhaft. Er war nur wenige Schritte von mir.«

Der Präsident schloss das Verhör des Zeugen.

»Hat der Herr Staatsanwalt noch Fragen an den Zeugen zu richten?«, fragte er.

»Nein«, antwortete der Staatsanwalt.

»Auch der Herr Verteidiger nicht?«

»Nein«, antwortete der Verteidiger, ebenso kalt und ruhig, wie der Staatsanwalt. Vom ihm schien man eine andere Antwort erwartet zu haben.

»Wie?«, las ich auf manchem Gesicht im Saal. »Er hat keinen Vorhalt, keine Erinnerung zu der Aussage, die den Angeklagten vernichtet? Ah, er kann nur seine Sache verloren geben.«

Aber der fremde Advokat sah so gelassen, so gleichgültig drein – ich musste den Kopf schütteln, wie der alte Kammerdiener getan hatte. Der Präsident ließ den Angeklagten wieder hereinführen und teilte ihm, wie das Gesetz es vorschrieb, ausführlich die Aussage des vernommenen Zeugen mit. Der Angeklagte hatte seine volle frühere Ruhe und Teilnahmslosigkeit wiedergewonnen. Er hörte die Mitteilung an, als wenn ihm wildfremde Dinge erzählt würden.

Die Zeugenvernehmungen waren beendigt. Die gerichtsärztlichen Protokolle über Verletzungen und Tod des Grafen Hochhausen wurden noch verlesen. Die beiden

Wunden waren, jede für sich, unbedingt tödlich gewesen. Die in der Brust war zuerst zugefügt; die zweite, die den Hirnschädel zerschmettert hatte, war aber nach so kurzem Zwischenraum gefolgt, dass die Ärzte nicht mit Bestimmtheit erklären konnten, ob bei ihrer Zufügung infolge der ersten Wunde der Tod schon eingetreten gewesen sei oder nicht. Es kam nicht darauf an. Gericht, Staatsanwaltschaft und Verteidigung hatten keine Erinnerung gegen die Protokolle. Einer weiteren Befragung der Gerichtsärzte bedurfte es daher nicht.

Der Präsident erklärte die Beweisführung für geschlossen und forderte den Staatsanwalt auf, die Anklage zu begründen. Ich sah den Verteidiger unruhig. Ich hatte ihn eine Zeitlang aus den Augen gelassen. Er blickte mit einer gewissen Ungeduld bald in den Zuschauerraum, bald nach den verschiedenen Türen, die in den Saal führten.

Der Staatsanwalt begann seine Rede. Er habe leichte Mühe, sagte er, und er hatte sie. Er konnte aus den Zeugenaussagen vollständig jede Behauptung der Anklage nachweisen. Von besonderer Wichtigkeit waren die Bekundungen des Nachtwächters und des Kammerdieners. Es wurden durch sie namentlich zwei Punkte festgestellt, die entscheidend waren. Nach der Aussage des Kammerdieners, dieses treuesten aller Diener, dessen Zeugnis fast mehr durch seine Tränen, als durch seinen Eid befestigt wurde, war der Angeklagte von der Untreue seiner Gattin unzweifelhaft überzeugt gewesen; er hatte es, zumal bei seinem leidenschaftlichen, aufbrausenden Charakter, notwendig sein müssen. Hatten sein Benehmen und seine Worte gegen den Diener etwas anderes zu erkennen geben wollen, so war dies eine Verstellung, die nur umso mehr auf die Intensität seiner Rachegedanken schließen ließ. Der Mord des Grafen, des Räubers seiner Ehre, war von dem Augenblick an in seinem Innern beschlossen. Er suchte nur noch nach einem günstigen Moment zur Ausführung. Er unternahm die Reise nach H. Es war eine Geschäftsreise, die gemacht werden musste, und es war schon tagelang vorher von ihr gesprochen. Da konnte er seiner Sache sicher sein. Der Graf fiel in seine Hände. Er erschoss ihn. Es war ein Mord, ein zehn bis elf volle Tage lang bedachter, planmäßig angelegter und planmäßig ausgeführter Mord. Die bevorstehende Reise nach H. hatte er acht Tage vorher bekannt gemacht, um den Grafen ganz sicher heranzulocken. Zu der Reise, oder vielmehr für die Rückkehr, hatte er sich mit zwei geladenen Pistolen versehen; die beiden schnell hintereinander gefallenen Schüsse ließen keinen Zweifel darüber. Seine frühere Rückkehr von H., seine Ankunft auf der Eisenbahnstation, die Wegnahme des Pferdes aus dem Stall, sein Abreiten, alles das hatte er auf eine Weise zu verbergen und zu verheimlichen gewusst, die das unwiderlegliche Zeugnis von der Festigkeit und von der wohldurchdachten Ausführung seines Mordgedankens und Mordplans ablegte. Dass der Entschluss zum Töten erst nach seiner Rückkehr zum Schloss, als er im Garten des Grafen ansichtig wurde, entstanden und gefasst sei, daran konnte, gegenüber jenen Tatsachen, ein vernünftiger Mensch gar nicht mehr denken. Und dazu nun die Aussage des Nachtwächters! Der Angeklagte hatte diesen in das Schloss zu dem Zimmer seiner Gattin geschickt, um sie von seiner Rückkehr zu benachrichtigen. Durch die Tür des Zimmers, durch den Korridor, in dem der Wächter stand, konnte der Graf nicht mehr entkommen. Es blieb ihm nur das Fenster, das Spalier, der Garten. Und im Garten, unter dem Fenster, an dem Spalier, stand, mit seiner doppelten Mordwaffe, ruhig, lauernd der Angeklagte, ließ gemächlich den nichts ahnenden jungen Offizier bis auf vier Schritte an sich herankommen und schoss ihn meuchlerisch nieder. Er hatte damit noch nicht genug. Dem tödlich in die Brust Getroffenen, dem Sterbenden, zerschmetterte er noch mit einer zweiten Kugel das Gehirn. Und das muss in unmittelbarer Nähe geschehen sein; die Zeugen sahen Hände und Mantel blutig. Zu dem meuchlerischen Mord fügte er die rohe Misshandlung hinzu. »Oder«, schloss der Staatsanwalt, »will etwa auch der Herr Verteidiger wagen, zu leugnen, dass der Mörder und der Angeklagte ein und dieselbe Person gewesen sei? Will auch er alle diese Zeugen, die treuen, aber auch eidestreuen Diener ihres Herrn, als Lügner hinstellen und allein jenem blöden Kretin Glauben beimessen? Mag er es, aber verlange er es von den Herren Geschworenen nicht.«

Die kurze, ruhige, aber desto klarere Rede hatte einen überwältigenden Eindruck im Saal hervorgebracht. An der Schuld des Angeklagten und an dem Mord zweifelte niemand mehr, konnte keiner mehr zweifeln. Es war nur noch die Spannung der Neugierde, was der berühmte Advokat aus der Residenz gegen solche schlagenden Argumente werde vorzubringen vermögen, die aller Augen auf den Verteidiger richtete, als der Präsident diesem das Wort zur Erwiderung erteilte.

Der Verteidiger hatte seine volle Ruhe wiedergewonnen. Ich hatte ihn fortwährend beobachtet. Er war für mich vielleicht mehr, als für alle andere, ein Gegenstand der Neugierde geworden, freilich wohl aus einem ganz verschiedenen Grund. Da hatte ich denn gesehen, wie sein unruhig im Saal herumsuchender Blick auf einmal ein anderer geworden war. Er musste plötzlich etwas gesehen haben, das ihm alle Unruhe, allen Zweifel, alle Sorge nahm. Es war während der Rede des Staatsanwalts. Was es war, konnte ich nicht ermitteln, nicht erraten. Seine Augen waren bis dahin nach allen Seiten hin und her geschweift. Es schien mir, als wenn er wieder hinten in dem Zuschauerraum irgendeine Entdeckung gemacht habe. Aber welche? Die Tür dort war mehrere Male auf- und zugemacht worden, aber leise, ohne Geräusch, damit der Redner nicht gestört werde. Daher hatte ich auch umso weniger meinen Platz verlassen dürfen, um nach dem zu suchen, was den Verteidiger so ruhig, so sicher, so sorglos gemacht haben

könne. So war er und so begann er seine Verteidigungs-
rede.

»Ich habe keine so leichte Mühe, wie der Herr Staatsanwalt«, sagte er. »Ich glaube im Gegenteil, dass ein Verteidiger, der Gewissen und Einsicht hat, selten in einer
schwierigeren Lage sich befand. Ich muss den klarsten, den
übereinstimmendsten und überzeugendsten Beweisen gegenüber dennoch die Unschuld des Angeklagten behaupten. Aber ich muss es, meine Herren Geschworenen; ich
muss es, nach meiner, nach meiner innersten, heiligsten
Überzeugung von der Unschuld des Angeklagten; ich muss
es auf die Gefahr hin, dass Sie mich, den Fremden, den
Ihnen völlig Unbekannten, für einen jener gewöhnlichen
Advokaten halten, die durch Wort-, Satz- und Rechtsverdrehungen, durch Verkehren von Schwarz in Weiß und
von Weiß in Schwarz, den klarsten Tatsachen gegenüber
die Unschuld ihres Klienten nachzuweisen suchen und ihn
dadurch erst recht als schuldig hinstellen. Ja, meine Herren
Geschworenen, der Angeklagte ist unschuldig; er ist kein
Mörder und hat den Mord nicht begangen, dessen Tatbestand hier vor Ihnen entrollt ist. Denn das gebe ich der Anklage vollkommen zu, wenn wirklich der Angeklagte der
Täter war, dann liegt hier ein Mord vor, wie er kaum vor-
bedachter und planmäßiger ersonnen und meuchlerischer,
selbst mit jenen Misshandlungen, die der Herr Staatsanwalt hervorgehoben hat, ausgeführt werden konnte. Aber
der Angeklagte war nicht der Täter; ein anderer war es, ein

anderer muss es gewesen sein. Die Zeugen haben sich geirrt. Nur einer ist frei von dem entsetzlichen Irrtum geblieben, jener arme schwachsinnige Bursche, den der Herr Staatsanwalt Ihnen als einen Kretin bezeichnet hat. Der Herr Staatsanwalt hatte Recht hierin. Der Mensch ist ein Kretin, und gerade weil er es ist, sah er richtig; gerade weil er allein unter allen den anderen Dienstboten des Schlosses des klaren Lichtes der Vernunft beraubt war, war er unter ihnen allen der einzige, der nur mit seinen leiblichen Augen und nicht mit seiner Fantasie sah, und der daher die Wirklichkeit erkannte und das Falsche von dem Wahren schied, wo die anderen das, was sie sahen, mit dem, was sie zu sehen sich einbildeten, vermengten und vermischten. Der Graf Hochhausen war oft zum Schloss gekommen; man hatte ihn viel in der Gesellschaft der Freifrau gesehen, auch mit ihr allein; da waren die Leute schnell fertig mit einem Urteil gewesen, das der Mensch umso schneller und fertiger bei der Hand hat, je mehr es ihm selbst an geistiger und sittlicher Bildung fehlt. Sie hatten wohl unter sich davon gesprochen; um desto fester war das Urteil, die Überzeugung in ihnen geworden. An diese Überzeugung knüpfte ihre Fantasie weiter an: Sie sahen geheime Zusammenkünfte zwischen dem Grafen und der Freifrau, den Grafen betrogen; sie sahen den betrogenen Gatten seine Schande entdecken, seine beleidigte Ehre rächen. Das musste nach ihrer Meinung einmal kommen.

Ein Verteidiger

Da hörten sie in jener Nacht zwei Schüsse; die Schüsse sind unter den Fenstern der Freifrau gefallen. Der Freiherr unvermutet zurückgekehrt! Der Graf von ihm überrascht! Das waren ihre ersten, ihre einzigen Gedanken. Mit diesen Gedanken eilen sie in den Garten, sehen sie einen Mann fliehen, der Ähnlichkeit mit dem Freiherrn hat, vielleicht sie nicht einmal hat. Das kann ihnen nur der Freiherr sein; die Nacht, das zweifelhafte Mondlicht kommt ihrer Fantasie zu Hilfe; sie sehen den Grafen in seinem Blut unter den Fenstern der Freifrau liegen. Sie haben gar keinen Zweifel mehr und sterben darauf, dass sie nur den Freiherrn gesehen, dass sie ihn auf das allerbestimmteste erkannt haben. Nur einer unter ihnen sah anders. Der Blödsinnige hatte von allen jenen Tatsachen, Gerüchten und Gereden nichts erfahren, er war ihnen unzugänglich gewesen, und so hatte er sich auch jenes Urteil nicht bilden können; sein schwacher Verstand hätte es ohnehin wohl nicht vermocht. So sah er auch nicht mit seiner Fantasie, sondern nur mit seinen leiblichen Augen, und sie sahen klar und scharf, und sie erkannten wohl einen Mann, der dem Freiherrn ähnlich sah, sie erkannten aber auch wohl, dass es der Freiherr nicht war. Der Mensch war größer, als der Herr, und er hatte andere Augen, hat er Ihnen gesagt, und dabei ist er verblieben, und darin hat er sich durch nichts beirren lassen, und wollen Sie noch zweifeln, dass er Ihnen auch die tatsächliche, objektive Wahrheit gesagt hat? Nur zwei der anderen Zeugenaussagen könnten Sie irre machen, die des Nachtwächters und des alten Kammerdieners. Und sodann hätten Sie die wichtigste Frage an mich zu stellen, wer denn der Mörder gewesen sei. Allein wenn ich Ihnen in Beziehung auf die letztere Frage schon jetzt erkläre, dass alle Nachforschungen über die eigentliche Person des Täters ohne jegliches Ergebnis geblieben sind, und dass ich Ihnen nachher kaum einige entfernte Vermutungen darüber werde aufstellen können, so vertraue ich doch zu Ihrer Gewissenhaftigkeit, meine Herren Geschworenen, dass dieser Umstand Sie nicht hindern wird, den übrigen, wirklich ermittelten Umständen ferner Ihre volle Aufmerksamkeit und gerechte Würdigung zuteil werden zu lassen. Ich wende mich zuerst zu der Aussage des Nachtwächters des Schlosses. Er war der Einzige, der in der Nacht des Verbrechens mit dem Mörder gesprochen hatte. Er hatte sich wohl auch schon vorher sein Urteil gebildet, wie die anderen. Dennoch –«

Der Redner wurde unterbrochen. Ein Gerichtsbeamter war während seines Vortrags in den Saal getreten. Der Mann schien eilig zu sein, war aufgeregt und nahte sich dem Stuhl des Präsidenten. Im Gehen warf er einen verwunderten, forschenden Blick auf den Angeklagten. Dann sprach er einige rasche, leise Worte zu dem Präsidenten. Der Präsident fuhr plötzlich überrascht auf, warf ebenfalls einen forschenden, aber zugleich zweifelnden Blick auf den Angeklagten, wandte sich zu dem Beamten zurück, der hinter seinem Stuhl stehen geblieben war, und sprach leise mit ihm. Er schien ihm die Zweifel mitzuteilen, die man in seinen Augen las. Der Beamte schien bei dem zu bleiben, was er gesagt hatte. Der Präsident gab ihm einen Befehl. Der Beamte entfernte sich.

Die beisitzenden Richter hatten neugierig zugehört. Sie hatten wohl nur einzelne Worte verstanden. Sie waren desto neugieriger geworden. Der Präsident schien ihre Neugierde zu befriedigen. Auch sie fuhren auf, sahen verwundert den Angeklagten an, schüttelten ungläubig die Köpfe. Erwartungsvoll blieben sie alle. Auch das Publikum, dem der Zwischenfall nicht hatte entgehen können, war neugierig geworden. Nur der Verteidiger hatte ruhig in seinem Vortrag fortgefahren. Er durfte sich ja auch nicht unterbrechen, bis der Präsident ihn unterbrach. Dies geschah bald.

Der Beamte des Gerichts, der dem Präsidenten die geheimnisvolle und überraschende Mitteilung gemacht hatte, trat durch die Tür, die in den Zeugenraum führte, wieder in den Saal. Zwei Personen folgten ihm, ein Mann und eine Frau. Die beiden Leute waren in einer Kleidung, die zeigte, dass sie unmittelbar von der Reise kamen. Sie sahen verstört aus. Es schienen wohlhabende Landleute zu sein. Der Beamte führte sie in den Raum, gerade der Bank des Angeklagten gegenüber und sprach dann zwei leise Worte zu ihnen und zeigte auf den Angeklagten. Sie blickten nach diesem. Das lebhafteste Erstaunen malte sich in ihren Gesichtern. Sie sahen den Angeklagten mit Scheu an.

»Ja?«, fragte der Beamte sie leise.

»Ja!«, antworteten sie bestimmt.

Der Beamte nickte mit dem Kopf dem Präsidenten zu. Der Präsident erhob seine Stimme: »Ich bitte den Herrn Verteidiger, seinen Vortrag zu unterbrechen. Es ist ein Umstand eingetreten, der eine sofortige Beratung des Gerichts erfordert.«

Der Verteidiger schwieg. Das Gericht verließ den Saal. Der Beamte hatte die beiden fremden Personen unterdes schon hinausgeführt. Was für ein Umstand war eingetreten, der eine so dringende Beratung des Gerichts erforderte? Der ganze Saal fragte es sich. Auch der Verteidiger fragte es. Niemand hatte eine Antwort. Aber die beiden Personen, die der Beamte in den Saal geführt hatte, waren nicht allen Anwesenden fremd gewesen. Die vernommenen Zeugen waren im Saale geblieben; auch sie hatten die beiden Leute gesehen, und einige von ihnen hatten sich über ihre Erscheinung nicht minder verwundert, als die zwei bei dem Anblick des Angeklagten erstaunt gewesen waren. Die sich so verwunderten, waren der Aufwärter und der Stallknecht von der Eisenbahnstation Wiekel, die über die Anwesenheit des Angeklagten auf der Station in der Nacht des Verbrechens vernommen waren. Sie haben ihre Herrschaft erkannt, hieß es bald durch den Saal. Der Mann und die Frau waren die Wirtsleute von der Station. Aber was mit ihnen geschehen war, zu welchem Zweck sie hier waren, was der Grund ihrer Verwunderung, ihrer

Scheu gewesen war, das wusste dennoch niemand, wenn man auch wusste, wer sie waren.

Der Angeklagte allein war ruhig geblieben, unzweifelhaft er der einzige im Saal. Er hatte aufgeblickt, als die beiden Personen ihm gerade gegenüber aufgestellt wurden. Er schien sie ebenfalls erkannt zu haben, aber er hatte in demselben Moment keine Notiz weiter von ihnen genommen; sie schienen ihm völlig gleichgültige Menschen zu sein, die er wohl früher gesehen hatte, die ihn aber sonst in der Welt nichts angingen, auch hier nicht. So war er in seine kalte, vornehme Teilnahmslosigkeit zurückgefallen.

Das Gericht kehrte in den Saal zurück.

»Die Sitzung wird für eine Stunde aufgehoben«, verkündete der Präsident. »Ein Umstand, der für die Verhandlung von großer Wichtigkeit zu sein scheint, bedarf, um in sie hineingezogen werden zu können, einiger Vorbereitungen.«

Wie ein vom Sturm getriebener Strom ergoss es sich aus allen Türen des Saales. Was ist geschehen? Welcher Umstand kann noch für die Verhandlung von großer Wichtigkeit sein? Draußen musste man es erfahren.

In der vergangenen Nacht war in dem Wirtshaus an der Eisenbahnstation Wiekel ein Mordanfall verübt, und der entkommene Mörder war der Freiherr Wallberg vom Schloss Hard, der Angeklagte, der Mörder des Grafen Hochhausen.

»In vergangener Nacht? Der Angeklagte aber ist ja Gefangener! Auch in der vergangenen Nacht. Um neun Uhr heute Morgen stand er schon vor den Geschworenen.«

Aber die Wirtsleute hatten ihn erkannt. Sie sahen ihn hier wieder. Auch der Verwundete hatte ihn erkannt.

Es war ein Rätsel, ein Wunder! Aber mir gingen sonderbare Gedanken durch den Kopf: das bleiche Kind, die die Tochter des Gefangenwärters war; der Verteidiger, den bei ihrem Anblick im Saal eine so stechende Angst ergriffen hatte; der Angeklagte, dessen blasses Gesicht, als er sie sah, noch blässer geworden war und sich mit Wehmut und Schmerz erfüllt hatte; die Ohnmacht, in die sie gefallen war, als der Angeklagte von der Bravheit und Treue seiner Frau sprach. Und sie war die Tochter des Gefangenwärters, und der Verteidiger war der gewandteste Anwalt des Landes! War das Rätsel zu lösen?

Ich hatte keine Ruhe. Ich musste Licht haben, und das Gefängnis, wo die Tochter des Gefangenwärters wohnte, musste mir dieses Licht bringen. Das Publikum des Saales war nach Hause geeilt. Die Leute wollten erzählen und – essen. Die Verhandlungen hatten sich weit über die Mittagszeit hinausgezogen. Ich ging zu dem Gefangenhaus. Es lag neben dem Gerichtsgebäude und war mit diesem durch einen verdeckten und verschlossenen Gang verbunden. Aber der Gang war nur für die Beamten und für die Gefangenen bestimmt. Der gewöhnliche Eingang war in einer Seitenstraße. In diese ging ich. Das dunkle Gebäude lag hinter einer hohen Mauer, man sah über dieser nur die obere Fensterreihe und das Dach. In der Mitte der Mauer war ein weites Einfahrtstor, daneben ein kleines Pförtchen mit einem Klopfer und einer Schiebeklappe. Ich ging zu dem Pförtchen, denn ich wollte in das Gebäude.

Von der andern Seite der Straße kam ebenfalls jemand auf das Pförtchen zu. Ich erkannte ihn, es war der Verteidiger des Angeklagten. Ich trat einige Schritte zurück. Er klopfte an das Pförtchen. Die Klappe wurde zurückgeschoben.

»Zu wem wollen Sie?«, fragte ihn eine Stimme.

»Zu dem Gefangenen, Freiherrn von Wallberg.«

»Es darf niemand zu ihm.«

»Ich bin sein Verteidiger.«

»Ich weiß es. Aber der Befehl lautet allgemein.«

»Von wem ist er ergangen?«

»Vom Herrn Präsidenten, und so lange Sie nicht eine besondere Erlaubnis von ihm haben —«

»Der Herr Präsident ist in den Gefängnissen?«, fragte der Verteidiger.

»Ja.«

»So führen Sie mich zu ihm.«

»Es tut mir leid, ich darf auch das nicht. Er will völlig ungestört bleiben.«

Der Verteidiger stand von ferneren vergeblichen Versuchen ab und ging weiter, er musste an mir vorüber. Ich trat hervor.

»Das nennt man das Recht der freien Verteidigung«, sagte ich zu ihm. Er kannte mich nicht und sah mich etwas befremdet an, aber er schritt weiter. Ich ging zu dem Pförtchen, das er verlassen hatte, und klopfte an. Die Schiebeklappe war schon wieder zu. Sie öffnete sich wieder. Ein bärtiges Gesicht erschien darin.

»Zu wem wollen Sie?«

Es war dieselbe Stimme, die den Verteidiger gefragt hatte.

»Zu niemandem«, antwortete ich. »Ich wünsche nur das Gefängnis zu besehen; ich bin Baumeister.«

»Das Innere?«, sagte er. »Das würde heute nicht angehen.«

»Das Äußere dann. Ich gebe ein gutes Trinkgeld.«

Das Pförtchen war schon geöffnet. Ich trat in den Gefängnishof. Vorher sah ich mich nach dem Verteidiger um. Er war noch hinten in der Straße und machte ein verdutztes Gesicht, als er mich in das geöffnete Pförtchen treten sah. Ein Gefangenwärter hatte mir geöffnet. Ich gab dem Mann sogleich einen Taler.

»Führen Sie mich, wohin Sie dürfen«, sagte ich ihm.

Merkwürdig, nun durfte er mich führen, wohin ich wollte, und im Gehen gab er mir Auskunft, worüber ich sie wünschte.

»In die Gefängniszellen dürfen Sie mich wohl nicht führen?«

»In die jenes linken Flügels schon.«

»Warum nicht in die des rechten?«

»Dort werden gerade Verhöre abgehalten.«

»Vom Kriminalgericht?«

»Von dem Herrn Präsidenten selbst.«

»Ah, wohl in der Sache, die heute vor den Geschworenen verhandelt wird?«

»Ja, ja.«

»Ich war im Saal. Das ist eine sonderbare Geschichte.«

»Ja, ja«, sagte er noch einmal. »Man will heraus haben, ob der Angeklagte, der Freiherr von Wallberg, in der vergangenen Nacht fort gewesen sei.«

»Wer sollte ihn denn fortgelassen haben?«, fragte ich.

»Das ist es ja eben«, meinte er. »Und dann, wenn ein Gefangener, dem es an den Hals geht, einmal fort ist, wie wird es dem einfallen, wiederzukommen?«

»Das ist richtig. Wo liegt das Gefängnis des Freiherrn?«

»Dort.« Er zeigte nach einem Eckfenster zwei Treppen hoch, in dem rechten Flügel des Gebäudes.

»Hm«, sagte ich. »An dem Innern des Gebäudes ist mir weniger gelegen. Ich schließe schon darauf von dem Äußeren. Ich möchte gern einen Überblick des Ganzen haben, namentlich der Umgebungsmauer und der Lage der Wohnungen der Gefängnisbeamten.«

»Die Gefängnisbeamten wohnen unten im Haus«, sagte er.

»Alle?«

»Nein. Nur der Inspektor, der Hausvater und drei Gefangenenwärter.«

»Mit ihren Familien?«

»Nur der erste Gefangenenwärter, auch Hausvater genannt, hat Familie. Er wohnt dort im rechten Seitenflügel.«

»Führen Sie mich um das Haus herum.«

Er tat es, nachdem er einem andern Aufseher aufgetragen hatte, auf das Eingangspförtchen zu achten.

Die Wohnung des Hausvaters, wie der Gefangenenwärter sie mir gezeigt hatte, lag jenseits einer Mauer, an der wir standen. Es schien dort ein Garten zu sein; Obstbäume ragten über die Mauer. Der Garten war das Ziel meiner Wünsche. Der Gefangenenwärter führte mich um das Gebäude herum, und wir kamen zuletzt, auf der anderen Seite, in der Tat an einen Garten. Er hatte eine Hecke auf jener Seite.

»Dürfen wir hineingehen?«, fragte ich meinen Führer.

»Warum nicht?«

Er führte mich hinein. Drei Fenster, mit Blumentöpfen besetzt, gingen in den Garten.

»Das ist wohl die Wohnung des Hausvaters?«, fragte ich gleichgültig meinen Führer.

»Ja.«

Ich suchte das blasse Kind hinter den Blumen. Sie war nicht da. Aber hinten in dem Garten, in einer Laube, glaubte ich Frauenkleider zu sehen. Ich machte, dass wir auf Umwegen dahin kamen. Das blasse Kind war in der Laube. Sie lag auf einer Bank, auf Kissen und sah sehr angegriffen aus, und sie war so schön dabei. Eine ältere Frau war bei ihr. Es war ihre Mutter, wie sich zeigte. Mein Führer wandte sich an die Frau.

»Ist die Mamsell Anna nicht wohl, Frau Niemann?«

Die Frau trat vor die Laube.

»Ich weiß nicht, was dem Mädchen fehlt. Blass war sie immer, aber sie war doch sonst gesund. Seit vier Wochen kränkelt sie immer, und seit drei Tagen ist es gar schlimm mit ihr. Heute Nacht, meinte ich, hätte sie ruhig geschlafen; ich hatte sie bis zum Morgen nicht gehört. Aber wie ich heute Morgen aufwache, liegt sie in heftigem Fieber, und nachher war sie mir aus den Augen gekommen und drüben in den Gerichtssaal gegangen, und von da haben die Leute sie mir ohnmächtig nach Hause zurückgebracht.«

»Was sagt denn der Doktor, Frau Niemann?«, fragte der Gefangenenwärter.

Die Frau antwortete. Sie sprachen weiter darüber. Ich war in die Laube getreten, zu dem kranken Kind. Sie lag so schön da, mit dem feinen, weißen Gesicht, wie ein Engel, aber – wie ein sterbender Engel. Und sie konnte kaum sechzehn Jahre alt sein und sollte schon sterben! Mit ihrem liebenden, wehen, wunden Herzen! Die Mutter wusste nicht, wie das Kind plötzlich so krank geworden sei, gekränkelt habe es freilich schon lange. Auch der Arzt hatte es nicht gewusst, wie sie dem Gefangenenwärter erzählte.

Das Kind wusste es wohl, und auch ich wusste es jetzt, und ich wusste noch mehr, ich wusste auf einmal alles, alles, worauf ich bisher nur geraten hatte.

Das brave, treue, junge Leben sollte geopfert werden!

Fiat justitia et pereat mundus![7]

Es wurde hier einmal in anderer Weise angewendet. Mir wollte tief im Innern ein Zorn aufsteigen gegen den Mann, der sich so von der Hand des Henkers befreien ließ, der zu dem einen Mord den zweiten hinzufügte; gegen den Verteidiger, dessen eigentliches Werk dieser zweite Mord war. Ich hatte keinen Zweifel darüber. Jenes unbewegliche, unergründliche, kalte Gesicht, die glatt angestrichenen blonden Haare des Mannes – ich kann nun einmal die glatten blonden Haare nicht leiden – der ganze gewandte, eiskalte, berühmte Advokat der Residenz ließ keinen Zweifel mehr in mir zurück. Sollte ich ihm sein Spiel verderben? Ich konnte es. Nur ein Fingerzeig gegen irgendeinen Menschen auf das blasse, sterbende Kind in der Laube! Sie konnte dem inquirierenden Präsidenten keine fünf Minuten lang widerstehen.

Aber die Wehmut, das Mitleid unterdrückte den Zorn in mir. Musste das arme Kind sterben – und sie musste es, sie hatten das junge, zarte Leben bis in den innersten Keim vernichtet – wie konnte ich ihr dann noch in ihren letzten Stunden das Glück ihres Lebens rauben, das Glück, den Mann ihres Herzens, ihrer Liebe, ihrer Träume gerettet

---

[7] Gerechtigkeit soll geschehen und wenn die Welt dabei zugrunde geht!

zu haben? Wie konnte ich sie nur den Qualen eines Verhörs aussetzen? Und dann, war der Mann, den sie rettete, wirklich der kalte, nur um Leben gegen Leben rechnende Mörder gegen sie? Hatte nicht jener tiefe Schmerz ihn durchzuckt, da er sie auf einmal in dem Gerichtssaal sah?

Ich war in die Laube zu dem kranken Kind getreten. Ich hatte ein Gespräch mit ihr anknüpfen wollen, über ihre Anwesenheit im Saal, über Weiteres, was damit in Verbindung stand; ich hatte so klar wie möglich sehen wollen. Aber ich konnte es nicht, als ich sie näher, als ich sie so elend sah.

Und ein anderes kam hinzu, das mir tief in die Seele schneiden wollte. Der Gefangenenwärter trat auf einmal rasch zu mir in die Laube.

»Gehen wir, mein Herr!«

Er war ängstlich. Ich verließ die Laube. Vorn im Garten war der Präsident erschienen. Gerichts- und Gefängnisbeamte waren in seiner Begleitung. Es überlief mich heiß und kalt. Wohin wollten sie? Wohin konnten sie anders wollen, als zu dem kranken Kind? War schon alles entdeckt?

Ich musste fort. Der Präsident und seine Begleiter durften mich, den der Gefangenenwärter ohne Erlaubnis hierher gebracht hatte, nicht sehen. Mein Begleiter führte mich seitab, hinter Hecken, aus dem Garten. Als ich hinaustreten wollte, sah ich die Beamten auf die Laube zuschreiten.

»Das arme Kind hat schon lange die Auszehrung«, sagte er im Gehen. »Die Leute wollen's nur selber nicht wissen. Was mögen die da wollen?«, fragte er sich dann.

Ich wusste es, und das Herz bebte mir. Ich verließ das Gefängnis.

Die Stunde, nach deren Ablauf die Schwurgerichtssitzung wieder beginnen sollte, war vorüber. Ich kehrte in den Sitzungssaal zurück. Der Zuschauerraum war überfüllt. Die Geschworenen waren auf ihren Plätzen. Die Beamten waren noch nicht da, und der Angeklagte war daher noch nicht hereingeführt. Der Präsident musste mit seinen Ermittelungen noch nicht zu Ende sein.

Nach einer halben Stunde erst trat der Gerichtshof wieder ein; hinter ihm der Staatsanwalt, von einer anderen Seite der Verteidiger. Der Angeklagte wurde wieder hereingeführt. Der Präsident sah sehr feierlich aus. Der Staatsanwalt suchte ein feierliches Gesicht zu machen, und es glückte ihm. Der Verteidiger versuchte dasselbe, aber mit weniger Erfolg.

Der Angeklagte saß kalt und teilnahmslos da, wie vorher. Der Präsident eröffnete die Sitzung wieder. Im ganzen Saal herrschte die erwartungsvollste Stille. Der Präsident wandte sich an die Geschworenen.

»Meine Herren Geschworenen, ich habe Ihnen zunächst Mitteilung von dem Vorfall zu machen, der vor einigen Stunden Veranlassung werden musste, die Sitzung auf kurze Zeit aufzuschieben. Der Wirt und die Wirtin

von der fünf Meilen von hier gelegenen Eisenbahnstation
Wiekel hatten sich hier eingefunden, um dem Kriminalgericht Anzeige von einem eigentümlichen verbrecheri-
schen Ereignis zu machen. In der vergangenen Nacht war
ein Reiter in das Wirtshaus gekommen, den sie zu ihrem
Erstaunen als den Angeklagten erkannt hatten. Eine ge-
wisse Scheu hatte sie abgehalten, ihm das zu sagen. Nach
einer Weile hatte aber der Reiter mit einem der noch anwesenden Gäste Streit bekommen, gegen den Mann jäh ein
Messer gezogen und ihm einen gefährlichen Stich in die
Brust beigebracht. Man hatte ihn darauf verhaften wollen.
Er hatte ein Doppelterzerol hervorgezogen, und man hatte
nicht gewagt ihn anzugreifen. Er hatte das Haus verlassen,
sich auf sein Pferd geworfen und war im Galopp davon
gesprengt. – Meine Herren Geschworenen, Sie werden die
Wichtigkeit dieses Ereignisses für die gegenwärtige Untersuchung einsehen. War der Verbrecher der verflossenen
Nacht ein Anderer, als der Angeklagte, so wären dadurch
allerdings zugleich Zweifel in Beziehung auf die Täterschaft
des Mordes an dem Grafen Hochhausen erhoben. War es
der Angeklagte, so hätte er zu dem früheren Verbrechen
ein neues hinzugefügt, welches zeigte, wie wenig ihm an
einem Menschenleben gelegen ist. Das Gericht musste daher eine sofortige vorbereitende Untersuchung des neuen
Verbrechens veranlassen. Die sämtlichen Zeugen sind hier.
Sie werden sofort vernommen werden und Ihnen die nähe-
ren Umstände des Verbrechens erzählen. Die Gefängnisbe-

amten werden Ihnen ihrerseits die erforderliche Auskunft geben. Ihr Urteil wird dann ferner das Richtige treffen.«

Der Präsident hatte nichts Neues verkündet. Über das einzige Neue, das man erwartet hatte, hatte er nicht einmal eine Andeutung gemacht.

Der Angeklagte selbst hatte mit einem ruhigen, spöttischen Lächeln zugehört.

»Hat die Staatsanwaltschaft vor der weiteren Verhandlung Anträge zu stellen?«, fragte der Präsident.

»Nein«, antwortete der Staatsanwalt.

»Der Verteidiger?«

»Nein«, antwortete auch der Verteidiger.

Der Präsident begann die weitere Verhandlung.

»Angeklagter, Sie haben meine Mitteilung an die Geschworenen gehört. Was haben Sie darauf zu erwidern?«

»Nichts, Herr Präsident«, war die ruhige Antwort.

»Sie waren also nicht heute Nacht an der Eisenbahnstation Wiekel?«

»Ich war in Ihrem Gefängnis, mein Herr. Wofür haben Sie diese und Ihre Beamten?«

»Haben Sie einen Verwandten, der Ihnen ähnlich sieht?«, fragte der Präsident noch.

»Nein!«

»Oder ist Ihnen sonst jemand bekannt, der Ähnlichkeit mit Ihnen hätte?«

»Nein!«

Ein Verteidiger

Der Präsident schritt zur Abhörung der Zeugen. Zuerst wurde der Wirt von der Eisenbahnstation vernommen. Er erzählte Folgendes:

»In der vergangenen Nacht waren noch spät mehrere Gäste bei mir. Es waren Landleute aus der Nachbarschaft. Sie saßen in der gewöhnlichen Wirtsstube und tranken ihren Wein. Meine Frau und ich bedienten sie, weil meine Leute schon gestern gegen Abend hierher zum Schwurgericht verreist waren. Kurz vor Mitternacht hörten wir auf einmal alle den Galopp eines Pferdes, das seitab vom Feld her kam. Es kam näher zu der Station, und nach einer Weile trat ein Mann in die Wirtsstube und forderte einen Schoppen Wein. Wir mussten uns alle verwundert, erschrocken ansehen. Wir alle kannten den Mann. Es war der Freiherr Wallberg vom Schloss Hard. Aber wie kam der hierher? Er saß ja in der Stadt im Gefängnis und heute sollte er vor die Geschworenen gestellt werden! Wir hatten noch gerade von der Sache gesprochen. Und doch war er es. Wir hatten ihn alle oft gesehen. Er war an die zwanzig Mal bei mir im Haus gewesen. Ich brachte ihm den Wein. Er setzte sich damit an einen besonderen Tisch. Er schien sehr durstig oder sehr eilig zu sein, denn er trank schnell. Schon nach wenigen Minuten war er fertig mit seinem Schoppen. Er stand auf. Ich fragte ihn, ob er zu Pferde gekommen sei.

›Ja‹, antwortete er kurz.

›Wollen denn der Herr Baron‹, fragte ich ihn weiter, ›dem Pferd nichts geben lassen?‹

›Nein!‹, war nur wieder die eben so kurze Antwort.

›Was habe ich zu bezahlen?‹, fragte er dann.

Ich nannte ihm den Betrag. Er zog eine Börse und zahlte. Darauf wollte er sich wieder entfernen. Indem er aber vorschritt, strauchelte er plötzlich. Einer von den Gästen hatte, gerade vor dem Tisch, lang seine Beine ausgestreckt. Der Freiherr hatte das nicht gesehen. Der andere wollte die Beine zurückziehen, war aber ungeschickt dabei. Seine Beine verwickelten sich mit denen des Freiherrn, und der Freiherr fiel, so lang er war, zur Erde. Aber im Moment war er wieder aufgesprungen. Er war in heftigem Zorn, sein Gesicht war dunkelrot geworden.

›Flegel! Unverschämter!‹, schrie er dem andern zu.

Dieser war der Ökonom Braunsberger, ein Mann, der sich nichts bieten lässt.

›Herr‹, erwiderte ihm dieser grob, ›sehen Sie künftig nach Ihren Beinen, dann fallen Sie nicht.‹

Darüber wurde der Freiherr wütend. Sein Gesicht war leichenblass geworden. Er fuhr mit der Hand in die Brusttasche seines Rockes, und ehe sich einer von uns besinnen konnte, hatte er ein Messer oder einen Dolch hervorgezogen und damit dem Braunsberger einen Stich in die Brust versetzt, dass das Blut hoch herausspritzte.

›Grobian, Hund!‹, rief er dabei in höchster Wut.

Braunsberger war vom Stuhl gesunken. Wir andern wollten den Mörder festhalten. Da hatte er schon ein Doppelterzerol hervorgezogen.

›Wer mich anrührt, ist des Todes!‹, rief er.

Wir wichen vor ihm zurück. Er verließ ruhig die Stube und das Haus, und im Augenblick nachher hörten wir ihn wieder im Galopp davonjagen, querfeldein, woher er gekommen war. Zu dem Verwundeten holten wir aus der Nachbarschaft einen Arzt, der ihn verband und erklärte, dass die Wunde nicht gefährlich sei, weil das Messer durch Zufall auf einen Knochen gestoßen sei; sei es eine Linie breit mehr zur Seite eingedrungen, so sei der Tod unvermeidlich gewesen. Meine Frau und ich fuhren mit dem ersten Eisenbahnzug hierher, um von dem Vorfall Anzeige zu machen. Ich hatte unterdessen einen Nachbar nach Schloss Hard geschickt, um sich zu erkundigen, ob der Freiherr dagewesen sei. Kein Mensch hatte etwas von ihm gewusst. Auch sonst hatte ihn niemand gesehen.«

Der Präsident hatte nur noch wenige Fragen an den Zeugen.

Wie der Reiter gekleidet gewesen sei?

»Er trug einen leichten grauen Sommerrock und eine graue Mütze; weiter habe ich auf seine Kleidung nicht geachtet.«

»Haben Sie den Freiherrn wohl früher in solcher Kleidung gesehen?«

»Ich kann mich nicht besinnen.«

»Sie sind fest überzeugt, dass der Reiter der hier anwesende Freiherr von Wallberg war?«

»Heute Nacht hätte ich darauf geschworen, und auch jetzt möchte ich es wieder, wenn ich mir den Herrn Baron ansehe. Alle die andern meinten es ebenso. Es war das Gesicht, die Figur, die Stimme. Nur meine Frau meinte, es sei doch etwas anders an ihm gewesen. Der Reiter sei ihr größer, die Stimme rauer vorgekommen.«

Die Frau des Wirts wurde vernommen. Sie bestätigte von Wort zu Wort die Aussage ihres Mannes; auch in Betreff der Ähnlichkeit. Sie besah sich den Angeklagten genau.

»Es war ganz das Gesicht«, sagte sie, »die Nase, der Mund, die Augen, alles so, wie ich es jetzt hier vor mir sehe. Nur größer schien mir der Fremde zu sein, als ich den Herrn Baron früher gesehen hatte, und die Stimme kam mir verändert vor.«

»Möchten Sie sich dazu verstehen, sich zu erheben?«, wandte sich der Präsident an den Angeklagten.

»Warum nicht?«, war die finstere Antwort, und der Angeklagte erhob sich stolz und richtete sich hoch auf mit seiner ganzen hohen Gestalt.

Die Frau schüttelte den Kopf.

»Jener war doch größer«, sagte sie. »Und auch die Stimme klang anders.«

Die anderen Zeugen wurden abgehört. Sie stimmten, einer nach dem anderen, gleichfalls mit dem Wirt überein. Den Angeklagten sahen sie sich wiederholt an; sie wollten ihn bestimmt wieder erkennen. Sie wurden mit den Zwei-

feln der Frau bekannt gemacht; einige wurden irre, andere
nicht.

Der Präsident wiederholte bei dem ersten die Aufforde-
rung an den Angeklagten, sich zu erheben.

»Wozu die Komödie?«, war die stolze, unwillige Antwort, und er erhob sich nicht wieder.

In das unbewegliche Gesicht des Verteidigers war Leben gekommen.

Die Gefängnisbeamten wurden vernommen, darüber,
ob der Angeklagte in der vergangenen Nacht in seinem
Gefängnis gewesen sei.

»Ich habe die strengsten Nachsuchungen vorgenommen«, leitete der Präsident die Vernehmung ein. »Sie haben, ich muss es hier vorab erklären, zu keinem Resultat
geführt. Um so mehr müssen die Beamten ihre Aussagen
unmittelbar den Herren Geschworenen machen.«

Der Verteidiger konnte die Erklärung mit einer klaren,
ruhigen Befriedigung aufnehmen.

Es wurden zuerst diejenigen Beamten abgehört, denen
in der Nacht die Bewachung im Innern des Gefängnis-
gebäudes anvertraut gewesen war. Keiner von ihnen hatte
das geringste Verdächtige oder nur Ungewöhnliche wahrgenommen. Der Wächter des Korridors, an dem die Zelle
des Angeklagten lag, hatte in dieser noch nach elf Uhr den
Angeklagten umhergehen hören. Wer anders sonst, als der
Angeklagte, hätte es denn sein können?

Der Präsident konnte nicht umhin, hierbei die Geschworenen darauf aufmerksam zu machen, dass die Eisenbahnstation Wiekel fünf Meilen von der Stadt entfernt sei; dass der Angeklagte kurz vor Mitternacht da gewesen sein solle; dass der Angeklagte noch nach elf Uhr in seiner Zelle gehört sei; dass es zu den Unmöglichkeiten gehören dürfte, auch in einer vollen Stunde, auf dem schnellsten Pferd, von hier aus die Station Wiekel zu erreichen.

Der Angeklagte war gerettet. So meinte der ganze Saal. Auch den Geschworenen sah man es an. Es waren nur noch zwei Gefängnisbeamte zu vernehmen, welche das Gefangenenhaus in der Nacht nach außen hin bewacht hatten. Was konnten sie noch von Erheblichkeit aussagen, nach den anderen Zeugnissen, nach dem Resultat der Nachforschungen des Präsidenten, das dieser schon im Voraus verkündet hatte?

Die beiden Beamten wurden vernommen. Der eine hatte die gewöhnliche Wache am Tor gehabt. Er wusste gar nichts. Der zweite hatte sich in einer Wachtbude auf der entgegengesetzten Seite des Hauses befunden. Auch ihm war nichts Verdächtiges vorgekommen. Er habe zwar, setzte er hinzu, gegen halb zehn Uhr in dem Garten des Hausvaters jemanden sprechen hören, aber es sei ihm nicht weiter aufgefallen, und darum habe er auch vorhin nicht daran gedacht, es dem Herrn Präsidenten zu sagen.

Den Verteidiger sah ich plötzlich aufzucken. Ich glaubte ihn zittern zu sehen.

Der Angeklagte saß eisern kalt da.

»Wen hörten Sie in dem Garten sprechen?«, fragte der Präsident den Gefängnisbeamten.

»Es schienen mir zwei Stimmen zu sein. Die eine erkannte ich deutlich, es war die Tochter des Hausvaters.«

»Und die andere?«

»Ich glaubte, es sei ihre Mutter gewesen.«

»Was sprachen sie?«

»Sie sprachen leise miteinander. Ich verstand nichts.«

»Frau und Tochter des Hausvaters werden herbei geführt!«, befahl der Präsident einem Gerichtsdiener.

Der Diener entfernte sich. In dem Saal war doch wieder eine Spannung eingetreten. Aber der Verteidiger hatte sich wieder erholt. Sein Gesicht war wieder unbeweglich und unergründlich. Um so unruhiger mochte, musste es in seinem Innern sein.

Die Frau des Hausvaters wurde in den Saal geführt. Der Präsident befragte sie.

»Waren Sie gestern Abend um halb zehn im Garten?«

»Nein, Herr Präsident.«

»Sie sollen mit Ihrer Tochter da gewesen sein.«

»Ich war nicht da.«

Die Frau sprach bestimmt; man sah ihr die Aufrichtigkeit an.

»Ich kann mich geirrt haben«, sagte der Gefängnisbeamte. »Ich glaubte auch nur, ihre Stimme zu hören.«

»Die Tochter werde hereingeführt!«, befahl der Präsident.

Der Angeklagte blieb eisern, der Verteidiger unbeweglich. Aber die Frau des Hausvaters, die Mutter, brach in Tränen aus.

»Meine Tochter? Das arme Kind liegt im Sterben! Sie ist so sehr schlimm geworden, seitdem der Herr Präsident sie sah.«

Durch das Gesicht des Verteidigers flog ein Triumph des Sieges.

Der Angeklagte fuhr in die Höhe, plötzlich, heftig, aber nicht stolz, nicht zornig; er fiel wieder zurück, wie ein Mann, dem auf einmal das Herz brechen will.

Der Verteidiger sah ihn mit bebender Angst an. Sollte sein eigener Klient, der Angeklagte selbst, das Spiel, das Spiel um Leben und Tod, das endlich vollständig gewonnen zu sein schien, auf einmal wieder verloren machen?

Der Präsident hatte den Angeklagten verwundert angesehen.

Der Staatsanwalt hatte einen misstrauischen, nachdenklichen Blick auf ihn geworfen; der Blick heftete sich noch misstrauischer, noch nachdenklicher auf den Verteidiger.

Der Gerichtsdiener, der die Frau des Hausvaters hereingeführt hatte, war vorgetreten.

»Ich fand die Tochter wirklich krank im Bett«, meldete er dem Präsidenten.

Ein Verteidiger

»Ich glaube, von ihrer Vernehmung Abstand nehmen zu dürfen«, bemerkte der Präsident.

Der Staatsanwalt bat um das Wort.

»Ich muss die Vernehmung beantragen«, erklärte er. »Über dem neu eingetretenen Ereignis schwebt ein bis jetzt unaufgeklärtes Dunkel. Da muss auch die letzte Zeugin vernommen werden, die möglicherweise Aufklärung darüber geben kann.«

Der Verteidiger konnte, durfte nicht widersprechen.

»Das Gericht wird die Zeugin in ihrer Wohnung vernehmen«, erklärte der Präsident.

Das Gericht verließ den Saal. Der Staatsanwalt folgte. Der Angeklagte und der Verteidiger durften bei der Vernehmung der Zeugin außerhalb der öffentlichen Sitzung nicht zugegen sein; wohl der Ankläger. Man nennt das Gleichheit vor dem Gesetz.

Den Verteidiger wollte eine entsetzliche Angst verzehren. Sogar das Publikum, dem alle die kleinen, von mir wahrgenommenen Vorgänge nicht bemerkbar geworden waren, gewahrte sie. Dem Verteidiger gönnte ich sie für seinen Siegestriumph bei der Nachricht von dem Erkranken des Kindes. Der Freiherr – ah, ich glaubte doch in seinen Augen mehr als Liebe zum Leben, mehr als Besorgnis für ein gleichgültiges Wesen, dem er etwa nur Dank schuldig sei, zu lesen; ich sah ein tieferes, ein innigeres, ein tief und fest mit dem Herzen verwachsenes Gefühl darin. Ich verzieh ihm so manches.

Eine bange Viertelstunde war vorübergegangen. Das Gericht und der Staatsanwalt kehrten in den Saal zurück.

»Die Zeugin war zu krank, als dass sie vernommen werden durfte«, verkündete der Präsident. »Ihre Mutter hat zudem bekundet, dass ihre Tochter gestern Abend zwar wohl auf wenige Augenblicke im Garten gewesen sei, aber sicher nichts Verdächtiges bemerkt haben könne, da sie sonst unter allen Umständen ihr, der Mutter, eine Mitteilung davon gemacht haben würde.«

Der Verteidiger war wieder unbeweglich. Der Angeklagte sah mit starren Augen vor sich nieder; es kam mir vor, als wenn jede äußere Bewegung die entsetzliche Bewegung seines Innern verraten müsse, und als wenn er das fühle. Nach ein paar Sekunden musste er doch das blasse Gesicht mit beiden Händen bedecken.

»Verlangt der Herr Staatsanwalt noch vorab das Wort?«, fragte der Präsident.

»Ich verzichte«, erklärte der Staatsanwalt.

»So fordere ich den Herrn Verteidiger auf, in seinem unterbrochenen Vortrag fortzufahren.«

Und der Verteidiger fuhr mit jener vollen Ruhe zu sprechen fort, mit der er gesprochen hatte, als das neu eingetretene Ereignis seine Rede unterbrach. Aber er hatte nur noch wenige Worte zu sagen.

»Der Vorfall der heutigen Nacht«, sagte er, »entbindet mich von allem weiteren, was ich Ihnen, meine Herren Geschworenen, noch vorzutragen hatte. Sieben bis acht vollkommen glaubwürdige Menschen, zum größten Teil Ihnen selbst als Ihre ehrenwertesten Mitbürger bekannt, zum Teil sogar, wie ich hier erfahren habe, mit mehreren von Ihnen durch Bande der Freundschaft oder Verwandtschaft enger verbunden, haben vor Ihnen bekundet, dass ein Mensch, der die auffallendste Ähnlichkeit mit dem Angeklagten hat, den sie gar für diesen gehalten haben, in der vergangenen Nacht fünf Meilen weit von hier ein schweres Verbrechen begangen hat, das an dasjenige Verbrechen erinnert, dessen der Angeklagte angeschuldigt ist. Eben so viele, nicht minder glaubwürdige Zeugnisse haben Ihnen dagegen, in Verbindung mit den sorgfältigsten Nachforschungen des Herrn Präsidenten, die Überzeugung verschaffen müssen, dass der Angeklagte während der ganzen vergangenen Nacht in dem hiesigen Gefängnis sich befand, mithin nicht der Verbrecher dieser Nacht sein konnte. Ein anderer, der mit dem Angeklagten die größte Ähnlichkeit hat, muss also notwendig in der Gegend weilen. Wer er ist, wer er sein mag, der Angeklagte weiß es nicht, keiner hier im Saal weiß es, er würde sich sonst melden. Jener andere muss auch vor drei Monaten bei der Ermordung des Grafen Hochhausen mit dem Angeklagten verwechselt worden sein. Die Zeugen konnten sich damals einer solchen Verwechselung schuldig machen. Sie, meine Herren Geschworenen, können es heute nicht mehr. Ich wenigstens, wenn ich unter Ihnen säße, könnte es nicht auf mein Gewissen nehmen, zu erklären, der Angeklagte sei der Mörder des Grafen Hochhausen. – Und weiter kein Wort an Sie, meine Herren Geschworenen. Doch noch eins: Sie wollen nicht vergessen, dass wir hier in der Nähe der See wohnen, dass uns zur Rechten und zur Linken bedeutende Seehäfen liegen, und dass von da aus mancher fremde Abenteurer in das Land kommen kann, von dem Polizei, Gerichte und wir nichts wissen.«

Damit schloss der Verteidiger.

Der Präsident resümierte kurz und unparteiisch die Verhandlungen und sandte die Geschworenen in ihr Beratungszimmer, um ihr Verdikt zu geben über die Frage, ob der Angeklagte, Freiherr Wallberg, schuldig sei des Mordes des Grafen Hochhausen.

Die Geschworenen kehrten schon nach einer Viertelstunde zurück.

»Nicht schuldig!«, lautete ihr Wahrspruch.

Der Gerichtshof sprach den Angeklagten von der Anklage des Mordes frei. Der Präsident setzte den Angeklagten sofort in Freiheit.

Der Angeklagte eilte auf seinen Verteidiger zu, drückte ihm flüchtig die Hand und stürzte aus dem Saal. Der Verteidiger war unbeweglich und unergründlich.

»Wohin mag der Freiherr so schnell geeilt sein?«, wurde im Saal gefragt.

»Zum Gefängnis!«, wurde verwundert die Nachricht gebracht.

»Aber er ist ja in Freiheit gesetzt!«

Ich wusste wohl, warum er dennoch dahin geeilt war. Noch einer wusste es außer mir. Ich wartete, als ich den Saal verließ, auf den Verteidiger. Er kam allein.

»Sie haben ein gewagtes Spiel gespielt«, sagte ich zu ihm. »Aber Sie haben es gewonnen.«

Er sah mich einen Augenblick betroffen an. Er erkannte mich wieder, freilich ohne zu wissen, wer ich war.

»Mein Herr«, erwiderte er mir, »jeder Prozess ist ein gewagtes Spiel, das der eine gewinnt und der andere verliert.«

»Es kommt aber auf den Einsatz an«, sagte ich.

»Ja.«

»Und hier haben Sie Leben um Leben gespielt.«

»Ich verstehe Sie nicht.«

»Hat nicht das arme, blasse Kind aus jenem Gefängnis das Leben des Angeklagten gerettet?«

Er verfärbte sich doch.

»Mein Herr –«

»Und war nicht ihr Leben der Einsatz, der Preis für jenes gerettete Leben?«

»Mein Herr, wer sind Sie?«

»Es wird nichts zur Sache tun. Jedenfalls bin ich ein Mann, der es nicht unternimmt, geschehene Dinge ändern zu wollen. Der Freiherr ist einmal freigesprochen.«

»Und, mein Herr, den freisprechenden Wahlspruch der Geschworenen kann nichts mehr aufheben oder ändern, gar nichts in der Welt.«

»Ich weiß es. Auch nicht der vollständige Nachweis, dass der Freiherr auch der Verbrecher der heutigen Nacht war –«

»Auch der Nachweis nicht.«

»Dass das arme Kind ihn aus seiner Haft hinausgelassen und, um die Beamten zu täuschen, bis zu seiner Rückkehr seine Zelle eingenommen hatte –«

»Auch das nicht.«

»Dass sein Verteidiger den Plan angegeben und mit ausführen geholfen hatte –«

»Mein Herr, wenn das alles bewiesen werden könnte, so wäre die einzige Folge, dass ich meine Stelle als Rechtsanwalt, mithin auch als Verteidiger verlöre. Ich kann aber leben, und was das Verteidigen anbetrifft, glauben Sie mir, mein Herr, ich habe es herzlich satt. Tage, wie der heutige, gehören zu den schwersten meines Lebens.«

Die Worte kamen ihm aus dem Herzen, und aus einem schwer gedrückten Herzen.

»Mein Herr«, erwiderte ich ihm, »ich konnte Ihnen vorhin kein Glück zu dem Gewinnen Ihres Spieles wünschen. Ich hatte das Rechte getroffen. Aber darf ich mir die Frage erlauben, warum Sie denn solche Spiele spielen?«

»Warum haben wir solche Geschworenengerichte?«, sagte er.

»Vor anderen ständigen Gerichten hätten Sie es nicht gewagt?«

»Nein. Vor ihnen kann man keine Schauspiele aufführen.«

»Und warum haben wir diese Geschworenengerichte?«

»Weil man aus zwei Übeln das kleinere auswählen muss, weil die Geschworenen unabhängige Männer sind, und unsere von der Regierung angestellten und unter Disziplinargesetze und andere Maßregelungen gestellten ständigen Richter –«

Er brach ab.

»– das nicht sind?« fragte ich.

Er antwortete nicht.

»Eine andere Frage dann noch«, sagte ich. »Verdient dieser Freiherr das Opfer des jungen Lebens, das für ihn im Sterben liegt?«

Er wurde wieder herzlich.

»Ja, mein Herr«, sagte er. »Wie das Kind ihn mit aller Kraft seines zarten Lebens liebt, so liebt er sie mit seinem ganzen starken, mutigen Herzen. Er war es, der die große Tat des Kindes nicht annehmen wollte. Aber sie wäre mit ihm gestorben. Er fühlte es; da gab er nach, und sein festester Vorsatz ist es, sofort nach seiner Freisprechung sich von seinem untreuen Weib scheiden zu lassen und dem edlen Kind seine Hand zu reichen.«

»Ich fürchte, es war sein Vorsatz«, musste ich sagen.

»Nur der Tod des Kindes würde ihn lösen können.«

»Das befürchte ich.« –

Und ich hatte Recht darin. Am folgenden Morgen früh kam der Verteidiger zu mir. Er war voll Schmerz.

»Die Arme ist tot«, sagte er. »Sie ist um Mitternacht in seinen Armen gestorben.«

»Und er?«

»Er nennt sich ihren Mörder. Er will sich den Gerichten überliefern. Er will sterben. Aber er ist einmal für nicht schuldig erklärt; nichts in der Welt kann das Verdikt der Geschworenen wieder aufheben.«

»Und Sie?«, fragte ich noch.

»O, mein Herr, ich habe gestern zum letzten Mal verteidigt.«

Franz Kafka

Ein Brudermord

Franz Kafka steht vor allem für rätselhafte Geschichten wie »Der Process« oder »Die Verwand-
lung«, die vordergründig absurd erscheinen, damit aber häufig auf die tatsächliche Absurdität von
zum Beispiel undurchsichtiger Machtausübung
hinweisen. Diese besondere Art des Seltsamen
hat dafür gesorgt, dass ihm ein eigenes Adjektiv
gewidmet wurde: kafkaesk. Diese Eigenschaft
trifft auch auf die folgende Kurzgeschichte zu, die
eine wahrhaft kaltblütige Tat schildert.

Es ist erwiesen, dass der Mord auf folgende Weise er-
folgte: Schmar, der Mörder, stellte sich gegen neun
Uhr abends in der mondklaren Nacht an jener Straßenecke
auf, wo Wese, das Opfer, aus der Gasse, in welcher sein
Büro lag, in jene Gasse einbiegen musste, in der er wohnte.

Kalte, jeden durchschauernde Nachtluft. Aber Schmar
hatte nur ein blaues Kleid angezogen; das Röckchen war
überdies aufgeknöpft. Er fühlte keine Kälte; auch war er
immerfort in Bewegung. Seine Mordwaffe, halb Bajonett,
halb Küchenmesser, hielt er ganz bloßgelegt, immer fest
im Griff. Betrachtete das Messer gegen das Mondlicht; die

Schneide blitzte auf; nicht genug für Schmar; er hieb mit ihr gegen die Backsteine des Pflasters, dass es Funken gab; bereute es vielleicht; und um den Schaden gutzumachen, strich er mit ihr violinbogenartig über seine Stiefelsohle, während er, auf einem Bein stehend, vorgebeugt, gleichzeitig dem Klang des Messers an seinem Stiefel, gleichzeitig in die schicksalsvolle Seitengasse lauschte.

Warum duldete das alles der Private Pallas, der in der Nähe aus seinem Fenster im zweiten Stockwerk alles beobachtete? Ergründe die Menschennatur! Mit hochgeschlagenem Kragen, den Schlafrock um den weiten Leib gegürtet, kopfschüttelnd, blickte er hinab.

Und fünf Häuser weiter, ihm schräg gegenüber, sah Frau Wese, den Fuchspelz über ihrem Nachthemd, nach ihrem Mann aus, der heute ungewöhnlich lange zögerte.

Endlich ertönt die Türglocke vor Weses Büro, zu laut für eine Türglocke, über die Stadt hin, zum Himmel auf, und Wese, der fleißige Nachtarbeiter, tritt dort, in dieser Gasse noch unsichtbar, nur durch das Glockenzeichen angekündigt, aus dem Haus; gleich zählt das Pflaster seine ruhigen Schritte.

Pallas beugt sich weit hervor; er darf nichts versäumen. Frau Wese schließt, beruhigt durch die Glocke, klirrend das Fenster. Schmar aber kniet nieder; da er augenblicklich keine anderen Blößen hat, drückt er nur Gesicht und Hände gegen die Steine; wo alles friert, glüht Schmar.

Ein Brudermord

Gerade an der Grenze, welche die Gassen scheidet, bleibt Wese stehn, nur mit dem Stock stützt er sich in die jenseitige Gasse. Eine Laune. Der Nachthimmel hat ihn angelockt, das Dunkelblaue und das Goldene. Unwissend blickt er es an, unwissend streicht er das Haar unter dem gelüfteten Hut; nichts rückt dort oben zusammen, um ihn die allernächste Zukunft anzuzeigen; alles bleibt an seinem unsinnigen, unerforschlichen Platz. An und für sich sehr vernünftig, dass Wese weitergeht, aber er geht ins Messer des Schmar.

»Wese!«, schreit Schmar, auf den Fußspitzen stehend, den Arm aufgereckt, das Messer scharf gesenkt. »Wese! Vergebens wartet Julia!« Und rechts in den Hals und links in den Hals und drittens tief in den Bauch sticht Schmar. Wasserratten aufgeschlitzt, geben einen ähnlichen Laut von sich wie Wese.

»Getan«, sagt Schmar und wirft das Messer, den über-flüssigen blutigen Ballast, gegen die nächste Hausfront. »Seligkeit des Mordes! Erleichterung, Beflügelung durch das Fließen des fremden Blutes! Wese, alter Nachtschatten, Freund, Bierbankgenosse, versickerst im dunklen Straßen-grund. Warum bist du nicht einfach eine mit Blut gefüllte Blase, dass ich mich auf dich setzte und du verschwändest ganz und gar. Nicht alles wird erfüllt; nicht alle Blütenträu-me reiften; dein schwerer Rest liegt hier, schon unzugäng-lich jedem Tritt. Was soll die stumme Frage, die du damit stellst?«

Pallas, alles Gift durcheinanderwürgend in seinem Leib, steht in seiner zweiflügelig aufspringenden Haustür. »Schmar! Schmar! Alles bemerkt, nichts übersehn.« Pallas und Schmar prüfen einander. Pallas befriedigt's, Schmar kommt zu keinem Ende.

Frau Wese mit einer Volksmenge zu ihren beiden Seiten, eilt mit vor Schrecken ganz gealtertem Gesicht herbei. Der Pelz öffnet sich; sie stürzt über Wese; der nachthemd-bekleidete Körper gehört ihm; der über dem Ehepaar sich wie der Rasen eines Grabes schließende Pelz gehört der Menge.

Schmar, mit Mühe die letzte Übelkeit verbeißend, den Mund an die Schulter des Schutzmannes gedrückt, der leichtfüßig ihn davonführt.

Kurt Tucholsky

Wie benehme ich mich als Mörder?

Apropos absurd: Was Franz Kafka noch ernst meinte, treibt Kurt Tucholsky hier satirisch auf die Spitze. Dieser Text ist eine Abrechnung mit den »ordentlichen« deutschen Gerichten und deren Auffassung davon, wie ein Mörder zu sein hat und wie man als solcher möglicherweise davonkommt. Einige dieser Annahmen lassen sich erstaunlich gut auf diverse Klischees des Krimi-Genres beziehen ...

Wenn einer einen Mord begeht, so halte er sich stets vor Augen, dass er später einmal nicht nur wegen Mordes abgeurteilt werden kann, sondern vor allem und hauptsächlich wegen seines Vorlebens sowie wegen der Begleitumstände, die seine Tat umgeben. Vor Gott wird er sich für das vergossene Blut rechtfertigen müssen – der Vorsitzende einer deutschen Strafkammer aber misst mit strengerem Maß. Soweit man das einem Mörder zumuten kann, wird derselbe also guttun, sich in die Seele eines Landgerichtsdirektors zu versetzen, damit es nachher keine strafverschärfenden Momente gibt.

Kurt Tucholsky

Der dicke Chesterton hat entdeckt, dass man einem Mörder alles verzeiht, nur nicht, dass er nach der Tat eine Zigarre raucht – Mörder haben keine Zigarren zu rauchen, weil dies ein Zeichen übelster Seelenrohheit darstellt. Chesterton kennt die deutschen Gerichte nicht, sonst hätte er schon längst vor Schreck dreißig Pfund abgenommen – mit der Zigarre allein ist die Sache nicht getan.

Der Mord ist, wie jedem gebildeten Staatsanwalt bekannt, eine Tat, die in der äußersten Ekstase und mit der kältesten Rohheit begangen wird. Dabei hat der Mond durch das Gewölk zu brechen; auch haben Mörder bereits vor der Tat finster entschlossen herumzulaufen, deutliche Zeichen von innerer Unruhe von sich zu geben und mit den Augen zu funkeln. Unehelicher Geschlechtsverkehr vor dem Mord ist tunlichst zu meiden, da dies ein schlechtes Licht auf den Charakter des Mörders wirft und jeder Akt eine rhetorische Pointe im Plädoyer des Staatsanwalts oder, was dasselbe ist, in der Urteilsbegründung des Vorsitzenden abgibt. Mit seinem Leben kann man überhaupt nicht vorsichtig genug umgehen, weil es eines Tages ein Vorleben werden kann, und dann erst wird man, vor den unerbittlichen Fischaugen des Gerichts, entdecken, was man da alles zusammengelebt hat.

Nach dem Mord meide der Mörder vor allem öffentliche Gaststätten, Sechs-Tage-Rennen, Dirnen, Spaziergänge auf der Straße sowie die eigene Wohnung, die er keinesfalls ruhig, als ob nichts geschehen sei, aufsuchen darf.

Wie benehme ich mich als Mörder?

Wie sich ein Mörder nach der Tat eigentlich benehmen soll, damit er vor Gericht keinen Anstoß erregt, ist schwer zu sagen: jedenfalls so nicht. Um bei einem Doppelmord eine der verwirkten Todesstrafen im Gnadenweg zu ersparen, stellt sich der Mörder dem nächsten Polizeirevier unter genauer Angabe der Einzelheiten seiner Tat, der Motive und der nötigen Indizien. Nach dem Geständnis bricht er am besten völlig zusammen, wie er sich überhaupt mit Vorteil nach der Literatur, die in den Kreisen der Juristen gelesen wird, richtet: sein Verhalten sei also psychologisch leicht anormal, wirr, aber dem Verständnis eines Zwei-Bänder-Mannes gerade noch angepasst. Verstiegenheiten sind, wenn irgend angängig, zu meiden. Sehr günstig ist es, wenn den Mörder nach der Tat die vorgeschriebenen Gewissensbisse foltern; sollte sich eine mahnende Traumerscheinung des Opfers einlegen lassen, so ist dieselbe unbedingt zu empfehlen.

Auf diese Weise kann jeder, der in die traurige Lage versetzt ist, einen Zivilmord begehen zu müssen, damit also ein Monopol des Staates schwer verletzend, getrost vor einem deutschen Gericht erscheinen: er wird, wenn er sich nur vor, während und nach der Tat den Vorstellungen seiner Richter gemäß verhalten hat, auf die Milde und das Verständnis derselben rechnen können, und er wird dann, mit allen Tröstungen einer Reichsgerichtsentscheidung sowie seines seelsorgerischen Beistandes versehen, dem

Nachrichter als ein guter Christ und Untertan übergeben werden.

Für die Herren Ordnungsstifter, Straßenkämpfer und Kinder vom Feldwebel aufwärts gelten diese Bestimmungen nicht. Der deutsche Mörder aber lasse sich gesagt sein, dass seine Tat ihn verpflichtet, durch und durch Mörder zu sein, und nichts als das. Er richte sich darin nach seinen Richtern, die Richter sind und nichts als das.

Walther Kabel

Die Leuchtturmwärter von Shesterland

Von Edgar Wallace wissen wir, dass es extrem pro-
duktive Genre-Autoren schon länger gibt. Walther
Kabel ist heute weitgehend vergessen, doch von
etwa 1910 bis in die 1930er Jahre hinein war er
einer der am meisten gelesenen Unterhaltungs-
schriftsteller aus Deutschland. Bis zu 65 Seiten pro
Woche soll er seinem Verleger geliefert haben, im
Durchschnitt ein komplettes Manuskript pro Monat. Kabel schrieb mit unermüdlichem Eifer Kurzgeschichten, Heftromane, Abenteuergeschichten,
erotische Literatur, Abenteuerromane und natürlich Krimis. Dafür nutzte er ebenso vielfältige
wie kreativ erdachte Pseudonyme, zum Beispiel
Waltraud Kebla, Walther Bekal, W. K. Abel, Olaf K.
Abelsen, Helena Fromm oder M. E. Schugge.

Der Leuchtturm von Shesterland an der Südküste der
Halbinsel Florida gehört zu den übelberüchtigsten
Bauwerken der Welt. Trotzdem er erst im Jahre 1902 allen
modernen Anforderungen entsprechend aufgeführt und
mit hervorragenden maschinellen Einrichtungen versehen
worden ist, halten die beiden dort stationierten Beamten es
nie länger als ein halbes Jahr auf dem einsamen Posten aus.

Der Turm steht nämlich dicht an der sumpfigen Küste, die wegen ihrer Fieberluft gerade so wie ganz Florida den allerschlechtesten Ruf genießt.

So waren denn im Frühjahr 1906 die Stellen der Leuchtturmwärter wieder frei geworden, da die letzten beiden Inhaber am gelben Fieber kurz hintereinander gestorben waren. Wochen vergingen, ehe sich bei dem Hafenamt Miami, dem die Verwaltung des Turmes obliegt, zwei neue Anwärter meldeten. Bis dahin musste der Leuchtturm von Mitgliedern der Lotsenstation Miami bedient werden. Diese beiden Bewerber um den lebensgefährlichen, aber gut bezahlten Posten wiesen sich durch Zeugnisse als gelernte Mechaniker aus und wurden nach kurzer Probezeit fest angestellt.

Anscheinend hatte die Behörde mit ihnen eine recht gute Wahl getroffen, denn sie versahen ihren Dienst aufs pünktlichste, schienen auch gegen die Einflüsse des mörderischen Klimas völlig gefeit zu sein.

So vergingen beinahe zwei Jahre. Die beiden Wärter dachten nicht im entferntesten daran, sich ablösen zu lassen – sehr zum Erstaunen des Hafendirektors von Miami, der ja schon daran gewöhnt war, mit den Shesterlandmännern allerhand Scherereien zu haben. Da erhielt er in den ersten Tagen des Mai 1908 den Besuch eines glattrasierten Herrn, der sich als Detektiv aus New York zu erkennen gab und dann dem aufs höchste überraschten Beamten mitteilte, in welchem Verdacht er die beiden so getreu ausharrenden Wärter habe.

In den Vereinigten Staaten waren nämlich seit anderthalb Jahren tadellos gefälschte Geldstücke und Banknoten in großen Mengen aufgetaucht, ohne dass es gelingen wollte, die Herkunft der Falschstücke zu ermitteln. Die Polizei entwickelte eine fieberhafte Tätigkeit. Alles war umsonst. Und dabei handelte es sich um so glänzend gelungene Fälschungen, dass die Falschmünzer fraglos mit größeren Maschinen arbeiten mussten, um derartige saubere Falsifikate herstellen zu können.

Endlich gelang es dem erwähnten New Yorker Detektiv, die Fährte eines Mannes namens Burkins, der sich in New Orleans und den benachbarten Ortschaften durch Ausgabe falscher Dollars verdächtig gemacht hatte, aber klugerweise nicht sofort verhaftet worden war, bis Miami zu verfolgen. Der Betreffende war in Miami in dem ersten Hotel abgestiegen und vertrieb sich anscheinend durch Jagd auf Seevögel aufs angenehmste die Zeit, blieb oft zwei bis drei Tage mit seinem kleinen gemieteten Kutter, den er stets allein bediente, unterwegs, um dann regelmäßig mit seiner Beute an Möwen, Reihern und wilden Enten von seiner Küstenfahrt zurückzukehren.

Der Detektiv ließ sich durch dieses harmlose Verhalten des angeblichen Ingenieurs Thomas Burkins nicht täuschen, besonders da er sehr bald durch vorsichtige Nachfragen bei den Hotelbediensteten festgestellt hatte, dass

Burkins seit etwa zwei Jahren regelmäßig für einige Zeit nach Miami zu kommen pflegte, anscheinend um seiner Jagdleidenschaft zu frönen. Außerdem hatte er in Erfahrung gebracht, dass es einen Ingenieur dieses Namens in Ohio, wo Thomas Burkins Mitinhaber einer Maschinenfabrik sein wollte, überhaupt nicht gab.

Diese Tatsachen teilte der Geheimpolizist dem Hafendirektor mit und bat ihn zugleich, ihm eines der Motorboote der Hafenverwaltung zur Verfügung zu stellen, damit er den eifrigen Nimrod auch auf See ständig im Auge behalten könne. Er habe nämlich den Verdacht, Burkins unternähme seine Segelfahrten nur, um die wahrscheinlich im Leuchtturm eingerichtete Werkstatt der Falschmünzer möglichst unauffällig zu besuchen und die neuen Münzvorräte abzuholen.

Trotzdem der Beamte gegen diese Annahme mancherlei einzuwenden hatte, so besonders, dass ein breiter Küstenstrich bis nach dem Shesterlandleuchtturm hinab nur aus Sumpf bestände und die Luft daher mit Fieberkeimen angefüllt sei, die jedem menschlichen Wesen einen längeren Aufenthalt unmöglich machten, beharrte der Detektiv doch auf seiner Bitte. Bereits am nächsten Morgen folgte das Motorboot dann in vorsichtiger Entfernung dem Kutter des angeblichen Ingenieurs, der nach anfänglich südlichem Kurs plötzlich scharf nach Südwesten steuerte, wo in weiter Ferne durch das Glas deutlich die Spitze des Shesterlandleuchtturmes über dem Meer sichtbar war.

Die Leuchtturmwärter von Shesterland

An demselben Tag gegen zehn Uhr abends näherte sich völlig geräuschlos eine Dampfpinasse mit abgeblendeten Lichtern der Anlegetreppe des Leuchtturmes von Shesterland, an deren Eisenringen der kleine Kutter Burkins' noch immer friedlich vertaut lag. Der Pinasse entstiegen eiligst der New Yorker Detektiv, der Hafendirektor und zwei handfeste Lotsen. Mit ein paar Sprüngen erreichten die Männer die Eingangstür zum Turm, die zum Glück nur eingeklinkt war, und schlichen nun behutsam die Wendeltreppe des ganz aus Eisenplatten zusammengenieteten Bauwerks empor.

Die Überraschung der drei Verbrecher gelang vollkommen. Sie saßen gerade in dem Wohngemach um den großen Tisch, der mit allerhand Papieren, mehreren Rollen von falschen Dollarstücken, Kupferplatten und Papierproben zur Herstellung von Banknoten bedeckt war.

Nachdem die Gauner, die gegenüber den drohend auf sie gerichteten Revolvermündungen keinen Widerstand wagten, gefesselt waren, begann man sämtliche Gelasse des Leuchtturmes genau zu durchsuchen. Hierbei entdeckte man dann, eine wie vielseitig und reichhaltig ausgestattete Falschmünzerwerkstatt sich die famosen Leuchtturmwärter hier eingerichtet hatten. Das interessanteste war dabei aber zweifellos, dass die Gauner sich mit Hilfe der maschinellen Anlage, die nachts zur Drehung des Leuchtfeuers diente, einen vollständigen Prägstock hergestellt hatten, aus dem die Falschstücke mit erstaunlich scharfer Prägung des Münzbildes herauskamen.

Nun war es allerdings mit dieser sicheren und so schlau gewählten Zufluchtsstätte der erfindungsreichen Verbrecher ein für allemal vorbei. Außerdem konnte man auch mithilfe der aufgefundenen Papiere eine ganze Menge von Leuten vor Gericht bringen, die in den verschiedensten Städten der Union wohnten und den Vertrieb der Falsifikate übernommen hatten. Die »Seele des Ganzen« war jener Thomas Burkins, ein früherer Graveur, der seine Jagdausflüge nur dazu benutzte, um die »fertige Ware« abzuholen und die Genossen mit den notwendigen Instrumenten, Chemikalien und Metallen stets aufs neue zu versorgen.

August Gottlieb Meißner

Französischer Justizmord

Wann immer es um die Anfänge des deutschspra-
chigen Kriminalromans geht, wird man auf Meiß-
ners Werke stoßen. Vermutlich wollte der erklärte
Gegner der deutschen Romantik den seiner Meinung nach realitätsfernen Erzählungen und Ge-
fühlswelten dieser Epoche etwas »realistischeres«
entgegensetzen. Seine Geschichten greifen in der
Regel authentische Kriminalfälle auf, bei denen
er erstmals die psychologischen und moralischen
Hintergründe der Tat in den Blick nahm, anstatt
nur über Hergang und Bestrafung zu berichten.

Von der ehemaligen französischen Kriminaljustiz, ihren mannigfaltigen Gebrechen und vorzüglich ihrer
allzu großen, allzu raschen, allzu buchstäblichen Strenge
ist schon so manches geschrieben, so manches Beispiel ge-
sammelt worden, dass man leicht mit dieser letzteren Arbeit ganze Alphabete füllen könnte. Umsonst verhallte in
diesem Punkt Voltaires sonst so allgeachtete Stimme. Seine
Beredsamkeit konnte höchstens nur ein paar einzelne Unglückliche retten und noch gewöhnlicher ihrem Leichnam

nur zu einem ehrlichen Begräbnis verhelfen. Im Ganzen blieb alles beim Alten!

Folgende Anekdote, die für eine Ballade und theatralische Bearbeitung vielleicht kein undankbarer Stoff gewesen wäre, ist, so viel ich weiß, noch nirgends gedruckt und ungezweifelt wahr, denn ich verdanke sie der Erzählung eines Augenzeugen, der den Unglücklichen selbst zum Tode führen sah. Des nun schon seit sieben Jahren gestorbenen Oberlandbaumeister Krubfacius in Dresden.

Im Jahre 1755 lebten unter den sieben bis acht Mal hunderttausend Menschen, die Paris bewohnen, auch ein junger Schlossergeselle und sein Mädchen. Er ein fleißiger, braver, geschickter und, nach Landessitte, recht herzlich in seine Schöne verliebter Bursche, sie eine feine ehrliche Dirne, die sich durch Nähereien recht artig ihren Unterhalt erwarb, die, trotz dieses oft zweideutigen Gewerbes und trotz ihrer Unabhängigkeit als elternlose Waise, doch völlig bei unbescholtenem Ruf blieb, von allen ihren Bekannten geschätzt wurde und ihren Joseph (so hieß jener Bursche) von ganzer Seele lieb hatte. Beide glaubten bereits dem Zeitpunkt ihrer Verbindung nahe zu sein, sahen sich alle Tage und hatten sich schon ziemlich zu ihrer Wirtschaft vorbereitet.

Eines Morgens ward der junge Mann in ein Haus, dicht an der Wohnung seines Mädchens, gerufen, um ein zugeworfenes Schloss wieder aufzusprengen. Er tat dieses und wollte wieder heim gehen, als ihm sehr natürlich der Gedanke befiel, hurtig ein paar Augenblicke zu seiner so nahen Geliebten hinaufzuschlüpfen und sich: wie sie geruht habe? zu erkundigen. Gedacht, getan! Sie wohnte im fünften Stockwerk; ihr Vorhaus pflegte verschlossen zu sein. Der junge Schlosser klingelte daher auch jetzt, aber er klingelte lange vergebens. Ein so früher Ausgang schien ihm verdächtig, und es erwachte bald die eifersüchtige Besorgnis: Wie? Wenn sie sich vielleicht mit Fleiß verschlossen, dich gesehen, wohl gar irgendetwas Unrechtmäßiges dir zu verbergen hätte?

Ein solcher Argwohn im Kopf eines Alt- oder Neufranken ist immer ein schlimmer Gast. Auch Josephs Verdacht ward mit jedem neuen Klingelzug stärker. Er legte sein Ohr dicht an ein paar Spalten der Tür und glaubte, nach der gewöhnlichen Art der Selbstquäler, wirklich darin ein Flüstern und Rascheln zu vernehmen. Natürlich, dass durch alles dieses seine Unruhe trefflich wuchs; er sann bereits hin und her auf Rache; und endlich fiel es ihm ein, dass er ja soeben durch ein günstig scheinendes Ungefähr sein Handwerkszeug bei sich habe.

Wie, dachte er, wenn ich mich nun dessen zur Eröffnung dieser Tür bediente? Ist meine Braut treulos, so verdient sie Beschämung, und unser Handel ist geendigt. Ist sie unschuldig, so bitte ich um Verzeihung, und sie vergibt meiner Eifersucht, um meiner Liebe willen. Aber wie? Wenn sie noch schliefe? Müsste doch wahrlich ein Totenschlaf sein! Und zudem wäre ja dem Bräutigam auch wohl solch eine Überraschung vergönnt.

Noch während dieses ungesprochenen Monologs bediente der Eifersüchtige sich bereits seines Handwerkszeugs, eröffnete ziemlich leise die Tür, fand das Zimmer offen und huschte hinein. Jetzt erkannte er seinen Verdacht unbegründet und fand, dass sein Mädchen wirklich schon ausgegangen sei. Er wollte sich daher sogleich wieder entfernen, als ihm auf ihrem Arbeitstisch ein kleines, niedliches verschlossenes Kästchen in die Augen fiel.

Was ist das?, setzte er seine Gedankenreihe fort. Noch nie sah ich dieses Kästchen bei ihr. Es ist so leicht; höchstens können einige Papiere darin verwahrt sein. Ich will einen Scherz machen, will es mitnehmen. Wenn sie es vermisst, auf wen wird sie wohl raten? Sicher wird sie zu mir kommen – wird mir es klagen. Ich lasse sie dann ein wenig in der Angst zappeln, zeige es ihr endlich, mache den Argwöhnischen, vermute Liebesbriefchen darin und so weiter, kurz, ich will es mitnehmen.

Auch diesen Einfall vollführte er, machte ganz geschickt die Saaltür wieder zu und entfernte sich, von niemandem im ganzen Haus, wie er glaubte, bemerkt.

Kurz darauf kam die Näherin heim; an der Saaltür spürte sie nichts, aber beim ersten Eintritt ins Zimmer vermisste sie sogleich ihr Kästchen, denn gerade dessentwegen kam sie wieder nach Hause; es waren Spitzen von einigen hundert Livres am Wert darin; sie hatte solche vorher schon zu der Herrschaft, der sie gehörten und von welcher sie dieselben zum Ausbessern erhalten, nach Hause tragen wollen, aber unglücklicherweise über andern Dingen sie vergessen. Jetzt, als sie verschwunden waren, erhob sie ein lautes Geschrei. Im ganzen Haus lief sie herum, erzählte jedermann, dass sie bestohlen worden sei, fragte, ob man keine Spur von den Dieben ihr geben könne und überließ sich bei einem Verlust, der ihr so unersetzlich schien, der äußersten Verzweiflung.

Der Wirt, als er von ihrem Unfall erfuhr, schickte aus Mitleid sowohl gegen das arme Mädchen als aus Sorge für den guten Ruf seines Hauses sogleich nach einem Polizeikommissar; es ward die strengste Untersuchung in allen Stockwerken angestellt, aber man fand natürlicherweise das Kästchen nirgends. Bei den sämtlichen Hausgenossen ward nun nachgeforscht: Ob sie nicht irgendjemand kommen oder weggehen gesehen hätten? Aber auch hier wollte sich eben so wenig irgendeine Spur finden, und die Gerichtspersonen waren schon im Begriff sich zu entfernen, als eine Strumpfstrickerin, die diesem Haus gegenüber ihren Laden hatte, durch das Getümmel herbeigelockt ward und von dem Vorfall hörte.

»Je nun«, fing sie ganz in ihrer Unschuld an, »jemanden hätte ich doch wohl unterdes ins Haus hinein und wieder herausgehen sehen, jemand, der allerdings oben gewesen sein muss, aber unmöglich der Dieb sein wird.«

Man fragte sie, wer das gewesen sei?

»Der Jungfrau ihr Bräutigam; er blieb ein geraumes Weilchen darin!«

Bei diesen Worten erblasste das arme Mädchen und versicherte, dass der gewiss nichts ihr weggenommen habe. Aber der Polizeibeamte behauptete sogleich, dass auch bei ihm Nachforschung geschehen müsste. Man ging hin; er war abermals ausgegangen, doch man durchstöberte seinen Verschlag, und siehe da, das vermisste Kästchen, nur ganz leicht in seiner Wäsche versteckt, fiel bald in die Hände der Suchenden.

Sogleich folgte die Wache an den Ort ihm nach, wo er hingegangen war. Der arme Jüngling staunte nicht wenig, als er sich verhaftet sah; doch er schien wieder guten Mutes zu werden, als er hörte, warum dies geschehe. Er erzählte sogleich alles, was wir kurz vorher auch erzählt haben, gestand, dass er die Saaltür aufgemacht, das Kästchen mitgenommen und einen Spaß mit seinem Mädchen haben wollen; aber er erschrak schon ein wenig, als man ihm versicherte: dass vor Gericht ein solcher Spaß nicht gälte, sondern dass auf die Aufsprengung einer Tür in des Inwohners Abwesenheit und auf die Entwendung einer schon weit geringfügigem Sache nichts geringeres als der Strang stehe.

Er entschuldigte sich zwar, dass dies alles seiner Absicht halber für keinen Diebstahl gelten könne; er erbot sich zu dem feierlichen Eid, dass er jetzt erst erfahre, was in diesem Kästchen, dessen Schloss er nicht einmal angerührt habe, enthalten sei. Aber man erwiderte, dass dieses eine leichte

Ausrede jedes Spitzbuben sein würde und ein falscher Eid bei einem solchen Fall gar leicht sich schwören lasse. Kurz, der peinliche Prozess nahm in aller Förmlichkeit seinen Anfang.

Jetzt entfiel dem Ärmsten das Herz. Umsonst gab ihm sein bisheriger Meister, umsonst jeder seiner Bekannten das Zeugnis des unsträflichsten Lebens. Umsonst warf sich sein verzweiflungsvolles Mädchen zu den Füßen seiner Richter; umsonst schienen selbst diese, so wie ganz Paris, von seiner Unschuld überzeugt zu sein. Der tötende Buchstabe des Gesetzes ging aller andern Rücksicht vor, und wenige Tage darauf beschloss der Unglückliche am Galgen sein Leben.

Friedrich Schiller

Verbrecher aus Infamie – Eine wahre Geschichte

Der Nationalheilige des deutschen Dramas – ein Krimiautor? Hüter unseres kulturellen Erbes dürften sich verwundert am Kopf kratzen wenn sie erfahren, dass Schiller sich als einer von nicht wenigen Zeitgenossen an einem Genre versuchte, das heute als »True Crime« vermarktet wird. Das Interesse an wahren, unterhaltsam und spannend nacherzählten Kriminalfällen war im achtzehnten Jahrhundert nicht geringer als heute – sei es aus Sensationslust oder morbider Faszination an den Abgründen der Menschheit. Und es schadet nicht, einen der am wenigsten beachteten Texte dieses bekannten Autors neu zu entdecken.

Christian Wolf war der Sohn eines Gastwirts in einer Landstadt (deren Namen man, aus Gründen die sich in der Folge aufklären, verschweigen musste) und half seiner Mutter, denn der Vater war tot, bis in sein zwanzigstes Jahr die Wirtschaft besorgen. Die Wirtschaft war schlecht, und Wolf hatte müßige Stunden. Schon von der Schule her war er als loser Bube bekannt. Erwachsene Mädchen führten Klage über seine Frechheit, und die Jungen des Städtchens huldigten seinem erfinderischen Kopf. Die Natur hatte seinen Körper verabsäumt. Eine kleine unscheinbare Figur, krauses Haar von einer unangenehmen Schwärze, eine plattgedrückte Nase und eine geschwollene Oberlippe, welche noch überdies durch den Schlag eines Pferdes aus ihrer Richtung gewichen war, gaben seinem Anblick eine Widrigkeit, welche alle Weiber von ihm zurückscheuchte, und dem Witz seiner Kameraden eine reichliche Nahrung bot. Die Verachtung seiner Person hatte früh seinen Stolz verwundet, und zündete endlich einen schleichenden Unmut in seinem Herzen an, welcher nie mehr erloschen ist.

Er wollte ertrotzen, was ihm verweigert war; weil er missfiel, setzte er sich vor zu gefallen. Er war sinnlich, und beredete sich, dass er liebe. Das Mädchen das er wählte, misshandelte ihn, er hatte Ursache zu fürchten, dass seine Nebenbuhler glücklicher wären; doch das Mädchen war arm. Ein Herz, das seinen Beteuerungen verschlossen blieb, öffnete sich vielleicht seinen Geschenken, aber ihn selbst drückte Mangel, und der eitle Versuch, seine Außenseite gelten zu machen, verschlang vollends das wenige, was er durch eine schlechte Wirtschaft erwarb. Zu bequem und zu unwissend, seinem zerrütteten Hauswesen durch Spekulation aufzuhelfen, zu stolz, auch zu weichlich den Herrn der er bisher gewesen war, mit dem Bauer zu vertauschen, und seiner angebeteten Freiheit zu entsagen, sah er nur einen Ausweg vor sich – den tausende vor ihm und nach ihm mit besserem Glück ergriffen haben – den Ausweg honett zu stehlen. Seine Vaterstadt grenzte an eine landesherrliche Waldung, er wurde Wilddieb, und der Ertrag seines Raubes wanderte treulich in die Hände seiner Geliebten.

Unter den Liebhabern Hannchens war Robert, ein Jägerbursche des Försters. Frühzeitig merkte dieser den Vorteil, den die Freigebigkeit seines Nebenbuhlers über ihn gewonnen hatte, und mit Scheelsucht forschte er nach den Quellen dieser Veränderung. Er zeigte sich fleißiger in der Sonne – dies war das Schild zu dem Wirtshaus – sein lauerndes Auge von Eifersucht und Neid geschärft, entdeckte ihm bald, woher dieses Geld floss. Nicht lange vorher war ein strenges Edikt gegen die Wildschützen erneuert worden, welches den Übertreter zum Zuchthaus verdammte. Robert war unermüdet, die geheimen Gänge seines Feinds zu beschleichen, endlich gelang es ihm auch, den Unbesonnenen über der Tat zu ergreifen. Wolf wurde eingezogen, und nur mit Aufopferung seines ganzen Vermögens brachte er es mühsam dahin, die zuerkannte Strafe durch eine Geldbuße abzuwenden.

Robert triumphierte. Sein Nebenbuhler war aus dem Felde geschlagen, und Hannchens Gunst für den Bettler verloren. Wolf kannte seinen Feind, und dieser Feind war der glückliche Besitzer seiner Johanne. Drückendes Gefühl des Mangels gesellte sich zu beleidigtem Stolz, Not und

Eifersucht stürmen vereinigt auf seine Empfindlichkeit ein, der Hunger treibt ihn hinaus in die weite Welt, Rache und Leidenschaft halten ihn fest. Er wird zum zweiten Mal Wilddieb, aber Roberts verdoppelte Wachsamkeit überlistet ihn zum zweiten Mal wieder. Jetzt erfährt er die ganze Schärfe des Gesetzes: denn er hat nichts mehr zu geben, und in wenigen Wochen wird er in das Zuchthaus der Residenz abgeliefert.

Das Strafjahr war überstanden, seine Leidenschaft durch die Entfernung gewachsen, und sein Trotz unter dem Gewicht des Unglücks gestiegen. Kaum erlangt er die Freiheit, so eilt er nach seinem Geburtsort, sich seiner Johanne zu zeigen. Er erscheint: man flieht ihn. Die dringende Not hat endlich seinen Hochmut gebeugt, und seine Weichlichkeit überwunden – er bietet sich den Reichen des Orts an, und will für den Taglohn dienen. Der Bauer zuckt über den schwachen Zärtling die Achsel; der derbe Knochenbau seines handfesten Mitbewerbers sticht ihn bei diesem gefühllosen Gönner aus. Er wagt einen lezten Versuch. Ein Amt ist noch ledig, der äußerste verlorne Posten des ehrlichen Namens – er meldet sich zum Hirten des Städtchens, aber der Bauer will seine Schweine keinem Taugenichts anvertrauen. In allen Entwürfen getäuscht, an allen Orten zurückgewiesen, wird er zum dritten Mal Wilddieb, und zum dritten Mal trifft ihn das Unglück seinem wachsamen Feind in die Hände zu fallen.

Verbrecher aus Infamie – Eine wahre Geschichte

Der doppelte Rückfall hatte seine Verschuldung erschwert. Die Richter sahen in das Buch der Gesetze, aber nicht einer in die Gemütsfassung des Beklagten. Das Mandat gegen die Wilddiebe bedurfte einer solennen[8] und exemplarischen Genugtuung, und Wolf ward verurteilt, das Zeichen des Galgens auf den Rücken gebrannt, drei Jahre auf der Festung zu arbeiten.

Auch diese Periode verlief, und er ging von der Festung – aber ganz anders, als er dahin gekommen war. Hier fängt eine neue Epoche in seinem Leben an; man höre ihn selbst, wie er nachher gegen seinen geistlichen Beistand und vor Gericht bekannt hat: »Ich betrat die Festung«, sagte er, »als ein Verirrter, und verließ sie als ein Lotterbube. Ich hatte noch etwas in der Welt gehabt das mir teuer war, und mein Stolz krümmte sich unter der Schande. Wie ich auf die Festung gebracht war, sperrte man mich zu dreiundzwanzig Gefangenen ein, unter denen zwei Mörder; und die übrigen alle berüchtigte Diebe und Vagabunden waren. Man verhöhnte mich, wenn ich von Gott sprach, und setzte mir zu, schändliche Lästerungen gegen den Erlöser zu sagen. Man sang mir Hurenlieder vor; die ich, ein liederlicher Bube, nicht ohne Ekel und Entsetzen hörte, aber was ich ausüben sah, empörte meine Schamhaftigkeit noch mehr. Kein Tag verging, wo nicht irgendein schändlicher Lebenslauf wiederholt, irgendein schlimmer Anschlag geschmiedet ward. Anfangs floh ich dieses Volk, und verkroch mich

---

[8] feierlichen

vor ihren Gesprächen, so gut mir's möglich war, aber ich brauchte ein Geschöpf, und die Barbarei meiner Wächter hatte mir auch meinen Hund abgeschlagen. Die Arbeit war hart und tyrannisch, mein Körper kränklich, ich brauchte Beistand, und wenn ich's aufrichtig sagen soll, ich brauchte Bedauerung, und diese musste ich mit dem letzten Überrest meines Gewissens erkaufen. So gewöhnte ich mich endlich an das Abscheulichste, und im letzten Vierteljahr hatte ich meine Lehrmeister übertroffen.

Von jetzt an lechzte ich nach dem Tag meiner Freiheit, wie ich nach Rache lechzte. Alle Menschen hatten mich beleidigt, denn alle waren besser und glücklicher als ich. Ich betrachtete mich als den Märtyrer des natürlichen Rechts, und als ein Schlachtopfer der Gesetze. Zähneknirschend rieb ich meine Ketten, wenn die Sonne hinter meinem Festungsberg heraufkam, eine weite Aussicht ist zwiefache Hölle für einen Gefangenen. Der freie Zugwind der durch die Luftlöcher meines Turmes pfiff, und die Schwalbe die sich auf dem eisernen Stab meines Gitters niederließ, schienen mich mit ihrer Freiheit zu necken, und machten mir meine Gefangenschaft desto grässlicher. Damals gelobte ich unversöhnlichen glühenden Hass allem was dem Menschen gleicht, und was ich gelobte, hab ich redlich gehalten.

Mein erster Gedanke, sobald ich mich frei sah, war meine Vaterstadt. So wenig auch für meinen künftigen Unterhalt da zu hoffen war, so viel versprach sich mein Hunger nach Rache. Mein Herz klopfte wilder, als der Kirchturm von weitem aus dem Gehölz stieg. Es war nicht mehr das herzliche Wohlbehagen, wie ich's bei meiner ersten Wallfahrt empfunden hatte – das Andenken allen Ungemachs, aller Verfolgungen die ich dort einst erlitten hatte, erwachte mit einem Mal aus einem schrecklichen Todesschlaf, alle Wunden bluteten wieder, alle Narben gingen auf. Ich verdoppelte meine Schritte, denn es erquickte mich im Voraus, meine Feinde durch meinen plötzlichen Anblick in Schreien zu setzen, und ich dürstete jetzt eben so sehr nach neuer Erniedrigung, als ich ehmals davor gezittert hatte.

Die Glocken läuteten zur Vesper, als ich mitten auf dem Markt stand. Die Gemeinde wimmelte zur Kirche. Man erkannte mich schnell, jedermann der mir aufstieß, trat scheu zurück. Ich hatte von jeher die kleinen Kinder sehr lieb gehabt, und auch jetzt übermannte mich's unwillkürlich, dass ich einem Knaben, der neben mir vorbeihüpfte, einen Groschen bot. Der Knabe sah mich einen Augenblick starr an, und warf mir den Groschen ins Gesicht. Wäre mein Blut nur etwas ruhiger gewesen, so hätte ich mich erinnert, dass der Bart den ich noch von der Festung mitbrachte, meine Gesichtszüge bis zum Grässlichen entstellte – aber mein böses Herz hatte meine Vernunft angesteckt. Tränen, wie ich sie nie geweint hatte, liefen über meine Backen.

›Der Knabe weiß nicht wer ich bin, noch woher ich komme‹, sagte ich halb laut zu mir selbst, ›und doch meidet er mich, wie ein schändliches Tier. Bin ich denn irgendwo auf der Stirn gezeichnet, oder habe ich aufgehört, einem Menschen ähnlich zu sehen, weil ich fühle, dass ich keinen mehr lieben kann?‹ – Die Verachtung dieses Knaben schmerzte mich bitterer als dreijähriger Galliotendienst, denn ich hatte ihm Gutes getan, und konnte ihn keines persönlichen Hasses beschuldigen.

Ich setzte mich auf einen Zimmerplatz, der Kirche gegenüber, was ich eigentlich wollte, weiß ich nicht; doch ich weiß noch, dass ich mit Erbitterung aufstand, als von allen meinen vorübergehenden Bekannten keiner mich nur eines Grußes gewürdigt hatte, auch nicht einer. Unwillig verließ ich meinen Standort, eine Herberge aufzusuchen; als ich an der Ecke einer Gasse umlenkte, rannte ich gegen meine Johanne. ›Sonnenwirt!‹, schrie sie laut auf, und machte eine Bewegung mich zu umarmen. ›Du wieder da, lieber Sonnenwirt, Gott sei Dank, dass du wiederkommst!‹ Hunger und Elend sprach aus ihrer Bedeckung, eine schändliche Krankheit aus ihrem Gesicht, ihr Anblick verkündigte die verworfenste Kreatur, zu der sie erniedrigt war. Ich ahnte schnell, was hier geschehen war, einige fürstliche Dragoner, die mir eben begegnet waren, ließen mich erraten, dass Garnison in dem Städtchen lag. ›Soldatendirne!‹, rief ich, und drehte ihr lachend den Rücken zu. Es tat mir wohl, dass noch ein Geschöpf unter mir war im Rang der Lebendigen. Ich hatte sie niemals geliebt.

Verbrecher aus Infamie – Eine wahre Geschichte

Meine Mutter war tot. Mit meinem kleinen Haus hatten sich meine Gläubiger bezahlt gemacht. Ich hatte niemanden und nichts mehr. Alle Welt floh mich wie einen Giftigen, aber ich hatte endlich verlernt mich zu schämen. Vorher hatte ich mich dem Anblick der Menschen entzogen, weil Verachtung mir unerträglich war. Jetzt drang ich mich auf, und ergötzte mich, sie zu verscheuchen. Es war mir wohl, weil ich nichts mehr zu verlieren, und nichts mehr zu hüten hatte. Ich brauchte keine gute Eigenschaft mehr, weil man keine mehr bei mir vermutete. Man ließ mich Schandtaten büßen, die ich noch nicht begangen hatte; ich hatte noch schlechte Streiche bei dem Menschengeschlecht gut, weil ich im voraus dafür gelitten hatte. Meine Infamie war das niedergelegte Kapital, von dessen Zinsen ich noch lange Zeit schwelgen konnte.

Die ganze Welt stand mir offen, ich hätte vielleicht in einer fremden Provinz für einen ehrlichen Mann gegolten, aber ich hatte den Mut verloren, es auch nur zu scheinen. Verzweiflung und Schande hatten mir endlich diese Sinnesart aufgezwungen. Es war die letzte Ausflucht die mir übrig war, die Ehre entbehren zu lernen, weil ich an keine mehr Anspruch machen durfte. Hätten meine Eitelkeit und mein Stolz meine Infamie erlebt, so hätte ich mich selber entleiben müssen.

Was ich nunmehr eigentlich beschlossen hatte, war mir selber noch unbekannt. Ich wollte Böses tun, soviel erinnere ich mich noch dunkel. Ich wollte mein Schicksal verdienen. Die Gesetze, meinte ich, wären Wohltaten für die Welt, also fasste ich den Vorsatz, sie zu verletzen; ehmals hatte ich aus Notwendigkeit und Leichtsinn gesündigt, jetzt tat ich's aus freier Wahl zu meinem Vergnügen.

Mein erstes war, dass ich mein Wildschießen fortsetzte. Die Jagd überhaupt war mir nach und nach zur Leidenschaft geworden, und außerdem musste ich ja leben. Aber dies war es nicht allein; es kitzelte mich das fürstliche Edikt zu verhöhnen und meinem Landesherrn nach allen Kräften zu schaden. Ergriffen zu werden, besorgte mich nicht mehr, denn jetzt hatte ich eine Kugel für meinen Entdecker bereit, und das wusste ich, dass mein Schuss seinen Mann nicht fehlte. Ich erlegte alles Wild das mir aufstieß, nur weniges machte ich auf der Grenze zu Geld, das meiste ließ ich verwesen. Ich lebte kümmerlich, um nur den Aufwand an Blei und Pulver zu bestreiten. Meine Verheerungen in der großen Jagd wurden ruchbar, aber mich drückte kein Verdacht mehr. Mein Anblick löschte ihn aus. Mein Name war vergessen.

Diese Lebensart trieb ich mehrere Monate. Eines Morgens hatte ich nach meiner Gewohnheit das Holz durchstrichen, die Fährte eines Hirsches zu verfolgen. Zwei Stunden hatte ich mich vergeblich ermüdet, und schon fing ich an, meine Beute verloren zu geben, als ich sie auf einmal in schussgerechter Entfernung entdecke. Ich will anschlagen und abdrücken – aber plötzlich erschreckt mich der Anblick eines Hutes, der wenige Schritte vor mir auf der Erde liegt. Ich forsche genauer, und erkenne den Jäger Robert, der hinter dem dicken Stamm einer Eiche auf eben das Wild anschlägt, dem ich den Schuss bestimmt hatte. Eine tödliche Kälte fährt bei diesem Anblick durch meine Gebeine. Just das war der Mensch, den ich unter allen lebendigen Dingen am grässlichsten hasste, und dieser Mensch war in die Gewalt meiner Kugel gegeben. In diesem Augenblick dünkte mich's, als ob die ganze Welt in meinem Flintenschuss läge, und der Hass meines ganzen Lebens in die einzige Fingerspitze sich zusammendrängte, womit ich den mörderischen Druck tun sollte. Eine unsichtbare fürchterliche Hand schwebte über mir, der Stundenweiser meines Schicksals zeigte unwiderruflich auf diese schwarze Minute. Der Arm zitterte mir, da ich meiner Flinte die schreckliche Wahl erlaubte – meine Zähne schlugen zusammen wie im Fieberfrost, und der Odem sperrte sich erstickend in meiner Lunge. Eine Minute lang blieb der Lauf meiner Flinte ungewiss zwischen dem Menschen und dem Hirsch mitten inne schwanken – eine Minute – und noch eine – und wieder eine. Rache und Gewissen rangen hartnäckig und zweifelhaft, aber die Rache gewann's, und der Jäger lag tot am Boden.

Mein Gewehr fiel mit dem Schuss ... ›Mörder ...‹, stammelte ich langsam – der Wald war still wie ein Kirchhof – ich hörte deutlich, dass ich Mörder sagte. Als ich näher schlich, starb der Mann. Lange stand ich sprachlos vor dem Toten, ein helles Gelächter endlich machte mir Luft.

Wirst du jetzt deinen Mund halten, guter Freund!, sagte ich, und trat keck hin, indem ich zugleich das Gesicht des Ermordeten auswärts kehrte. Die Augen standen ihm weit auf. Ich wurde ernsthaft, und schwieg plötzlich wieder stille. Es fing mir an, seltsam zu werden.

Bis hierher hatte ich auf Rechnung meiner Schande gefrevelt, jetzt war etwas geschehen, wofür ich noch nicht gebüßt hatte. Eine Stunde vorher, glaube ich, hätte mich kein Mensch überredet, dass es noch etwas schlechteres, als mich unter dem Himmel gebe; jetzt fing ich an zu mutmaßen, dass ich vor einer Stunde wohl gar zu beneiden war.

Gottes Gerichte fielen mir nicht ein – wohl aber eine, ich weiß nicht welche? verwirrte Erinnerung an Strang und Schwert, und die Exekution einer Kindermörderin, die ich als Schuljunge mit angesehen hatte. Etwas ganz besonders schreckbares lag für mich in dem Gedanken, dass von jetzt an mein Leben verwirkt sei. Auf mehr besinne ich mich nicht mehr. Ich wünschte gleich darauf, dass er noch lebte. Ich tat mir Gewalt an, mich lebhaft an alles Böse zu erinnern, das mir der Tote im Leben zugefügt hatte, aber – sonderbar, mein Gedächtnis war wie ausgestorben. Ich konnte nichts mehr von alle dem hervorrufen, was mich vor einer Viertelstunde zum Rasen gebracht hatte. Ich begriff gar nicht, wie ich zu dieser Mordtat gekommen war.

Noch stand ich vor der Leiche, noch immer. Das Knallen einiger Peitschen, und das Geknarre von Frachtwagen, die durchs Holz fuhren, brachte mich zu mir selbst. Es war kaum eine Viertelmeile abseits der Heerstraße, wo die Tat geschehen war. Ich musste auf meine Sicherheit denken.

Unwillkürlich verlor ich mich tiefer in den Wald. Auf dem Weg fiel mir ein, dass der Entleibte sonst eine Taschenuhr besessen hätte. Ich brauchte Geld, um die Grenze zu erreichen – und doch fehlte mir der Mut, nach dem Platz umzuwenden, wo der Tote lag. Hier erschreckte mich ein Gedanke an den Teufel, und eine Allgegenwart Gottes. Ich raffte meine ganze Kühnheit zusammen; entschlossen, es mit der ganzen Hölle aufzunehmen, ging ich nach der Stelle zurück. Ich fand, was ich erwartet hatte, und in einer grünen Börse noch etwas weniges über einen Taler an Geld. Eben da ich beides zu mir stecken wollte, hielt ich plötzlich inne, und überlegte. Es war keine Anwandlung von Scham, auch nicht Furcht, mein Verbrechen durch Plünderung zu vergrößern – Trotz, glaube ich, war es, dass ich die Uhr wieder von mir warf, und von dem Geld nur die Hälfte behielt. Ich wollte für einen persönlichen Feind des Erschossenen, aber nicht für seinen Räuber gehalten sein.

Jetzt floh ich waldeinwärts. Ich wusste, dass das Holz sich vier deutsche Meilen nordwärts erstreckte, und dort an die Grenzen des Landes stieß. Biss zum hohen Mittag lief ich atemlos. Die Eilfertigkeit meiner Flucht hatte meine Gewissensangst zerstreut, aber sie kam schrecklicher zurück, wie meine Kräfte mehr und mehr ermatteten. Tausend grässliche Gestalten gingen an mir vorüber, und schlugen wie schneidende Messer in meine Brust. Zwischen einem Leben voll rastloser Todesfurcht und einer gewaltsamen Entleibung war mir jetzt eine schreckliche Wahl gelassen, und ich musste wählen. Ich hatte das Herz nicht, durch Selbstmord aus der Welt zu gehen, und entsetzte mich vor der Aussicht, darin zu bleiben. Geklemmt zwischen die gewissen Qualen des Lebens, und die ungewissen Schrecken der Ewigkeit, gleich feige zu leben und zu sterben brachte ich die sechste Stunde meiner Flucht dahin, eine Stunde vollgepresst von Qualen, wovon noch kein lebendiger Mensch zu erzählen weiß, die mir Gottes Barmherzigkeit auf dem Rabenstein erlassen wird.

In mich gekehrt und langsam, ohne mein Wissen den Hut tief ins Gesicht gedrückt, als ob mich das vor dem Auge der leblosen Natur hätte unkenntlich machen sollen, hatte ich unvermerkt einen schmalen Fußsteig verfolgt, der mich durch das dunkelste Dickicht führte – als plötzlich eine raue befehlende Stimme vor mir her ›Halt!‹, rief. Die Stimme war ganz nahe, meine Zerstreuung und der heruntergedrückt Hut hatten mich verhindert um mich herum zu schauen. Ich schlug die Augen auf, und sah einen wilden Mann auf mich zu kommen, der eine große knotige Keule trug. Seine Figur ging ins riesenhafte – meine erste Bestürzung wenigstens hatte mich das glauben gemacht – und die Farbe seiner Haut war von einer gelben Mulattenschwärze, woraus das weiße eines schielenden Auges hervortrat. Er hatte statt eines Gurts ein dickes Seil zweifach um einen grünen wollenen Rock geschlagen, worin ein breites Schlachtmesser bei einer Pistole stak. Der Ruf wurde wiederholt, und ein kräftiger Arm hielt mich fest. Der Laut eines Menschen hatte mich in Schrecken gejagt, aber der Anblick eines Bösewichts gab mir Herz. In der Lage worin ich jetzt war, hatte ich Ursache vor jedem redlichen Mann, aber keine mehr vor einem Schurken zu zittern.

›Wer da?‹, sagte diese Erscheinung.

›Deinesgleichen‹, war meine Antwort, ›wenn du der wirklich bist, dem du gleich siehst.‹

›Da hinaus geht der Weg nicht. Was hast du hier zu suchen?‹

›Was hast du hier zu fragen?‹, versetzte ich trotzig.

Der Mann betrachtete mich zweimal vom Fuß bis zum Wirbel. Es schien, als ob er meine Figur gegen die seinige, und meine Antwort gegen meine Figur halten wollte – ›Du sprichst brutal wie ein Bettler‹, sagte er endlich.

›Das mag sein. Ich bin's noch gestern gewesen.‹

Der Mann lachte. ›Man sollte drauf schwören‹, rief er, ›du wolltest auch noch jetzt für nichts besseres gelten.‹

Für etwas schlechteres also – Ich wollte weiter.

›Sachte Freund. Was jagt dich denn so? Was hast du für Zeit zu verlieren?‹

Ich besann mich einen Augenblick. Ich weiß nicht, wie mir das Wort auf die Zunge kam. ›Das Leben ist kurz‹, sagte ich langsam, ›und die Hölle währt ewig.‹

Er sah mich an. ›Ich will verdammt sein‹, sagte er endlich, ›oder du bist an irgendeinem Galgen hart vorbeigestreift.‹

›Das mag wohl noch kommen. Also auf Wiedersehen, Kamerad!‹

›Topp Kamerad!‹, schrie er, indem er eine zinnerne Flasche aus seiner Jagdtasche hervorlangte, einen kräftigen Schluck daraus tat, und mir sie reichte. Flucht und Beängstigung hatten meine Kräfte aufgezehrt, und diesen ganzen entsetzlichen Tag war noch nichts über meine Lippen gekommen. Schon fürchtete ich in dieser Waldgegend zu verschmachten, wo auf drei Meilen in der Runde kein Labsal für mich zu hoffen war. Man urteile, wie froh ich auf diese angebotene Gesundheit Bescheid tat. Neue Kraft floss mit diesem Erquicktrunk in meine Gebeine, und frischer Mut in mein Herz, und Hoffnung und Liebe zum Leben. Ich fing an zu glauben, dass ich doch wohl nicht ganz elend wäre, soviel konnte dieser willkommene Trank. Ja, ich bekenne es, mein Zustand grenzte wieder an einen glücklichen, denn endlich, nach tausend fehlgeschlagenen Hoffnungen endlich, hatte ich eine Kreatur angetroffen, die mir ähnlich schien. In dem Zustand, in den ich versunken war, hätte ich mit dem höllischen Geist Kameradschaft getrunken, um einen Vertrauten zu haben.

Der Mann hatte sich aufs Gras hingestreckt, ich tat ein Gleiches.

Verbrecher aus Infamie – Eine wahre Geschichte

›Dein Trunk hat mir wohlgetan‹, sagte ich. ›Wir müssen bekannter werden.‹

Er schlug Feuer seine Pfeife zu zünden.

›Treibst du das Handwerk schon lange?‹

Er sah mich fest an. ›Was willst du damit sagen?‹

›War das schon oft blutig?‹ Ich zog das Messer aus seinem Gürtel.

›Wer bist du?‹, sagte er erschrocken und legte die Pfeife von sich.

›Ein Mörder wie du – aber nur erst ein Anfänger.‹

Der Mann sah mich steif an, und nahm seine Pfeife wieder.

›Du bist nicht hier zu Hause?‹, sagte er endlich.

›Drei Meilen von hier. Der Sonnenwirt in L... wenn du von mir gehört hast.‹

Der Mann sprang auf wie ein Besessener. ›Der Wildschütze Wolf?‹, schrie er hastig.

›Der nämliche.‹

›Willkommen Kamerad! Willkommen!‹, rief er und schüttelte mir kräftig die Hände. ›Das ist brav, dass ich dich endlich habe, Sonnenwirt. Jahr und Tag schon sinne ich darauf, dich zu kriegen. Ich kenne dich recht gut. Ich weiß um alles. Ich habe lange auf dich gerechnet.‹

›Auf mich gerechnet? Wozu denn?‹

›Die ganze Gegend ist voll von dir. Du hast Feinde, ein Amtmann hat dich gedrückt, Wolf. Man hat dich zu

Grunde gerichtet, himmelschreiend ist man mit dir umgegangen.‹

Der Mann wurde hitzig. ›Weil du ein paar Schweine geschossen hast, die der Fürst auf unsern Äckern und Feldern füttert, haben sie dich jahrelang im Zuchthaus und auf der Festung herumgezogen, haben sie dich um Haus und Wirtschaft bestohlen, haben sie dich zum Bettler gemacht. Ist es dahin gekommen, Bruder, dass der Mensch nicht mehr gelten soll als ein Hase? Soll ein Untertan des Fürsten für eine wilde Sau des Fürsten zum Geisel dienen? Sind wir nicht besser, als das Vieh auf dem Feld? – Und ein Kerl wie du konnte das dulden?‹

›Konnte ich's ändern?‹

›Das werden wir ja wohl sehen. Aber sage mir doch, woher kommst du denn jetzt, und was führst du im Schilde?‹

Ich erzählte ihm meine ganze Geschichte. Der Mann, ohne abzuwarten, bis ich zu Ende war, sprang mit froher Ungeduld auf, und mich zog er nach. ›Komm Bruder Sonnenwirt‹, sagte er, ›jetzt bist du reif, jetzt hab ich dich, wo ich dich brauchte. Ich werde Ehre mit dir einlegen. Folge mir.‹

›Wo willst du mich hinführen?‹

›Frage nicht lange. Folge!‹ Er schleppte mich mit Gewalt fort.

Wir waren eine kleine Viertelmeile gegangen. Der Wald wurde immer abschüssiger, unwegsamer und wilder, keiner von uns sprach ein Wort, bis mich endlich die Pfeife meines Führers aus meinen Betrachtungen aufschreckte. Ich schlug die Augen auf, wir standen am schroffen Absturz eines Felsens, der sich in eine tiefe Kluft hinunterbückte. Eine zweite Pfeife antwortete aus dem innersten Bauch des Felsens, und eine Leiter kam, wie von sich selbst, langsam aus der Tiefe gestiegen. Mein Führer kletterte zuerst hinunter, mich hieß er warten, bis er wiederkäme. ›Erst muss ich den Hund an Ketten legen lassen‹, setzte er hinzu, ›du bist hier fremd, die Bestie würde dich zerreißen.‹ Damit ging er.

Jetzt stand ich allein vor dem Abgrund, und ich wusste recht gut, dass ich allein war. Die Unvorsichtigkeit meines Führers entging meiner Aufmerksamkeit nicht. Es hätte mich nur einen beherzten Entschluss gekostet, die Leiter heraufzuziehen, so war ich frei, und meine Flucht war gesichert. Ich gestehe, dass ich das einsah. Ich sah in den Schlund hinab, der mich jetzt aufnehmen sollte, es erinnerte mich dunkel an den Abgrund der Hölle, woraus keine Erlösung mehr ist. Mir fing an vor der Laufbahn zu schaudern, die ich nunmehr betreten wollte, nur eine schnelle Flucht konnte mich retten. Ich beschließe diese Flucht – schon strecke ich den Arm nach der Leiter aus – aber auf einmal donnert's in meinen Ohren, es umhallt mich wie Hohngelächter der Hölle: Was hat ein Mörder zu wagen? – und mein Arm fällt gelähmt zurück. Meine Rechnung war fällig, die Zeit der Reue war dahin, mein begangener Mord lag hinter mir aufgetürmt wie ein Fels, und sperrte meine Rückkehr auf ewig. Zugleich erschien auch mein Führer wieder, und kündigte mir an, dass ich kommen sollte. Jetzt war ohnehin keine Wahl mehr. Ich kletterte hinunter.

Wir waren wenige Schritte unter der Felsmauer weggegangen, so erweiterte sich der Grund, und einige Hütten wurden sichtbar. Mitten zwischen diesen öffnete sich ein runder Rasenplatz, auf welchem sich eine Anzahl von achtzehn bis zwanzig Menschen um ein Kohlefeuer gelagert hatte. ›Hier Kameraden‹, sagte mein Führer, und stellte mich mitten in den Kreis. ›Unser Sonnenwirt! Heißt ihn willkommen!‹

›Sonnenwirt!‹, schrie alles zugleich, und alles fuhr auf, und drängte sich um mich her, Männer und Weiber. Soll ich's gestehen? Die Freude war ungeheuchelt und herzlich, Vertrauen, Achtung sogar erschien auf jedem Gesicht, dieser drückte mir die Hand, jener schüttelte mich vertraulich am Kleid, der Auftritt war wie das Wiedersehen eines alten Bekannten, der einem wert ist. Meine Ankunft hatte den Schmaus unterbrochen, der eben anfangen sollte. Man setzte ihn sogleich fort, und nötigte mich, den Willkommen zu trinken. Wildbret aller Art war die Mahlzeit, und die Weinflasche wanderte unermüdlich von Nachbar zu Nachbar. Wohlleben und Einigkeit schien die ganze Bande zu beseelen, und alles wetteiferte seine Freude über mich zügelloser an den Tag zu legen.

Verbrecher aus Infamie – Eine wahre Geschichte

Man hatte mich zwischen zwei Frauen sitzen lassen, welches der Ehrenplatz an der Tafel war. Ich erwartete den Auswurf ihres Geschlechts, aber wie groß war meine Verwunderung, als ich unter dieser schändlichen Rotte die schönsten weiblichen Gestalten entdeckte, die mir jemals vor Augen gekommen waren. Margarete, die älteste und schönste von beiden ließ sich Jungfer nennen, und konnte kaum fünfundzwanzig sein. Sie sprach sehr frech, und ihre Gebärden sagten noch mehr. Marie, die jüngere, war verheiratet, aber einem Mann entlaufen, der sie misshandelt hatte. Sie war feiner gebildet, sah aber blass aus und schmächtig, und fiel weniger ins Auge als ihre feurige Nachbarin. Beide Weiber eiferten aufeinander, meine Begierden zu entzünden, die schöne Margarete kam meiner Blödigkeit durch freche Scherze zuvor, aber das ganze Weib war mir zuwider, und mein Herz hatte die schüchterne Marie auf immer gefangen.

›Du siehst Bruder Sonnenwirt‹, fing der Mann jetzt an, der mich hergebracht hatte, ›du siehst, wie wir unter einander leben, und jeder Tag ist dem heutigen gleich. Nicht wahr Kameraden?‹

›Jeder Tag wie der heutige‹, wiederholte die ganze Bande.

›Kannst du dich also entschließen, an unserer Lebensart Gefallen zu finden, so schlag ein und sei unser Anführer. Bis jetzt bin ich es gewesen, aber dir will ich weichen. Seid ihr's zufrieden, Kameraden?‹

Ein fröhliches ›Ja!‹ antwortete aus allen Kehlen.

Mein Kopf glühte, mein Gehirn war betäubt, von Wein und Wollust siedete mein Blut. Die Welt hatte mich ausgeworfen wie einen Verpesteten – hier fand ich brüderliche Aufnahme, Wohlleben und Ehre. Welche Wahl ich auch treffen wollte, so erwartete mich Tod; hier aber konnte ich wenigstens mein Leben für einen höheren Preis verkaufen. Wollust war meine wütendste Neigung, das andere Geschlecht hatte mir bis jetzt nur Verachtung bewiesen, hier erwarteten mich Gunst und zügellose Vergnügungen. Mein Entschluss kostete mich wenig.

›Ich bleibe bei euch Kameraden‹, rief ich laut mit Entschlossenheit, und trat mitten unter die Bande, ›ich bleibe bei euch‹, rief ich nochmals, ›wenn ihr mir meine schöne Nachbarin abtretet.‹ – Alle kamen überein, mein Verlangen zu bewilligen, ich war erklärter Eigentümer einer Hure, und das Haupt einer Diebesbande.«

Den folgenden Teil der Geschichte übergehe ich ganz, das bloße Abscheuliche hat nichts Unterrichtendes für den Leser. Ein Unglücklicher, der bis zu dieser Tiefe heruntersank, musste sich endlich alles erlauben was die Menschheit empört – aber einen zweiten Mord beging er nicht mehr, wie er selbst auf der Folter bezeugte.

Der Ruf dieses Menschen verbreitete sich in kurzem durch die ganze Provinz. Die Landstraßen wurden unsicher, nächtliche Einbrüche beunruhigten den Bürger, der

Verbrecher aus Infamie – Eine wahre Geschichte

Name des Sonnenwirts wurde der Schrecken des Landvolks, die Gerechtigkeit suchte ihn auf, und eine Prämie wurde auf seinen Kopf gesetzt. Er war so glücklich, jeden Anschlag auf seine Freiheit zu vereiteln, und verschlagen genug den Aberglauben des wundersüchtigen Bauern zu seiner Sicherheit zu benutzen. Seine Gehilfen mussten verbreiten, er habe einen Bund mit dem Teufel gemacht, und könne hexen. Der Distrikt, auf welchem er seine Rolle spielte, gehörte damals noch weniger als jetzt zu den aufgeklärten Deutschlands, man glaubte diesem Gerücht und seine Person war gesichert. Niemand zeigte Lust, mit dem gefährlichen Kerl anzubinden, dem der Teufel zu Diensten stand.

Ein Jahr schon hatte er das traurige Handwerk getrieben, als es anfing ihm unerträglich zu werden. Die Rotte an deren Spitze er sich gestellt hatte, erfüllte seine glänzenden Erwartungen nicht. Eine verführerische Außenseite hatte ihn damals im Taumel des Weines geblendet, jetzt wurde er mit Schrecken gewahr, wie abscheulich man ihn hintergangen hatte. Hunger und Mangel traten an die Stelle des Überflusses, mit dem man ihn eingewiegt hatte; sehr oft musste er sein Leben an eine Mahlzeit wagen, die kaum hinreichte, ihn vor dem Verhungern zu schützen. Das Schattenbild jener brüderlichen Eintracht verschwand, Neid und Argwohn, zwei scheußliche Harpyen, wüteten im Herzen dieser verworfenen Bande. Die Gerechtigkeit hatte demjenigen, der ihn lebendig ausliefern würde, Belohnung, und wenn es ein Mitschuldiger wäre, noch eine feierliche Begnadigung zugesagt – eine mächtige Versuchung für den Auswurf der Erde! Der Unglückliche kannte seine Gefahr. Die Redlichkeit derjenigen, die Menschen und Gott verrieten, war ein schlechtes Unterpfand seines Lebens. Sein Schlaf war von jetzt an dahin, ewige Todesangst zerfraß seine Ruhe, das grässliche Gespenst des Argwohns rasselte hinter ihm wo er hin floh, peinigte ihn, wenn er wachte, bettete sich neben ihm, wenn er schlafen ging, und schreckte ihn in entsetzlichen Träumen. Das verstummte Gewissen gewann zugleich seine Sprache wieder, und die schlafende Natter der Reue wachte bei diesem allgemeinen Sturm seines Busens auf. Sein ganzer Hass wandte sich jetzt von der Menschheit, und kehrte seine schreckliche Schneide gegen ihn selber. Er vergab jetzt der ganzen Natur, und fand niemand, als sich allein zu verfluchen.

Das Laster hatte seinen Unterricht an dem Unglücklichen vollendet, sein natürlich guter Verstand siegte endlich über die traurige Täuschung. Jetzt fühlte er, wie tief er gefallen war, eine tiefe Schwermut trat an die Stelle knirschender Verzweiflung. Er wünschte mit Tränen die Vergangenheit zurück, jetzt wusste er gewiss, dass er sie ganz anders wiederholen würde. Er fing an zu hoffen, dass er noch rechtschaffen werden dürfte, weil er bei sich empfand, dass er es könnte. Auf dem höchsten Gipfel seiner

Verschlimmerung war er dem Guten näher, als er vielleicht vor seinem ersten Fehltritt gewesen war.

Um eben diese Zeit war der Siebenjährige Krieg ausgebrochen, und die Werbungen gingen stark. Der Unglückliche schöpfte Hoffnung von diesem Umstand, und schrieb einen Brief an seinen Landesherrn, den ich auszugsweise hier einrücke:

Wenn Ihre fürstliche Huld sich nicht ekelt, bis zu mir herunter zu steigen, wenn Verbrecher meiner Art nicht außerhalb Ihrer Erbarmung liegen, so gönnen Sie mir Gehör, durchlauchtigster Oberherr. Ich bin Mörder und Dieb, das Gesetz verdammt mich zum Tode, die Gerichte suchen mich auf – und ich biete mich an, mich freiwillig zu stellen. Aber ich bringe zugleich eine seltsame Bitte vor Ihren Thron. Ich verabscheue mein Leben, und fürchte den Tod nicht, aber schrecklich ist mir's zu sterben, ohne gelebt zu haben. Ich möchte leben, um einen Teil des Vergangenen gut zu machen; ich möchte leben, um den Staat zu versöhnen, den ich beleidigt habe. Meine Hinrichtung wird ein Beispiel sein für die Welt, aber kein Ersatz meiner Taten. Ich hasse das Laster, und sehne mich feurig nach Rechtschaffenheit und Tugend. Ich habe Fähigkeiten gezeigt, meinem Vaterland furchtbar zu werden, ich hoffe, dass mir noch einige übrig geblieben sind, ihm zu nützen.

Ich weiß, dass ich etwas unerhörtes begehre. Mein Leben ist verwirkt, mir steht es nicht an, mit der Gerechtigkeit Unterhandlung zu pflegen. Aber ich erscheine nicht in Ketten und Banden vor Ihnen – noch bin ich frei – und meine Furcht hat den kleinsten Anteil an meiner Bitte.

Es ist Gnade, um was ich flehe. Einen Anspruch auf Gerechtigkeit, wenn ich auch einen hätte, wage ich nicht mehr gelten zu machen – doch an etwas darf ich meinen Richter erinnern. Die Zeitrechnung meiner Verbrechen fängt mit dem Urteilsspruch an, der mich auf immer um meine Ehre brachte. Wäre mir damals die Billigkeit minder versagt worden, so würde ich jetzt vielleicht keiner Gnade bedürfen.

Lassen Sie Gnade für Recht ergehen mein Fürst. Wenn es in Ihrer fürstlichen Macht steht, das Gesetz für mich zu erbitten, so schenken Sie mir das Leben. Es soll Ihrem Dienst von nun an gewidmet sein. Wenn Sie es können, so lassen Sie mich Ihren gnädigsten Willen aus öffentlichen Blättern vernehmen, und ich werde mich auf Ihr fürstliches Wort in der Hauptstadt stellen. Haben Sie es anders mit mir beschlossen, so tue die Gerechtigkeit denn das ihrige, ich muss das meinige tun.

Diese Bittschrift blieb ohne Antwort, wie auch eine zweite und dritte, worin der Supplikant um eine Reiterstelle im Dienst des Fürsten bat. Seine Hoffnung zu einem Pardon erlosch gänzlich, er fasste also den Entschluss aus dem Land zu fliehen, und im Dienst des Königs von Preußen als ein braver Soldat zu sterben.

Er entwischte glücklich seiner Bande, und trat diese Reise an. Der Weg führte ihn durch eine kleine Landstadt, wo er übernachten wollte. Kurze Zeit vorher waren durch

das ganze Land geschärftere Mandate zu strenger Untersuchung der Reisenden ergangen, weil der Landesherr, ein
Reichsfürst, im Krieg Partei genommen hatte. Einen solchen Befehl hatte auch der Torschreiber dieses Städtchens,
der auf einer Bank vor dem Schlag saß, als der Sonnenwirt geritten kam. Der Aufzug dieses Mannes hatte etwas
possierliches, und zugleich etwas schreckliches und wildes.
Der hagere Klepper, den er ritt, und die burleske Wahl seiner Kleidungsstücke, wobei wahrscheinlich weniger sein
Geschmack als die Chronologie seiner Entwendungen zu
Rat gezogen war, kontrastierte seltsam genug mit einem
Gesicht, worauf so viele wütende Affekte, gleich den ver-
stümmelten Leichen auf einem Wahlplatz, verbreitet lagen. Der Torschreiber stutzte beim Anblick dieses seltsamen Wanderers. Er war am Schlagbaum grau geworden,
und eine vierzigjährige Amtsführung hatte in ihm einen
unfehlbaren Physiognomen aller Landstreicher erzogen.
Der Falkenblick dieses Spürers verfehlte auch hier seinen
Mann nicht. Er sperrte sogleich das Stadttor, und forderte
dem Reiter den Pass ab, indem er sich seines Zügels versicherte. Wolf war auf Fälle dieser Art vorbereitet, und führte auch wirklich einen Pass bei sich, den er unlängst von
einem geplünderten Kaufmann erbeutet hatte. Aber dieses
einzelne Zeugnis war nicht genug, eine vierzigjährige Ob-
servanz umzustoßen, und das Orakel am Schlagbaum zu
einem Widerruf zu bewegen. Der Torschreiber glaubte sei-

nen Augen mehr als diesem Papier, und Wolf war genötigt ihm zum Amthaus zu folgen.

Der Oberamtmann des Orts untersuchte den Pass, und erklärte ihn für richtig. Er war ein starker Anbeter der Neuigkeit, und liebte besonders bei einer Bouteille über die Zeitung zu plaudern. Der Pass sagte ihm, dass der Besitzer geradeswegs aus den feindlichen Ländern käme, wo der Schauplatz des Krieges war. Er hoffte, Privatnachrichten aus dem Fremden herauszulocken, und schickte einen Sekretär mit dem Pass zurück, ihn auf eine Flasche Wein einzuladen.

Unterdessen hält der Sonnenwirt vor dem Amthaus; das lächerliche Schauspiel hat den Janhagel[9] des Städtchens scharenweise um ihn her versammelt. Man murmelt sich in die Ohren, deutet wechselweise auf das Ross und den Reiter, der Mutwille des Pöbels steigt endlich bis zu einem lauten Tumult. Unglücklicherweise war das Pferd, worauf jetzt alles mit Fingern wies, ein geraubtes; er bildet sich ein, das Pferd sei in Steckbriefen beschrieben und erkannt. Die unerwartete Gastfreundlichkeit des Oberamtmanns vollendet seinen Verdacht. Jetzt hält er's für ausgemacht, dass die Betrügerei seines Passes verraten und diese Einladung nur die Schlinge sei, ihn lebendig und ohne Widersetzung zu fangen. Böses Gewissen macht ihn zum Dummkopf, er gibt seinem Pferd die Sporen, und rennt davon, ohne Antwort zu geben.

---

[9] Pöbel

Verbrecher aus Infamie – Eine wahre Geschichte

Diese plötzliche Flucht ist die Losung zum Aufstand. »Ein Spitzbube!«, ruft alles, und alles stürzt hinter ihm her. Dem Reiter gilt es um Leben und Tod, er hat schon den Vorsprung, seine Verfolger keuchen atemlos nach, er ist seiner Rettung nahe – aber eine schwere Hand drückt unsichtbar gegen ihn, die Uhr seines Schicksals ist abgelaufen, die unerbittliche Nemesis hält ihren Schuldner an. Die Gasse, der er sich anvertraute, endigt in einem Sack, er muss rückwärts gegen seine Verfolger umwenden.

Der Lärm dieser Begebenheit hat unterdessen das ganze Städtchen in Aufruhr gebracht, Haufen sammeln sich zu Haufen, alle Gassen sind gesperrt, ein Heer von Feinden kommt im Anmarsch gegen ihn her. Er zeigt eine Pistole, das Volk weicht, er will sich mit Macht einen Weg durchs Gedränge bahnen. »Dieser Schuss«, ruft er, »soll dem Tollkühnen, der mich halten will.« – Die Furcht gebietet eine allgemeine Pause – ein beherzter Schlossergeselle endlich fällt ihm von hinten her in den Arm, und fasst den Finger, womit der Rasende eben losdrücken will, und drückt ihn aus dem Gelenk. Die Pistole fällt, der wehrlose Mann wird vom Pferd herabgerissen, und im Triumph nach dem Amthaus zurückgeschleppt.

»Wer seid Ihr?«, fragt der Richter mit ziemlich brutalem Ton.

»Ein Mann, der entschlossen ist, auf keine Frage zu antworten, bis man sie höflicher einrichtet.«

»Wer sind Sie?«

»Für was ich mich ausgab. Ich habe ganz Deutschland durchreist, und die Unverschämtheit nirgends, als hier zu Hause gefunden.«

»Ihre schnelle Flucht macht Sie sehr verdächtig. Warum flohen Sie?«

»Weil ich's müde war, der Spott Ihres Pöbels zu sein.«

»Sie drohten, Feuer zu geben.«

»Meine Pistole war nicht geladen.« Man untersuchte das Gewehr, es war keine Kugel darin.

»Warum führen Sie heimlich Waffen bei sich?«

»Weil ich Sachen von Wert bei mir trage, und weil man mich vor einem gewissen Sonnenwirt gewarnt hat, der in diesen Gegenden streifen soll.«

»Ihre Antworten beweisen sehr viel für Ihre Dreistigkeit, aber nichts für ihre gute Sache. Ich gebe Ihnen Zeit bis morgen, ob sie mir die Wahrheit entdecken wollen.«

»Ich werde bei meiner Aussage bleiben.«

»Man führe ihn nach dem Turm.«

»Nach dem Turm? – Herr Oberamtmann, ich hoffe, es gibt noch Gerechtigkeit in diesem Land. Ich werde Genugtuung fordern.«

»Ich werde sie Ihnen geben, sobald Sie gerechtfertigt sind.«

Den Morgen darauf überlegte der Oberamtmann, der Fremde möchte doch wohl unschuldig sein, die befehlshaberische Sprache würde nichts über seinen Starrsinn vermögen, es wäre vielleicht besser getan, ihm mit Anstand und Mäßigung zu begegnen. Er versammelte die Geschworenen des Orts, und ließ den Gefangenen vorführen.

»Verzeihen Sie es der ersten Aufwallung, mein Herr, wenn ich sie gestern etwas hart anließ.«

»Sehr gern, wenn Sie mich so fassen.«

»Unsre Gesetze sind streng, und Ihre Begebenheit machte Lärm. Ich kann Sie nicht frei geben, ohne meine Pflicht zu verletzen. Der Schein ist gegen Sie. Ich wünschte, sie sagten mir etwas, wodurch er widerlegt werden könnte.«

»Wenn ich nun nichts wüsste?«

»So muss ich den Vorfall an die Regierung berichten, und Sie bleiben so lang in fester Verwahrung.«

»Und dann?«

»Dann laufen Sie Gefahr, als ein Landstreicher über die Grenze gepeitscht zu werden, oder wenn's gnädig geht, unter die Werber zu fallen.«

Er schwieg einige Minuten, und schien einen heftigen Kampf zu kämpfen; dann drehte er sich rasch zu dem Richter.

»Kann ich auf eine Viertelstunde mit Ihnen allein sein?«

Die Geschworenen sahen sich zweideutig an, entfernten sich aber auf einen gebietenden Wink ihres Herrn.

»Nun, was verlangen Sie?«

»Ihr gestriges Betragen, Herr Oberamtmann, hätte mich nimmermehr zu einem Geständnis gebracht, denn ich trotze der Gewalt. Die Bescheidenheit, womit sie mich heute behandeln, hat mir Vertrauen und Achtung gegen sie gegeben. Ich glaube, dass sie ein edler Mann sind.«

»Was haben Sie mir zu sagen?«

»Ich sehe, dass sie ein edler Mann sind. Ich habe mir längst einen Mann gewünscht wie sie. Erlauben sie mir Ihre rechte Hand.«

»Worauf will das hinaus?«

»Dieser Kopf ist grau und ehrwürdig. Sie sind lang in der Welt gewesen – haben der Leiden wohl viele gehabt –, nicht wahr? Und sind menschlicher worden?«

»Mein Herr – wozu soll das?«

»Sie stehen noch einen Schritt von der Ewigkeit, bald – bald brauchen Sie Barmherzigkeit bei Gott. Sie werden sie Menschen nicht versagen. – – Ahnen Sie nichts? Mit wem glauben Sie, dass Sie reden?«

»Was ist das? Sie erschrecken mich.«

»Ahnen Sie noch nichts? – Schreiben sie es ihrem Fürsten, wie sie mich fanden, und dass ich selbst aus freier Wahl mein Verräter war – dass ihm Gott einmal gnädig sein werde, wie er jetzt mir es sein wird – bitten sie für mich, alter Mann, und lassen sie dann auf ihren Bericht eine Träne fallen: Ich bin der Sonnenwirt.«

Eugène François Vidocq
Die Sicherheitsbrigade

Vidocq ist ein seltenes Phänomen. Sein abenteu-
erliches Leben bescherte ihm eine steile Karriere
vom Berufsverbrecher bis zum ranghohen Beamten der Pariser Sicherheitspolizei und Detektiv.
Seine Memoiren, aus denen diese Geschichte
stammt, schrieb er mithilfe eines unbekannten
Ghostwriters; das Buch erschien 1828 unter dem
Titel *Mémoires de Vidocq, chef de la police de Sûre-
té, jusqu'en 1827* (deutsch: *Landstreicherleben*,
1920). Es zeichnet seine Biografie vom jugendli-
chen Dieb bis zum Leiter der Pariser »Sicherheitsbrigade« nach. Historikern und Kriminalisten gilt
Vidocq noch heute als Begründer der modernen
Polizeiarbeit und erster Privatdetektiv der Welt.

Der Name Vidocq war populär geworden, und gar zu viele kannten mich vom Ansehen. Die erste Tat, die mich meiner Verborgenheit entzog, war gegen die ständigen Versammlungsorte der gewerbsmäßigen Verbrecher gerichtet. Eines Tages hatte Henry die Absicht ausgedrückt, eine Razzia bei Dénoyez zu machen; das war eine Spelunke, die von üblem Gesindel jeder Sorte besucht wurde.

Yvrier, einer der Polizeioffiziere, ließ dabei die Bemerkung fallen, dazu brauche man mindestens ein Bataillon.

»Ein Bataillon«, rief ich aus, »warum nicht gleich die ›große Armee‹? Ich wenigstens mach' es mit acht Mann!«

Yvrier wurde ganz rot vor Zorn und sagte, ich redete Unsinn.

Aber ich bestand auf meinem Vorschlag, und erhielt Order zu handeln. Der Kreuzzug, den ich unternahm, war gegen Diebe, entsprungene Arrestanten und einen großen Teil Deserteure der Kolonialarmee gerichtet. Ich versah mich mit Handschellen und zog in Begleitung von zwei Hilfsbeamten und acht Gendarmen ab. Bei Dénoyez trete ich mit zwei Gendarmen in das Lokal. Ich fordere die Musik auf, zu schweigen, sie gehorcht; aber zugleich entsteht ein fürchterlicher Radau, und man schreit: »Raus! Raus mit ihm!« Es ist keine Zeit zu verlieren, den Schreiern muss ein Schnippchen geschlagen werden, bevor sie noch vom Wort zur Tat übergehen.

Sofort ziehe ich mein Papier hervor und fordere im Namen des Gesetzes alle Anwesenden, mit Ausnahme der Frauen, auf, hinauszugehen. Zuerst macht man einige Schwierigkeiten, aber nach wenigen Minuten fügen sich selbst die Halsstarrigsten, und der Auszug beginnt. Ich stelle mich dann am Ausgang auf, und jedem Individuum, das mir als Verbrecher bekannt ist, male ich mit Kreide ein Kreuz auf den Rücken: ein Zeichen für die Gendarmen, die draußen warten. Einer nach dem andern wird ergriffen und gefesselt. Auf die Art wurden zweiunddreißig Personen festgenommen. Der Zug wurde auf die nächste Wache, und von da auf die Präfektur geleitet.

Die Kühnheit dieses Streiches machte viel Aufsehen unter dem Volk, das die Gerichtssäle füllt; in Kurzem wussten alle Einbrecher und sonstiges üble Gesindel, dass es einen Spion namens Vidocq gab. Die Verwegensten nahmen sich vor, mich bei der ersten Begegnung mausetot zu machen. Manch einer versuchte es auch wirklich, aber sie erlitten die schmählichste Niederlage, und ihr Misserfolg setzte mich in ein so furchtbares Ansehen, dass in der Folge dieses Ansehen selbst auf die Mitglieder dieser Brigade abfärbte.

Denn bald nach der Aushebung der Verbrecherversammlung hatte ich meine eigene Brigade bekommen. Zu Anfang hatte ich nur vier Agenten, dann sechs, später zehn und schließlich zwölf. Im Jahre 1817 habe ich auch nicht mehr Agenten gehabt, und doch bewirkte ich mit dieser Handvoll Menschen in der Zeit vom 1. Januar bis zum 31. Dezember nicht weniger als siebenhundertzweiundsiebzig Verhaftungen und neununddreißig Haussuchungen, bei denen gestohlene Gegenstände zum Vorschein kamen.

Von dem Moment an, als die Diebe erfuhren, dass ich zum leitenden Mann der Sicherheitspolizei ernannt werden sollte, hielten sie sich für verloren. Was sie am meisten beunruhigte, war, dass sie mich von Menschen umgeben sahen, die früher unter ihnen gelebt und mit ihnen »gearbeitet« hatten, und sie infolgedessen gut kannten. Die

Verhaftungen, die ich im Jahre 1813 anstellte, waren nicht so zahlreich gewesen wie die des Jahres 1817, aber doch beträchtlich genug, um ihnen Angst einzuflößen.

In den Jahren 1814 und 1815 wurde ein Schwarm Pariser Diebe von den englischen Gefangenenpontons befreit, wo sie gehalten waren, und kehrte in die Hauptstadt zurück. Sie nahmen bald ihr früheres Gewerbe wieder auf. Das waren lauter Leute, die ich nie gesehen hatte, und so schmeichelten sie sich der Hoffnung, leicht meiner Wachsamkeit zu entgehen, zudem gingen sie mit einer Energie und Kühnheit sondergleichen ans Werk. In einer einzigen Nacht wurden in der Vorstadt Saint-Germain zehn Einbruchsdiebstähle begangen, sechs Wochen lang hörte man von nichts anderem reden als von Heldentaten dieser Art. Henry wusste sich gegen diese Bande nicht zu helfen und war der Verzweiflung nahe. Er lag ewig auf der Lauer, aber auch ich konnte nichts entdecken. Endlich konnte mir ein ehemaliger Dieb, den ich verhaftet hatte, einige Angaben machen, und in weniger als zwei Monaten hatte ich eine Bande von zweiundzwanzig Dieben hinter Schloss und Riegel, dann eine von achtundzwanzig, eine dritte von achtzehn und einige andere von zwölf, zehn, acht, ohne die einzelnen Diebe zu zählen und die große Menge der Hehler, die die Bevölkerung der Zuchthäuser vermehrten. Damals erlaubte man mir, in meine Brigade vier neue Agenten einzustellen; sie wurden aus der Zahl der Diebe rekrutiert, die den Vorteil hatten, die neuen Ankömmlinge früher gekannt zu haben.

Drei dieser Vertrauten: Goreau, Florentin und Coco-Lacour, die seit langem in Bicêtre saßen, baten inständig um Anstellung; sie behaupteten, vollkommen bekehrt zu sein und schworen hoch und heilig, dass sie ehrlich vom Ertrag ihrer Arbeit leben wollten, das heißt, von dem Gehalt, das ihnen die Polizei aussetzen würde. Sie waren schon in früher Jugend auf die Bahn des Verbrechens geraten, und deshalb meinte ich, wenn sie wirklich entschlossen seien, ihre Lebensweise zu ändern, so könnten sie so wichtige Dienste leisten wie niemand sonst. Ich unterstützte ihr Gesuch, und, obwohl man mir entgegenhielt, wie leicht ein Rückfall ihrerseits möglich sei, bewirkte ich doch nach vieler Mühe unter Berufung auf den großen Nutzen, den sie leisten könnten, ihre Befreiung. Am meisten war man gegen Coco-Lacour eingenommen, denn er wurde – mit Recht oder Unrecht – beschuldigt, während seiner Amtierung als Geheimagent beim Generalinspektor Veyrat Silberzeug gestohlen zu haben. Aber Coco-Lacour war der einzige, der mein Vertrauen nicht getäuscht hat. Die beiden anderen zwangen mich nur zu bald, sie davonzujagen; später erfuhr ich, dass sie in Bordeaux von neuem verurteilt wurden. Was Coco betrifft, so kam er mir so vor, als ob er Wort halten wollte; ich irrte mich auch nicht. Da er sehr intelligent und nicht ungebildet war, so zeichnete ich ihn aus und erhob ihn zu meinem Sekretär. Bei Gelegenheit einiger Verweise, die ich ihm machte, verließ er meinen Dienst. Gegenwärtig steht nun Coco-Lacour an der Spitze der Sicherheitspolizei und wartet auf die Möglichkeit, seinerseits seine Memoiren zu veröffentlichen; vielleicht wird es interessant sein, zu sehen, durch welche Abgründe er gehen musste, bevor er den Posten erlangte, den ich so lange einnahm. Sein Leben zeigt, dass er auf alle Nachsicht Anspruch hat; seine gänzliche Sinnesänderung mag als Beweis dafür dienen, dass auch der verdorbenste Mensch sich noch bessern kann. Die Dokumente, auf Grund deren ich die Hauptmomente aus dem Leben meines Amtsnachfolgers herausheben will, sind absolut authentisch. Da sind einige Abschnitte aus seinem Leben, die auf der Polizeipräfektur verzeichnet sind. Ich schlage die Register der Sicherheitspolizei auf und lese:

»*Lacour, Marie-Barthélémy, elf Jahre alt, wohnhaft in der Rue du Lycée, wegen versuchten Diebstahls am 9. Ventôse des Jahres 9 zu einer Gefängnisstrafe verurteilt; elf Tage später vom Korrektionstribunal zu einem Monat Gefängnis verurteilt.*«

»*Derselbe, am 2. Prairial des folgenden Jahres verhaftet und in Untersuchungshaft gebracht, wegen versuchten Diebstahls von Spitzen in einem Laden. In Freiheit gesetzt noch am selben Tag durch den Polizeileutnant des zweiten Bezirks.*«

»Derselbe, auf Anordnung des Polizeipräfekten am 23. Thermidor des Jahres 11 in Bicêtre eingeschlossen; am 28. Pluviôse des Jahres 11 in Freiheit gesetzt und auf die Präfektur gebracht.«

»Derselbe, auf Anordnung des Polizeipräfekten am 6. Germinal des Jahres 11 in Bicêtre eingeliefert; am 22. Floréal des folgenden Jahres auf die Gendarmerie zurückgebracht und nach Le Hâvre abgeschickt.«

»Derselbe, siebzehn Jahre alt, bekannter Gauner, mehrmals als solcher verhaftet, tritt im Juli 1807 als Freiwilliger in die Kolonialtruppen. Am 31. des selben Monats in die Gendarmerie eingeliefert, um an seinen Bestimmungsort gebracht zu werden. In demselben Jahre von der Insel Rhé geflüchtet.«

»Derselbe Lacour, genannt Coco (Barthélémy) oder Louis, Barthélémy, einundzwanzig Jahre alt, geboren zu Paris, Juwelenhändler, wohnhaft Faubourg Saint-Antoine Nr. 297. Am 1. Dezember 1809 in Untersuchungshaft eingeliefert, als des Diebstahls verdächtig, zu zwei Jahren Gefängnis verurteilt durch die Gerichtssitzung vom 18. Januar 1810, als Deserteur den Marinebehörden übergeben.«

»Derselbe, am 22. Januar 1812 als unverbesserlicher Dieb in Bicêtre eingeliefert. Am 3. Juli auf die Präfektur gebracht.«

Eugène François Vidocq

Lacours Jugend bot ein trauriges Beispiel von dem Unglück einer schlechten Erziehung. Alles, was ich nach seiner Befreiung über ihn ermitteln konnte, bewies, dass er von Natur aus gut veranlagt war. Unglücklicherweise waren seine Eltern arm. Sein Vater, Schneider und Portier in der Rue du Lycée, beschäftigte sich nicht besonders viel mit ihm in den ersten Jahren seines Lebens, die so oft für das Schicksal des Menschen maßgebend sind. Ich glaube außerdem, dass Coco früh Waise wurde. Aber so viel ist wenigstens gewiss, dass er sozusagen auf dem Schoß der Nachbarinnen, der Huren und Modistinnen von Paris Royal aufwuchs. Sie fanden ihn niedlich, überhäuften ihn mit Süßigkeiten und Liebkosungen und brachten ihm zugleich auch das bei, was sie »Schmiss« nannten. So sorgten diese Damen für seine Kindheit, überall schleppten sie ihn mit: er war ihre Erholung, ihr Spielzeug; ließen ihnen ihre Amtspflichten keine Zeit für dieses unschuldige Spielzeug, so trieb sich klein Coco in dem Garten des Palais Royal herum und mischte sich unter die Tagediebe, die, zwischen Lutschpfropfen und Kreisel, die Vorschule des Verbrechens sind. Es ist überflüssig, zu sagen, welcher Art die Fortschritte waren, die Coco machte, – Coco, der von Dirnen erzogen und von Verbrecherlehrlingen unterrichtet wurde. Sein Lebensweg war voller Klippen.

Endlich nahm ihn eine Frau, die sich wahrscheinlich zu seiner Rettung berufen fühlte, zu sich. Das war die Dame Maréchal, die auf der Place des Italiens ein Bordell hielt.

Dort wurde Coco zwar sehr gut genährt, aber Entgegenkommen war die einzige moralische Eigenschaft, die seine Wirtin in ihm entwickelte. Er wurde auch entgegenkommend: Er war entgegenkommend gegen jedermann, er passte sich den Bedürfnissen des Etablissements an, mit dessen Einzelheiten er aufs genaueste vertraut war.

Der junge Lacour hatte bestimmte Ausgehtage und -stunden, und er wusste sie, wie es scheint, gut zu nutzen, denn noch während seines Aufenthalts bei Madame Maréchal war er als einer der geschicktesten Spitzendiebe bekannt, und kurze Zeit darauf brachten ihm rasch aufeinanderfolgende Verhaftungen den Ruf eines erstklassigen Hochnehmers ein. Die vier, fünf Jahre Bicêtre, wo er auf administrativen Befehl als gefährlicher und unverbesserlicher Dieb eingeschlossen war, machten ihn nicht besser. Aber da lernte er wenigstens das Handwerk des Strumpfstrickers und erhielt einige Bildung. Einschmeichelnd, geschmeidig, mit einer sanften Stimme und weiblichem, wenn auch nicht schönem Gesicht, gefiel er einem gewissen Mulner, der zu sechzehn Jahren Zwangsarbeit verurteilt worden war und begnadigt wurde, seine Strafe in Bicêtre absitzen zu dürfen. Dieser Mulner, der Bruder eines Bankiers in Antwerpen, besaß immerhin Kenntnisse. Zum Zeitvertreib wurde er Cocos Lehrer und er muss sich wohl mit Liebe seiner Aufgabe gewidmet haben, denn in kurzer Zeit konnte er Mulners Sprache fließend sprechen und schreiben. Herrn Mulners Gunst war nicht die einzige Gabe, die

Coco seinem angenehmen Äußeren zu verdanken hatte. Während seiner Gefangenschaft nahm sich seiner auch ein Mädchen, die sogenannte deutsche Else, an, die in ihn rein vernarrt war. Dieses Mädchen, das ihm wirklich das Leben rettete, soll von ihm nur Undank erfahren haben.

Als Lacour mein Sekretär geworden war, konnte er absolut nicht begreifen, warum seine Geliebte, die nacheinander Obsthändlerin und Wäscherin und vorher sogar noch etwas anderes gewesen war, bloß wegen der ehrenvollen Position, die er jetzt einnahm, einen etwas feineren Beruf ergreifen sollte. Wir gerieten über diesen Punkt in Streit, und anstatt mir nachzugeben, zog er es vor, sein Amt niederzulegen. Er wurde Hausierer und verkaufte auf den Straßen Taschentücher. Aber bald, so wurde mir berichtet, fühlte er sich zu dem geistlichen Orden hingezogen und trat unter das Banner der Jesuiten. Von nun ab stand er bei einigen Beamten im Geruch der Heiligkeit. Lacour besitzt die ganze Untertänigkeit, die ihn in ihren Augen empfehlen musste. Folgende Tatsache kann ich verbürgen: Zur Zeit seiner Verheiratung legte ihm der Beichtvater eine der schwersten Bußen auf; Lacour erfüllte sie in ihrem ganzen Umfang. Einen ganzen Monat lang stand er bei Tagesgrauen auf und ging barfuß von der Rue Saint-Anne bis zum Calvarienberg. Das war der einzige Ort, wo er seine Frau sehen durfte, die ebenfalls Buße tat.

Nach der Versetzung seines Beichtvaters verdoppelte Lacour noch seinen Eifer. Er wohnte damals in der Rue

Zacharie, zu seinem Kirchspiel gehörte die Kirche Saint-Séverin, aber er ging trotzdem jeden Sonntag zur Messe in die Nôtre-Dame, wo der Zufall ihn jedes Mal gerade dem neuen Präfekten und dessen Familie gegenüberbrachte. Man kann natürlich Lacours Sinnesänderung nur anerkennen, zu bedauern freilich bleibt, dass sie nicht zwanzig Jahre früher stattgefunden hat. Aber schließlich – besser spät als niemals!

Lacours Benehmen ist sehr sanft, und wenn er nicht hie und da ein Gläschen über den Durst tränke, hätte man ihm keine andere Passion nachsagen können als den Fischfang. Er wirft seine Angel in der Gegend der Pont-Neuf aus; auch jetzt noch widmet er diesem stummen Vergnügen täglich einige Stunden. An seiner Seite sieht man gewöhnlich eine Dame, die den Wurm ansteckt: Es ist Frau Lacour, die in früheren Zeiten noch ganz andere Köder darbot. Lacour war gerade mit diesem unschuldigen Vergnügen beschäftigt, das er mit Seiner Majestät dem König von England und dem Dichter Coupigny teilt, als ihn die hohen Ehren ereilten. Die Abgesandten des Herrn Delavau fanden ihn bei der Angelrute, wie die Gesandten des römischen Senats einstmals Cincinnatus am Pflug antrafen. So gibt es in dem Leben großer Männer stets Vergleichspunkte: Vielleicht verkaufte auch Frau Cincinnatus an die Töchter ihrer Zeit Kramwaren. Die legitime Hälfte des Herrn Coco-Lacour betreibt nämlich jetzt ein Geschäft

– doch genug von meinem Nachfolger, ich kehre zu der Geschichte der Sicherheitsbrigade zurück.

Diese erhielt im Laufe der Jahre 1823 und 1824 ihre größte Ausdehnung. Die Zahl der Agenten, aus denen sie sich zusammensetzte, wurde auf Parisots Vorschlag auf zwanzig, ja sogar achtundzwanzig erhöht, dazu kamen noch acht Personen, die an Stelle der Besoldung öffentliche Spielhäuser unterhalten durften. Mit diesem so winzigen Personal mussten über zwölfhundert Entlassene aus den Zuchthäusern und Gefängnissen und ähnliche Individuen beaufsichtigt, ferner vier- bis fünfhundert Verhaftungen sowohl im Namen des Polizeipräfekten wie der Gerichtsbehörden vorgenommen, Nachforschungen angestellt, allerhand Gänge besorgt, die im Winter so beschwerlichen verschiedenartigen Nachtrunden gemacht werden. Außerdem musste die Sicherheitsbrigade die Polizeikommissare bei Haussuchungen und beim mündlichen Verhör unterstützen, die öffentlichen Versammlungen in und außerhalb der Stadt besuchen und die Eingänge zu den Theatern, die Boulevards, die Schenken vor den Toren und alle anderen Orte, wo sich Beutelschneider und Spitzbuben ein Rendezvous geben, überwachen. Welche Tätigkeiten mussten nicht diese achtundzwanzig Personen entwickeln, um so vielen Pflichten auf einem so großen Spielraum und an so verschiedenen Stellen zu gleicher Zeit zu genügen! Meine Agenten besaßen gewissermaßen das Talent sich zu vervielfältigen, und ich verstand es, Eifer und Pflichttreue in ihnen zu wecken und zu unterhalten: stets ging ich mit dem Beispiel voran.

Bis zum Moment meines Rücktritts hat die Sicherheitspolizei – die einzig notwendige Polizei, diejenige, die den größten Teil des Budgets beanspruchen sollte – hat die Sicherheitspolizei nie mehr als dreißig Mann in ihrem Dienste gehabt, und nie mehr als fünfzigtausend Franken jährlich gekostet, von denen fünftausend auf mich persönlich kamen. Ich sage, die Sicherheitspolizei ist die einzig notwendige. Denn die politische Polizei ist es nicht. Ich werde in Zukunft über die politische Polizei nicht schweigen können. Ich werde alle großen und kleinen Triebwerke der Maschinerie zeigen, die nicht für das allgemeine Wohl da ist, sondern nur für das Interesse dessen, der sie tüchtig schmiert. Denn politische Polizei heißt: eine Einrichtung, hervorgerufen durch den Wunsch, sich auf Kosten des Staates zu bereichern, dessen Unruhe man beständig künstlich in Atem hält. Politische Polizei ist gleichbedeutend mit dem Bedürfnis, Geheimgelder aus dem Budget zu beziehen; mit dem Bedürfnis gewisser Beamten, sich selbst als unentbehrlich zu zeigen, indem der Staat in angeblicher Gefahr gezeigt wird. Vielleicht bin ich so glücklich, den geringen Nutzen jener Agenten zu zeigen, welche immer Attentate verhindern, die niemand unternimmt, Verbrechen vereiteln, die sie nie vorhergesehen haben, und die

Komplotte nur unschädlich machen, wenn sie sie selbst geleitet haben.

Die politischen Polizeispione sind mir stets verhasst gewesen, und zwar aus zwei Gründen. Nämlich: Wenn sie ihre Aufgabe nicht erfüllen, dann sind sie Betrüger; wenn sie sie aber erfüllen, dann sind sie Schurken.

Ach, man hatte wahrhaftig keine Geheimnisse vor mir, als ich an der Spitze der Polizeiabteilungen stand. Ich sah alle Minen und Konterminen. Alle Springfedern der Polizeien und Gegenpolizeien sind mir bekannt. Diejenigen, die mich alles sehen und hören ließen, betrachteten mich als ihresgleichen.

Denn … aßen wir nicht aus derselben Schüssel? – Vor meiner Zeit sahen Ausländer und Provinzbewohner Paris als das größte wüste Raubnest an, wo man Tag und Nacht auf der Hut sein müsse, wo jeder Ankommende gewissermaßen ein Lösegeld zu bezahlen hatte. Aber seitdem werden in jedem anderen Departement mehr und furchtbarere Verbrechen begangen als in dem Paris umfassenden Seine-Departement. Ebenso bleiben in den anderen Departements mehr Schuldige unerkannt, mehr Schuldige unbestraft.

Aus dem Französischen von Ludwig Rubiner

Balduin Groller

Ein Opfer vorschneller Justiz

Balduin Groller kennt man heute noch am ehesten
als Vater des »österreichischen Sherlock Holmes«
Dagobert Trostler. Neben der Veröffentlichung
einiger Novellen und Romane war Groller hauptsächlich als Journalist tätig. So veröffentlichte er
in der illustrierten Zeitschrift »Die Gartenlaube«
unter anderem die folgende Geschichte, die dort
als Tatsachenbericht bezeichnet wird, an den sich
laut Anmerkung in einer Fußnote »die Bewohner
von H. [...] sicher noch erinnern [werden]«.

Heutzutage, wo jedes wichtige oder nur halbwegs
sensationelle Ereignis sofort eine weltumspannende
Öffentlichkeit erlangt, kann man auch von Verbrechern
als von »Helden des Tages« sprechen, und man kann ihre
Namen als die von allgemein bekannten Persönlichkeiten
nennen, in der Voraussetzung, dass die Geschichte ihrer
Verbrechen in allen Gegenden, in welche nur ein Zeitungsblatt dringt, bekannt geworden sei. Der viel genannte
Francesconi hatte zu Wien kaum den Richtplatz betreten,
auf welchem er seinen mit furchtbarem Raffinement an
einem armen Briefträger verübten Raubmord durch sein

eigenes Leben sühnen sollte, er hatte kaum in reumütiger Überschwänglichkeit seinen Ankläger, den Staatsanwalt, geküsst und von diesem eine Minute vor der Hinrichtung den unabsichtlich humoristischen Abschiedsgruß: »Leben Sie wohl!« entgegengenommen, als die Wiener Behörden schon eines anderen Kandidaten für den Galgen, Raimund Hacklers, des vertierten Muttermörders, habhaft wurden. Bald wurde auch dieser vom Leben zum Tode geführt, und man kann sich denken, dass zwei so rasch nacheinander vollzogene Todesurteile in allen Schichten der Wiener Gesellschaft die Diskussion über die Zweckmäßigkeit und die Berechtigung der Todesstrafe in den Vordergrund rückten.

So saß denn auch eines Abends eine vorwiegend aus Künstlern bestehende Gesellschaft um einen runden Marmortisch in einem Wiener Kaffeehaus und debattierte mit viel Eifer über die große Tagesfrage. Neue Argumente wurden allerdings nicht aufgebracht, wohl aber alle bereits allgemein bekannten mit viel Feuer vertreten. Es ist vielleicht kaum mehr möglich, neue Argumente in dieser Frage ins Treffen zu führen, aber es scheint auch kein Bedürfnis nach solchen vorzuliegen, da ja die vorhandenen für die Vernunft sowohl, wie für das Gefühl vollkommen ausreichen. Man sprach von der Besserungsfähigkeit der menschlichen Natur, von der Möglichkeit eines Irrtums, also auch von der eines Justizmordes, von der Unmöglichkeit, einen solchen Irrtum wieder gut zu machen; man beleuchtete die Abschreckungstheorie; man führte, allerdings durch keinen Notar beglaubigte, aber bona fide hingenommene statistische Daten ins Feld – kurz, man vergaß nichts, was einiges Licht über diese wichtige Frage zu werfen geeignet schien. Man disputierte eine Weile hin und her, bis endlich ein Mitglied der Gesellschaft, einer der trefflichsten Architekten Wiens, der bis dahin sich schweigend verhalten hatte, in unverkennbarer Erregung ausrief: »Könnt ihr denn nicht von etwas anderem reden? Ich werde förmlich trübsinnig, sooft ich an derlei Geschichten erinnert werde.«

Warum gleich trübsinnig? Warum soll ihm ein solches Gespräch näher gehen als einem anderen? Es sei Pflicht, da zu reden, und so laut wie möglich zu reden. So ungefähr tönte es aus dem Chorus heraus, bis auch der Architekt glücklich in das Vordertreffen der Debatte hineingedrängt wurde und schließlich statt aller weiteren Beweisgründe eine Geschichte erzählte, die uns in der Tat gar viele Argumente aufzuwiegen scheint und die wir hier fast wörtlich, wie sie uns im Gedächtnis haften blieb, wiedererzählen wollen.

Denkt Euch zwei junge Mädchen, die an einem Brautkleid nähen! Ein hübsches Bild – nicht wahr? Die Freundin war gekommen, der Braut zu helfen; beide sind glücklich; sie sehen froh in die Zukunft, die sie rosig ausmalen, dann träumen sie, um gleich darauf fröhlich zu lachen, sich zu umarmen und dann wieder munter weiter zu arbeiten. Nur wenn sie sich auf zu ungebundener Fröhlichkeit ertappen, halten sie plötzlich inne, sehen sich erst bedeutungs-, beinahe vorwurfsvoll an, um dann einen Blick der tiefsten Trauer und innigsten Teilnahme auf eine dritte Persönlichkeit zu werfen, die sich mit ihnen in derselben Stube befindet und am allereifrigsten an dem Brautkleid arbeitet. Diese Persönlichkeit hatte übrigens nichts auffallendes; es war ein Frauenschneider, wie es ihrer unzählige geben mag, ganz ohne irgendwelche hervorstechende Eigentümlichkeiten in seiner äußeren Erscheinung, welche als ›besondere Merkmale‹ hervorgehoben zu werden verdienten. Als die Mädchen wieder einmal ihre Heiterkeit plötzlich unterbrachen, als hätten sie sich auf einer Schuld ertappt, richtete der Schneider einen fast gütig zu nennenden Blick auf sie und sagte sanft: ›Warum hören Sie auf zu lachen? Ich höre das Lachen so gern.‹

Die beiden Mädchen seufzten tief auf, und ihre Augen füllten sich mit Tränen.

›Denken Sie nicht daran!‹, fuhr der Schneider fort, ›auch ich bin ja ganz ruhig, und aus ruhigem Herzen heraus schwöre ich Ihnen, dass ich kein Mörder bin. Ich bin verurteilt und werde morgen hingerichtet werden; ich lüge nicht, so nahe meiner letzten Stunde. Ich beklage auch mein Schicksal nicht, und ich werde leicht von dieser Welt scheiden. Der Herr in jener andern Welt wird meiner armen Seele gnädig sein. Es ist alles abgeschlossen, und von Ihnen erbitte ich nur das Eine: Denken Sie doch ja nie, dass es wirklich ein Mörder gewesen sei, der an diesem Brautkleid mitgenäht hat!‹

Darauf schwieg er wieder und lächelte, ja er lächelte fast wie verklärt vor sich hin. Und es war kein stiller Irrsinniger, der diese Worte gesprochen; der Mann war wirklich zum Tode verurteilt und sollte wirklich am nächsten Tag geköpft werden. Die Braut war die Tochter des Gefängnisdirektors in einer mittelgroßen Stadt Deutschlands; ihre Freundin war meine Schwester. Der hier erwähnte Schneider hatte die Ausstattung der Braut zu nähen übernommen, doch ehe er noch damit zu Ende war, wurde er gefänglich eingezogen, unter die Anklage auf Mord gestellt und nach kurzem Prozess – denn die Sache lag sehr einfach – zum Tod verurteilt. Einen Fluchtversuch oder sonst irgendwelche Exzesse hatte man von ihm nicht zu befürchten, und so wurde seinen inständigen Bitten, bis zu seinem letzten Tag an der Ausstattung weiter nähen zu dürfen, Folge geleistet. Die beiden Mädchen, die den Mann von früher her kannten, hatten sich, überdies bereits gewöhnt, in der Nähe von Verbrechern zu leben, mit diesen sogar dann und wann zu verkehren, bald in seine Gesellschaft gefunden, sodass sie sogar zeitweilig ganz vergessen konnten, in welcher Gesellschaft sie sich befanden.

Der Kriminalfall des Schneiders war in der Tat ein sehr einfacher, und der Prozess konnte wirklich ein sehr kurzer sein. Er hatte mit seiner Mutter und seiner Frau ein unscheinbares Häuschen fast am Ende der Stadt bewohnt.

Seine Ehe war keine glückliche, und es war notorisch, dass er mit seiner Frau in Unfrieden lebte. Eines Tages starb seine Frau plötzlich, und der des plötzlichen Todes halber vorgenommene Obduktionsbefund ergab, dass die Frau an Gift gestorben sei. Es wurde durch Zeugenschaft der Nachbarn erhärtet, dass sie am Tag vor ihrem Tod einen heftigen Streit mit ihrem Mann gehabt habe; es wurde dem Schneider nachgewiesen, was er übrigens gar nicht leugnete, dass er nach dem Streit weggegangen sei, um Rattengift zu kaufen, und dass er das Rattengift auf das Fensterbrett in der Küche gelegt habe. Am nächsten Morgen stand seine Frau nicht auf, weil sie sich unwohl fühlte; seine Mutter war schon seit Wochen bettlägerig; ein Dienstmädchen gab es in dem Haus nicht; also sah er sich genötigt, für seine Frau zu kochen. Er hatte ihr einen Eierkuchen gemacht. Er erinnert sich nicht, die Küche auch nur auf kurze Zeit verlassen zu haben, und gibt selbst zu, dass es geradezu eine Unmöglichkeit gewesen wäre, dass irgendein Fremder, ohne von ihm bemerkt zu werden, die Küche hätte betreten können. Er selbst hat seiner Frau den Eierkuchen gebracht; er hat ihr, nach eigenem Geständnis, zugeredet ihn ganz zu verzehren, da er für sich und seine Mutter schon etwas anderes besorgen wolle, – und in diesem Eierkuchen befand sich das Gift, ein großer Teil desselben Giftes, das auf dem Fensterbrett in der Küche lag.

Es wurde der Apotheker vernommen, der das Gift verkauft hatte. Er erinnerte sich genau, wie viel er davon abgegeben habe, und so weit es sich schätzen ließ, fehlte an dem aufgerissenen Päckchen am Fensterbrett genau so viel, wie sich bei der Obduktion der vergifteten Frau in deren Körper nachweisen ließ. Der Schneider gab alles, alles zu, nur die Hauptsache nicht, dass er nämlich seine Frau vergiftet habe. Vergeblich hielt man ihm vor, dass ein reumütiges Geständnis ihm als ein mildernder Umstand zu Gute kommen würde – es war alles umsonst; er leugnete standhaft. Freilich war auch das vergebens; der Tatbestand war ein zu klarer, der Indizienbeweis ein zwingender – er wurde zum Tod verurteilt. Das Urteil nahm er mit Gelassenheit auf, auf die Frage des Gerichtspräsidenten, ob er noch etwas vorbringen wolle, schüttelte er den Kopf und rief mit andächtiger Innigkeit: ›Herr! Vergib ihnen, denn sie wissen nicht, was sie tun!‹ Natürlich war alles empört über eine derartige Verstocktheit und Heuchelei.

Nun wandte er sich mit einer fast wunderbar erscheinenden Freudigkeit der letzten Arbeit seines Lebens, der Brautausstattung, zu, und als er endlich am Tage nach der im Eingang geschilderten Szene auf dem Arme-Sünder-Karren zum Richtplatz geführt wurde, da grüßte er wohlgemut zu dem Fenster hinauf, an welchem die beiden Freundinnen, auch seine letzten Freundinnen in diesem Leben, bitterlich weinend standen. Seine Heiterkeit verließ ihn bis zu seinem letzten Augenblicke nicht, und als er an den Block geschnallt wurde, rief er wieder mit andächtiger Innigkeit: ›Herr! Vergib ihnen, denn sie wissen nicht, was

sie tun!‹ Das waren seine letzten Worte; einen Augenblick
später war sein Kopf vom Rumpf getrennt. Der irdischen
Gerechtigkeit war Genüge geschehen. –

Noch lange sprach man von diesem ruchlosen Mörder,
der mit so merkwürdiger Verstocktheit in den Tod gegangen war; über sein standhaftes Leugnen war doch nicht
so leicht hinwegzukommen. Einige – und diese blieben
mit ihrer Ansicht in der Minderheit – behaupteten, dass
er nicht ganz zurechnungsfähig gewesen; die überwiegende
Mehrheit jedoch bekämpfte alle solche Zweifel und pries
die Justiz, welche die Welt von einem solchen Scheusal befreit hätte. Nach und nach verstummten auch diese Debat-
ten, und die ganze Geschichte geriet im Vergessenheit, bis
sie nach acht langen Jahren den Bewohnern der Stadt in
ganz eigentümlicher Weise in Erinnerung gebracht werden
sollte. Um diese Zeit starb die Mutter des Hingerichteten;
kurz vor ihrem Tod jedoch, als sie fühlte, dass ihre letzte
Stunde gekommen sei, hatte sie einen geistlichen Herrn zu
sich beschieden und diesem das Geständnis abgelegt, dass
sie es gewesen sei, welche das Gift in jene verhängnisvolle
Speise geschüttet habe. Sie habe es mit ansehen müssen,
wie ihre Schwiegertochter ihrem Sohn das Leben verbitte-
re, und da habe sie den unglückseligen Entschluss gefasst,
ihn von diesem Weib zu befreien. Sie habe den Moment
erhascht, als ihr Sohn von der Küche in den Hof gegangen sei, um etwas Holz für den Herd zu spalten; da sei sie
von ihrem Krankenlager aufgesprungen, aus der Kammer

geschlüpft, und als eine halbe Minute später ihr Sohn zurückgekehrt, da sei das Gift schon in der Pfanne gewesen und sie wieder auf ihrem Krankenlager. Als sie dann weiter gesehen habe, welche Wendung die Dinge nahmen, da habe sie wohl ihre unselige Tat tausendmal verflucht, und doch habe die entsetzliche Furcht vor dem Tod sie immer und immer abgehalten, durch ein Geständnis das Leben und die Ehre ihres Sohnes zu retten. –

Wie ein Lauffeuer verbreitete sich diese Nachricht in der ganzen Stadt. Der alten Mörderin war der Prozess nicht mehr zu machen, denn wenige Stunden schon nach ihrem Geständnis stand sie vor dem höchsten Richter über alle Welten, aber die Ehre des unschuldig Gerichteten sollte, soweit dies möglich, wiederhergestellt werden. Seine Leiche wurde aus dem ›Verbrecherviertel‹ in den Friedhof übergeführt, dahin, wo auch andere ehrliche Menschen den ewigen Schlaf schlafen. Ein unabsehbares Geleit folgte dem Toten, und die ganze Stadt bemühte sich, ihm die letzte, die verdiente Ehre zu erweisen. Als die Menge sich nach dieser Trauerfeierlichkeit verlaufen hatte, knieten noch zwei junge Frauen betend vor dem frisch aufgeworfenen Hügel; es waren die beiden Freundinnen, in deren Gesellschaft der Unglückliche seinen letzten Tag verlebt hatte. –

Das ist die Geschichte, und darum werde ich immer bis in die Seele hinein traurig, wenn ich für die Beibehaltung der Todesstrafe streiten höre; als ob es nicht hundertmal besser wäre, zehn Schuldige zu milde zu bestrafen, als auch nur einen Unschuldigen seines Lebens und seiner Ehre für immer zu berauben!«

Mit diesen Worten beschloss der Architekt seine Geschichte; die ganze Gesellschaft hatte mit tiefer Anteilnahme zugehört. Nun war jede weitere Diskussion abgeschnitten. Alle schienen es zu fühlen: Wozu noch Argumente suchen, wenn sie mit so furchtbarer Klarheit schon vor Augen liegen?

Quellenverzeichnis

Michael Seiler, Fedder und Schwerdt, Erstveröffentlichung © Alle Rechte beim Autor.

Edgar Wallace, Doktor Kay, aus: ders., Kriminalgeschichten, aus dem Englischen von Ravi Ravendro, o.J.

Karel Čapek, Vom Kassenknacker und vom Brandstifter, aus: ders., Der gestohlene Kaktus und andere Geschichten, aus dem Tschechischen von Vincy Schwarz, Leipzig 1938

Arthur Conan Doyle, Mein Freund der Mörder, aus: ders., Mein Freund der Mörder, aus dem Englischen von Adolf Gleiner, Stuttgart 1916

Edgar Allan Poe, Du bist der Mann!, aus: ders., Unbegreifliche Ereignisse und geheimnissvolle Thaten. In achtzehn der merkwürdigsten Erzählungen des Amerikaners Edgar Allan Poe, Stuttgart 1861

Charles Dickens, Das Sofa, aus: ders., Detektiv-Geschichten, aus dem Englischen von Franz Franzius, Leipzig 1923

Anonym, Ein Schlaukopf, aus: Zeit im Bild, Jahrgang 1908, Seite 45–46, Berlin 1908

Anonym, Knacker-Ede, aus: Zeit im Bild, Jahrgang 1907, Seite 623–624, Berlin 1907

Jodocus Donatus Hubertus Temme, Ein Verteidiger, aus: Die Gartenlaube, Heft 7–10, S. 97–100, 113–116, 129–132, 145–148, 150, Hg. v. Ernst Keil, Leipzig 1863

Quellenverzeichnis

Franz Kafka, Ein Brudermord, aus: Marsyas. Eine Zweimonatsschrift. Jg. 1, Heft 1, Jul./Aug. 1917, hg. v. Ferdinand Bruckner, Berlin 1917

Kurt Tucholsky, Wie benehme ich mich als Mörder?, aus: ders., Das Lächeln der Mona Lisa, Berlin 1928

Walther Kabel, Die Leuchtturmwärter von Shesterland, aus: Bibliothek der Unterhaltung und des Wissens, Jg. 1912, Bd. 10, S. 209-212, Stuttgart/Berlin/Leipzig 1912

August Gottlieb Meißner, Französischer Justizmord, aus: ders., Kriminal Geschichten, Wien 1796

Friedrich Schiller, Verbrecher aus Infamie. Eine wahre Geschichte, aus: Thalia – Erster Band, Heft 2 (1786), S. 20–58, hg. v. Friedrich Schiller, Leipzig 1786

Eugène François Vidocq, Die Sicherheitsbrigade, aus: ders., Landstreicherleben. Denkwürdigkeiten Vidocqs des Mannes mit hundert Namen, aus dem Französischen von Ludwig Rubiner, München 1920

Balduin Groller, Ein Opfer vorschneller Justiz, aus: Die Gartenlaube, Heft 21, S. 354–356, hg. v. Ernst Keil, Leipzig 1877

Alle historischen Texte wurden behutsam der aktuellen Rechtschreibung und den heutigen Lesegewohnheiten angepasst.